KB112034

소백산맥 ❸

슬픔경전

소백산맥 ❸ 슬픔경천

발행일	2024년 8월 30일		
지은이	이서빈		
펴낸이	손형국		
펴낸곳	(주)북랩		
편집인	선일영	편집	김은수, 배진용, 김현아, 김다빈, 김부경
디자인	이현수, 김민하, 임진형, 안유경, 신혜림	제작	박기성, 구성우, 이창영, 배상진
마케팅	김회란, 박진관		
출판등록	2004. 12. 1(제2012-000051호)		
주소	서울특별시 금천구 가산디지털 1로 168, 우림라이온스밸리 B동 B111호, B113~115호		
홈페이지	www.book.co.kr		
전화번호	(02)2026-5777	팩스	(02)3159-9637
ISBN	979-11-7224-241-1 03810 (종이책)		979-11-7224-242-8 05810 (전자책)

(주)북랩 성공출판의 파트너

북랩 홈페이지와 패밀리 사이트에서 다양한 출판 솔루션을 만나 보세요!

홈페이지 book.co.kr • **블로그** blog.naver.com/essaybook • **출판문의** book@book.co.kr

작가 연락처 문의 ▸ ask.book.co.kr

작가 연락처는 개인정보이므로 북랩에서 알려드릴 수 없습니다.

이서빈 대하소설

소백산맥

③

슬픔경전

북랩

머리말

왜 사람은 살아야만 할까?

이 시소설은 외지고 황량한 시대를 외나무다리 건너듯 건너온 선조들과 우리의 이야기다. 선조들은 조선 5백 년이 일본에 어이없이 무너지고 대혼란을 겪으면서 그 참담하고 암울한 상실의 시대를 살아내기 위해 시시각각 밀려오는 죽음의 공포와 싸웠다. 천신만고 끝에 나라의 주권을 되찾기까지 반쪽짜리 나라에서 당해야 했던 그 많은 수모는 형언하기 어려울 정도다.

숨을 쉬는 것이 신기할 만큼 내일을 보장할 수 없던 참혹한 시대. 숨 속에도 죽음과 불안이 섞여 드나들던 시대의 이야기를 시작(詩作)의 키보다 더 높은 자료들을 모아 적어 내려갔다. 아직 세상에 태어나지 못해 역사에 묻혀있는 말들을 시말서를 쓰듯 내 청춘의 기나긴 시간을 하얗게 지우면서 머릿속을 탈탈 털어 시적인 언어로 썼기에 시소설이라 이름 붙였다.

〈소백산맥〉은 4·3 사건을 비롯해 건국이 되기까지, 그리고 오늘날 경제 강국이 되기까지 살아온, 그럼에도 불구하고 살아내야만 했던 격변기(激變期)로부터 세계 모든 사람이 우리나라에 살고 싶어 하는 순간까지를 그려낸 소설 같은 이야기이다.

　34년 전통 '영주신문'에 연재 중 독자의 요청이 많아 총 17권 중 연재가 끝난 5권을 미리 출판한다. 이 지면을 통해 영주신문에 깊은 감사를 드린다. 나머지도 연재가 끝나는 대로 출간 예정이다.

　입으로 다 말할 수 없는 일들을 유교 사상이 에워싸고 있는 영남의 명산 소백산 자락 영주 지방을 무대로 삼아 펼쳐내었다. 소설 속 사라져가는 우리나라의 미풍양속과 문화, 구전 이야기에 많은 관심을 가져주신 독자분들께 깊은 감사 말씀을 전한다.

2024년 8월
이서빈

목차

슬픔경전

1

잃고 앓다

이 조그마한 찻잔 속에 왜 이리 태풍이 강하게 불어닥치는지 마음 같아서 찻잔 속에 물을 버리고 찰랑찰랑 향기를 담고 싶다. 그렇지만 조물주는 달녀에게 그런 대역은 단 한 대목도 넣지 않고 대본을 짠 게 분명하다. 반지르르한 손 대신 환부가 물러터진 복숭아처럼 진물이 물컹물컹한 손으로 밥상을 차렸다. 매일처럼 찬바람이 마음 대문을 열어젖히고 마음의 천장이 뚫어져서 비가 줄줄 새고 곰팡이가 날아다녔다. 그래도 수리할 생각은커녕 찬바람이 대문을 열어젖히는지 마음 천장이 뚫어져서 비가 줄줄 새고 곰팡이가 날아다니는지조차도 모르고 살았던 것이다. 내 정신의 식민지가 되어 지배를 당하고 고통을 당하는, 내 몸에게 조금의 동정마저도 주지 않았던 것이다. 조금 더 일찍 살펴서 대문을 수리하고. 뚫어진 천장을 교체하고. 새끼를 쳐서 떼로 날아다니는 곰팡이를 비누로 깨끗이 씻어 주었더라면. 바람을 들이고 햇살을 들여 씻은 자리를 그늘이 처들어와 곰팡이 집으로 차지하기 전에 말려 주었더라면 이렇게 비참한 비루함에 몸을 젖게 하지는 않았을 것이다.

틀어 짓물러버린 나머지 잉여분만이 나의 살이고 뼈로 앙상한 지금 밥숟가락으로 밥을 떠서 목구멍으로 넘기는 동물인 것이다. 햇살은 내 몸속에서 선지 한 덩어리를 꺼내서 끓이고 있다. 국 끓는 냄새는 짐승의 피 냄새를 닮았다. 개울가 빨래 더미에서 이와 서캐가 양잿물에 삶겨 피 냄새를 풍기듯 내 선지에서도 짐승의 피 붉은 냄새가 난다. 붉은 냄새로 폴폴 날아다니고 있다. 시어머니 나벨라의 칼날같이 시퍼런 시집살이. 지독하게도 가난해 먹을거리도 없는 살림살이였다. 아이들은 많고. 끼니는 먹어야 하고. 소처럼 일하지 않으면 안 될 상황이라고 변명을 한다면 자신이 너무 불쌍하고 가혹하다. 조개와 멧새는 기슭에서도 잠을 자는데. 죽은 아들들은 어둡고 습한 무덤 속에서도 잠을 자는데. 한 발 걸으면 검은색 한 발 걸으면 흰색인 피아노 건반 같은 게 삶인데. 눈을 감으면 어둠인 저승이고. 눈을 뜨면 이승인 햇빛인데. 이 평범한 진리도 깨닫지 못하고 앞만 보고 살아온 자신의 무지함이 온밤을 뒤덮어 잠을 밀어낸다.

오랫동안 못 간 평안 아지매네를 간다. 얼마 만인가. 아지매는 매화꽃보다 붉고 고운 웃음으로 손을 잡는다. 얼릉 오라우. 우때 달 디낸? 통 얼굴 보기 어렵구나! 야. 고래 별일이래 없디? 야. 고 더 맘고생이 심하디? 야. 날래 이리 와서 이것 돔 먹으라우. 야. 표 덩이래 안 돟은데 무슨 일 있네? 야. 아지매요. 실은 여름이 아바 이 때문에 왔니더. 너무 갑갑하고 속이 상해서 왔니더. 여름이 아 바이래 와? 여름이 아바이한테 딴 여자가 있니더. 야래야래 디금 뭔 소리를 하는 거가? 나무 소문만 믿고 함부로 의심하고 그래디 말라우. 딕덥 보디 않고는 그런 일을 함부로 의심하면 고도 클 날 일이디. 아이요. 나무 소문이 아이고 지가 직접 봤니더. 딕덥 보다 니 어서 딕덥 보안? 바우에서 둘이 누 자는 걸. 직접 봤니더. 우째 야 돟을지 몰래서 왔니더. 고래, 무슨 그런 일이 다 있네? 설마설 마 했니더. 그른데 눈으로 보고 나니까 우째야 돟을지 몰래서요. 고래. 가슴이래 마니 아프겠구먼. 고래. 아 들이래 있으이 이러디 도 더러디도 못하고 오카겠니 야. 그래서 왔니더. 아무 생각이 안 나니더. 죽지도 못하고. 야래야래 큰일 날 소리 하디 말라우. 둑기 는 왜 둑니 누구 돟우라고 둑네. 그럴수록 이를 물고 살아야 데. 그래서요? 거더 악탁같이 살아서 아이들 달 키우라우. 그러고 나 서 그때 생각해도 안 늦디 고도. 고롬 큰일 날 생각은 하디 말라 우. 둑는 사람만 바보디. 누구 돟우라고 둑네. 야. 덩신 바짝 차리 고 살라우. 남의 말이란 그저 입속에 말을 털어놓는 것만으로 조금의 위로가 될 뿐이다. 근본적인 해결은 어차피 본인이 결정해야 할 일인지라 거기까지 듣고 집으로 온다.

집에 와도 일손이 떠서 아무것도 할 수 없다. 온종일 아지매 말만 머릿속에서 물레질을 한다. *둑는 사람만 바보디. 누구 돟우라고 둑네. 둑는 사람만 바보디. 누구 돟우라고 둑네.* 왕왕왕왕 땡삐집 쑤신 듯이 벌떼들이 머릿속을 왕왕거린다. *둑는 사람만 바보지. 누구 돟으라고 둑어.* 그래 악착같이 아이들을 키워야 하지. 그렇지만 그게 어디 그렇게 두부모 자르듯이 쉽게 잘라버릴 수 있는 일인가. 마음을 촘촘하게 감침질해 보지만 자꾸만 실밥 사이로 마음이 삐져나온다. 다시는 터지지 않도록 감치고 또 감쳐보지만 얼마나 더 견딜 수 있을지는 알 수 없다. 자식들의 거름이 되기 위해서는 푹푹 거름더미처럼 속이 썩어도 참아야 하겠지만 그렇게 참으면서 견뎌낼 수 있을지 의문이다. 그렇지만 어쩌겠는가? 잘 안 되겠지만 노력을 해보는 데까지 해봐야 한다. 저 어린 사연이도 나를 보고 싶다고 멀쩡한 몸을 아프다고 시위를 하면서까지 지 어미를 찾아오지 않았나. 또 저렇게 공부를 잘하는 계절이와 딸 숙명이도 있지 않나. 아픈 여름이 어린 가을이 모두 내 살과 뼈로 만들어낸 아이들 아닌가. 그래 숙명이러니 눈 딱 깜고 살자.

오전의 그림자 같은 생각을 꿀통 봉하듯이 봉해 덮는다. 큰아들과 딸은 연일 학교에서 서로 경쟁이라도 하듯 앞다투어 공부를 잘한다. 그래도 숨을 쉴 수 있는 유일한 공간이다. 자신을 믿지 못하면 자신 하나를 못 이기면 이 세상에 누구를 이기고 무엇을 이기고 살겠는가. 아이들이 다 자랄 때까지만 참고 참고 또 참자. 달녀는 머릿결처럼 가지런히 마음을 빗어 내린다. 다시 예전처럼 일을 손에 잡자고 자신을 다독인다. 울컥, 또 엄마가 생각난다. 잔인한 인간들이 엄마만 끌고 가지 않았어도 자신의 인생이 이렇게 구렁텅이로 빠지진 않았을지도 모를 일이다. 흉흉한 시대에 태어난 자신이 싫다. 그렇지만 아이의 엄마가 되어서도 이렇게 엄마가 가슴이 아리도록 보고 싶고 어렵고 힘들 때마다 초승달처럼 서럽게 엄마가 그립다. 그런데 내가 만약 나쁜 마음을 먹고 나 하나만 생각한다면. 남아 있는 저 어린 자식들은 불쌍하고 딱해서 어쩌겠는가. 친엄마처럼 의지하는 이런 저런 사연은 모두 어쩌겠는가.

여기까지 생각의 진도가 달려나간다. 그러다 갑자기 확, 찬물을 뒤집어쓴 것 같다. 신통방통하게 자신이 자신을 회초리질을 한다. 영원한 어둠은 없다. 아무리 긴 어둠이라고 해도 곧 밝아지겠지. 어둠을 건디자. 지겟작대기로 자신의 머리를 휘적거려 어지러운 마음을 찾아 멀리 던진다. 일상생활로 돌아갈 준비가 선다. 기쁨과 슬픔. 행복과 불행. 빛과 어둠. 진실과 거짓. 설렘과 두려움. 환상과 비판은 일심동체며 모두 공존 관계다. 이 둘의 사이에는 은밀한 관계가 있어 서로 죽음과 삶처럼 보완하고 있다. 그래 아무 일도 일어나지 않았다. 변한 건 아무것도 없어. 아이들은 기특하게 공부도 잘한다. 그런데 엄마가 없으면 학교에서 공부를 열심히 해

성적이 아무리 좋아도 마음 놓고 자랑할 곳이 없지 않은가! 엎어지며 자빠지며 통지표를 들고 와서 자랑하는 아이들을 누구 하나 달갑게 기뻐해주고 잘했다고 용기를 길러주겠는가! 경기(驚氣)하는 여름이도 이 어미가 없으면 누가 보살펴줄 것인가! 머릿속에서 나뭇잎처럼 우수수 떨어져 마구 어지럽게 나뒹구는 잎들을 모두 깨끗이 빗자루로 깨끗이 쓸어내야겠다고 마음을 달래본다.

이튿날 달녀는 정화수 한 그릇을 장독대에 떠 놓는다. 정성껏 빈다. 자신의 마음이 다시는 허튼 곳으로 미끄러지지 않게 잡아달라고. 무릎 꿇고 빌고 나서 눈을 뜨니 달이 대접에서 알몸으로 목욕을 하고 있다. 그래 이건 잡아주겠다는 승낙의 표시다. 손으로 건져보니 달이 아닌 물이다. 달은 집요하게 대접에 달라붙어서 나올 생각을 않고 있다. 씨익 자신도 몰래 웃음이 나온다. 잘 벼린 가위로 터무니없는 잘못된 생각. 잠시라도 몸에게 지시한 마음을 잘라버린다. 소독해서 다시 탈 나지 않게 해야겠다고 스스로 다짐을 건다. 이럭저럭 가을 단풍이 산불을 질러 댄다. 소백산 단풍들은 가을을 다 익힌다. 여름이는 겨울이 되기 전에 치료해야 하기에 침을 맞으러 데리고 다닌다. 침을 맞히러 아이를 데리고 연화동으로 걸어가던 어느 날. 신작로에서 도화살을 마주친다. 다 잊었다고 생각한 머리에서 불같이 다시 불끈거리는 가슴을 누른다. 애써 누르며 아무렇지도 않게 지나친다.

앙큼스럽게 도화살이 먼저 인사를 건넨다. 안죽도 덜 *나았나 보*

네요. 들은 척도 않고 아이를 재빨리 잡아끈다. 도화살 옆을 지나 서로의 몸이 막 어긋날 무렵. 도화살은 못 들은 줄 아는지 다시 한 번 말을 건넨다. *안죽도 덜 나았니껴? 낫던 안 낫던 댁이 먼 상관이 이껴?* 날카로운 말로 도화살의 말을 베어버린다. *왜 상관이 없니껴? 다 같은 이웃인데. 물어보는 게 멀 잘못했다고 고래 패독스룹그로 말을 하니껴. 나무일에 신경 끄고 집에 일이나 신경 쓰소.* 달녀는 한마디 집어던진다. 기가 막혀 그냥 아이를 데리고 속도를 낸다. 곁을 떠난 줄 알았던 울화가 어디서 또 나타나서 부글거린다. 화는 높이 뛰어올랐다가 낮게 내려앉았다가 널뛰기를 하고 있다. 그러지 말기로 했지? 자신에게 엄하게 꾸짖는다. 곁을 떠나보냈던 울화를 간신히 또 달래 보내느라 머리카락이 한 뼘은 자라 치렁치렁 수양버들처럼 늘어진다.

부처도 예수도 이 상황을 이해하고 넘어갈까? 아니, 신들도 이런 상황을 눈감아줄까? 어지러운 머릿속으로 부처를 불러보고 예수도 불러보고 신까지 불러본다. 고춧대에 앉았던 고추잠자리 한 쌍이 빨간 맨몸으로 날아와 빙빙 머리 위를 돈다. 가을을 발갛게 익히는 중이다. 태초에 원시로 태어난 몸으로 지구를 들어 올리는 저 힘. 늘 배반을 때리는 것은 가까이 있는 사람들이지. 울화를 참을 수 없게 하는 것도 늘 곁이다. 변심한 마음을 파종하는 밭도 늘 텃밭이다. 신과 접신을 하고 은밀하게 계획한 일일까? 신의 허락이라면 그것도 배신이다. 헝클어진 마음을 그대로 들고 걷는다.

아이 침을 맞힌다. 오랜만에 윤회네도 들른다. 피붙이도 아닌데 늘 반겨주는 마음이 참으로 곱다. 단풍보다 더 곱다. 어찌 저렇게 한 결같이 고울 수 있을까? 고맙다는 말은 마음속에 보관해두고 마루에 걸터앉는다.

　윤회 할머니는 노릇노릇한 향내가 솔솔 나는 구운 감자를 건넨다. 젓가락 하나에 꾹 찔러 건넨다. 잘 먹겠다는 염치없는 말을 가슴에 보관해둔다. 말없이 고개만 살짝 숙이고 두 손으로 공손스럽게 받아든다. 노릇한 냄새를 손으로 벗겨서 입에 넣는다. 몇 번인가 얻어먹어 본 경험이다. 노릇노릇한 껍질을 벗겨서 먹으면 고소하고 더 맛있다는 걸 안다. 감자 전체를 돌려가면서 껍질을 벗겨 먹는다. 그런 다음 나머지 속 알맹이를 먹으면 알맹이조차도 포근포근 혀를 즐겁게 해준다. 어떤 맛있는 것도 이렇게 일품이긴 힘들다는 생각을 한다. 이 맛 때문에 아마 윤회 엄마나 윤회 아빠는 밥 먹은 다음에 늘 이 화롯불에 구운 감자를 꼭 찾는 것인지도 모른다. 아들 며느리가 좋아한다고. 늘 이렇게 감자를 화롯불에 노릇노릇 구워 놓는 일이라니? 같은 하늘 아래 시어머니란 자리가 이렇게 밤과 낮처럼 다를 수 있단 말인가?

　윤회 할머니가 다시 보인다. 감자 분처럼 포실포실한 말과 인정이 하지에 감자꽃 피는 소리처럼 하얗고 순박하다는 생각이 든다. 여름이 하고 윤회는 한 통속이 되어 싸우거나 다툼도 없다. 까르르 까르르 하얗게 잘도 어울려 노는 모습이 천진난만하다. 해맑아

참 좋다. 어디선가 바람 한 줄기 날아와 감나무 그림자를 흔들어 댄다. 홍시 하나가 툭, 떨어진다. 창자가 벌겋게 터진 홍시 주워 먹던 생각이 난다. 이른 새벽 뒷산에 꼴을 베러 가는 날이면 바랭이가 수북한 곳에 굵은 밤찰이 툭툭 떨어져 있었다. 배가 고파 허기가 질 때 밤을 주워서 까먹는 그 맛. 앞마당에 홍시도 새벽에 나가면 주워 먹고 허기를 달래기도 했다. 잘 익은 홍시가 간혹 길바닥에 떨어지면 창자가 다 터져 뭉글뭉글 모래가 박혀 혓바닥으로 훑어먹는 그 맛. 감자를 먹으면서 그런 생각들이 갑자기 바람에 실려 온다.

감재가 맛이 없니껴? 왜 안 잡숫고 그래 있니껴? 아~ 야 맛있니더. 잠깐 먼 생각을 하니라고요. 감재가 굵고 토실토실 잘 영글어서 아주 맛있니더. 맛있그든 한 개 더 잡숴보소. 윤회 할머니는 인정스럽게도 또 감자를 젓가락에 찍어서 권한다. 감자가 포실포실 분덩어리다. 인생도 저렇게 보실거리는 분처럼 맛나게 살 수는 없을까? 엉뚱한 생각을 하면서 아일 찾으니 아이들 둘은 어느새 공통분모를 찾아내서 다정하게 놀고 있다. 윤회 할머니는 동네방네 정보를 모르는 것이 없도록 알고 있는 정보통이다. 달녀는 도화살 이야기를 할까 하다가 입을 다문다. 어차피 잊기로 했으니까 하고 마음에게 타이른다. 덮어두기로 마음을 고친다. *아 가 마이 좋아졌니껴? 야, 덕분에 마이 좋아졌니더. 안죽도 가끔 경기를 하기는 하제만. 그누무 빙이 몹쓸 빙이 돼놔서. 하루 아직에 고채지는 빙*

이 아니씨더. 차분하게 맴먹고 치료해주소. 우리 윤회도 저래 멀쩡하게 나았으이. 여름이도 곧 다 낫잖을니껴. 이래 걱정해주세서 참말로 고맙니더. 걱정해주시는 은혜를 봐서도 꼭 나을게씨더. 전에보다가는 경기(驚氣)하는 횟수가 마이 줄었니더. 그게 나아가고 있다는 증맹이 아일니껴? 경기(驚氣)하는 횟수가 적어지믄 곧 낫니더. 우리 윤회도 그래디이만 완전히 낫니더. 너무 걱정하지 마시고 침이나 잘 맞히소. 복사꽃보다 분홍스럽고 어여쁜 말을 던지는 윤회 할머니가 진심으로 고맙다. 해가 뉘엿뉘엿 피를 토하며 임종을 시작한다.

윤회와 재미있게 놀고 있는 여름이를 데리고 다시 집으로 향한다. 신작로로 걷다가 남편과 도화살이 누워 있던 곳을 지나온다. 괜히 사연이 오줌만 안 눈다고 했으면 모르고 살 것을. 너럭바위를 지나오며 돌이킬 수도 없는 부질없는 생각을 한다. 자신도 모르게 너럭바위를 향해 발꿈치를 들고 내려다본다. 아니 이게 무슨 운명의 장난인가! 아니면 재앙인가! 남편은 아들이 엄마 무릎을 베듯이 도화살의 무릎에 누워 있다. 도화살은 자기가 남편의 엄마나되듯이 남편의 귀지를 파내고 있다. 아무 상관이 없는 제삼자가 보면 어느 명화보다도 평화롭고 따뜻한 그림이다. 귀를 다 팠는지 남편이 무릎에서 떨어져 일어난다. 이번에는 둘이 손을 잡는다. 나란히 수족관에 갇힌 죽기 직전의 물고기 같다. 배를 하얗게 뒤집고 하늘을 행해 눕는다. 수족관에 납작 엎드린 가자미가 된다. 바위에 등을 밀착시키고 납작하게 드러눕는 두 사람.

설마 아니겠지. 아니기를 빌어본다. 두 사람은 비상을 꿈꾸는지 나란히 드러누워 하늘을 쳐다본다. 맹인처럼 적막하게 깜깜해지는 순간이다. 벙어리처럼 적막하게 말이 사라지는 순간이다. 달녀는 더 이상 지켜보다가는 심장이 썩은 새끼줄처럼 툭, 끊어져 더 이상 숨을 쉴 수 없을 것 같다. 신작로에 있는 돌멩이를 집어 든다. 두 사람이 누워 있는 가장 가까운 쪽을 향해 있는 힘을 다해 물속으로 돌멩이를 던진다. 돌멩이가 풍덩 야아아악! 소리를 지르면서 날아가 물을 힘껏 내리치자 물은 펄쩍 바위 위로 뛰어올라 두 사람에게로 나가떨어진다. 나란히 누워 있다 마른하늘에 날벼락 같은 물벼락을 맞는다. 누구인지도 모르고. 엉겁결에 주위를 살피는 사이. 또 다른 돌멩이가 날아가 물세례를 뿌린다. 두 사람은 당황했는지 **누구야 어떤 인간이 물장구를 치고 지랄이야! 뒈질라고 환장을 했나.** 대나무 가지 찢어지는 목소리로 소리를 지르며 동시에 길을 쳐다본다. 눈길은 도랑을 순간에 건너와 달녀에게로 달려든다. 달녀에게 도착한 눈길은 그대로 꽁꽁 얼어붙는다.

그 순간 달녀는 크고 작은 돌멩이가 잡히는 대로 손에 움켜쥐고 두 사람을 향해 마구 던진다. 분노가 되어 핑핑 날아가는 돌멩이들. 분노를 날려 보내도 시원치 않다. 쏜살 되어 달려드는 작은 돌멩이는 명령에 복종하면서 적군에게 맹공격을 퍼부어댄다. 매복 작전에 성공을 한 아군들. 기세등등하게 다음 또 다음 군사들이 사기충천해서 불굴의 투지를 다해 달려들어 맹공을 퍼붓는다. 지독한 적군들은 그래도 백기를 들지 않고 마구 퍼붓는 총알과 화살을 막아내고 있다. 개울가 소나무 밑 너럭바위서는 위치상 불리한 위치다. 한참을 맹공격을 퍼붓고 사망자가 있는지. 얼마나 큰 부상을 당했는지. 관심도 없이 분노를 휘몰아 집으로 돌아온다. 분노를 지켜보던 아이가 묻는다. *엄마 왜 돌삐를 떤재고 그래는데요? 거게 머가 있어요? 엄마 거게 뱀이 있어요?*

아이의 키에 그 두 사람이 보이지 않은 게 천만다행이다. *살무사가 있어서 던졌다. 얼릉 가자. 암거도 아이다.* 아이가 묻는 물음에 아무런 대답은 하지 않고 엉뚱한 말을 둘러댄다. 아이는 부지런히 앞장서서 걸어가는 어미의 뒤를 따라 뛰어온다. 무시무시하게 달려오는 몇 가마니의 분노. 참아보겠다는 다짐은 봇짐을 싸서 어디로 갔는지 가고 없다. 집에 도착하자마자 부엌으로 가서 냉수 한 대접을 벌컥벌컥 마신다. 분노가 훨훨 날아다니는 마당에 빗방울이 후드득 떨어지기 시작한다. 살얼음 걷듯이 걸어온 나날들. 기어이 살얼음은 풍덩 발을 잡아당겨 통째로 물에 빠뜨리고 만다. 시간은 마당에 분노 가리를 볏가리 쌓듯이 쌓고 있다. 분노가 풍년이 든 것이다. 밤은 앞산을 건너고 냇물을 건너고 안마당을 지나고 방까지 들어온다. 밤을 동행하고 앉아 남편이 오기를 기다린다. 그러나 밤이 왔던 길을 되돌아가고. 아침이 다시 앞산을 건너고. 냇물을 건너고. 안마당을 지나 방까지 들어오는데도 남편은 코빼기도 보이지 않는다. 분노에 배신감까지 한편이 되어 밀려온다.

한나절이 가까워도 오지 않자 살짝 걱정이 고개를 든다. 내가 던진 돌에 혹시 맞기라도 했나? 어디 많이 다쳐 병원이라도 갔나? 부질없는 생각을 키우다가 뚝 잘라낸다. 다쳐서 병원에 갔다 하더라도 괜찮다. 두 인간은 병원에 갈 확률은 낮다. 어디 다른 곳으로 자리를 옮겨서 하얗게 희희낙락 놀고 있을 확률이 훨씬 높다. 생각이 여기까지 달려간다. 밤은 엎치락뒤치락 열흘 밤이 지난 것처럼 시간을 길게 늘인다. 또 하룻밤은 그렇게 지나가고. 꾸역꾸역 또 다른 아침이 걸어온다. 아이들 밥을 먹여 학교에 보내고 다시 방으로 들어온다. 생각 판을 다시 짠다. 여기서부터는 돌발 상황도 많을 것이다. 예상치 않았던 일들이 더 터져 나올 수도 있을 것이다. 침착하게 적군을 막아낼 전략을 잘 짜야만 한다. 그때 막 방문을 박차고 들어오는 남편. 발길엔 화가 묻어 있었다. 남편은 불도그 같은 얼굴로 눈알을 굴린다. 쓱 곁눈질을 한다. 남편은 다친 데 하나 없이 너무나 얄밉도록 멀쩡하다. 갑자기 화가 확, 치민다.

소 닭 쳐다보듯이 힐끗 쳐다본다. 한참을 가자미눈으로 째려보던 남편은 조용히 밖으로 나가버린다. 꼼짝 않고 방에 앉아 있다. 사연이 소리를 지르며 엄마를 부른다. 놀라서 밖에 나간다. 남편은 쥐약 병을 들고 마시려고 하고. 시어머니는 약을 빼앗는 중이다. 죽게 두지 무엇 하러 뺏기는 뺏어. 무엇 하나 잘한 게 있다고. 어이가 없고 기가 막혀서 그냥 돌아서 들어오려는데 시어머니 나벨라가 또 소리를 지른다. 먼 주둥아리를 막 놀래서 애비가 약을 먹도록 만드노. 저년이 아무래도 서방 잡아 처먹겠네. 빨리 안 기나오고 머 하노. 눈깔머리가 까졌나. 약빙 들고 들이마실라 하는 거 눈깔머리가 없어 안 뵈나? 못 본 척하고 그냥 방구석으로 끼들어가게. 폭설처럼 퍼부어대는 시어머니가 어이없었지만 밖으로 나간다. 남편은 달녀를 보자마자 막말을 쏟아붓는다. *여편네가 어데라고 감히 남자를 망신살 뻗치게 하고 그래. 얼릉 그 여자한테 가서 사과해. 안 하믄 내 다시는 못 볼 줄 알아.* 사과를 하라. 사과를 하라. 사과 하나라도 사주고 사과를 하라 하는가? 올망졸망 매달린 사과를 솎아내듯이 내 마음에 그나마 있던 연민마저 흔들어 털어버리는 남자. 남편의 말 화살이 몸통을 뚫고 지나간다. 독약이 칠해진 화살은 짐승 같은 바람 소리를 내지르며 심장에 와서 꽂힌다. 몹시 추운 겨울 먹을 것을 찾아 헤매는 토끼를 사냥하는 인간처럼. 차갑게 심장을 관통하는 저 말 화살에 독기를 어찌해야 살아남을 수 있을지. 독화살은 왜 슬픔을 저격하지 않는가? 어찌하여 광기처럼 번득이지도 못하는 희망을 저격하는가? 말 화살이 눈송이처럼 몰려와 뺨을 마구 때린다. 인간이 잔인하기로 마음먹으면 저렇게 황홀하게 잔인해질 수 있구나. 탕자의 강인함 같은 초인적인 힘. 조금의 미안함이 아닌 폭력이 불화살로 빗발칠 수 있는 이 소리 없는 전쟁. 아무 잘못도 없이 남의 나라에 침범해 짓밟으면서 당당하게 남의 나라말과 글까지 다 뺏는 건 우린 민족의 영혼을 빼앗겠다는 말이다.

어쩌면 남편의 이 행동과 포개놓으면 쌍둥이처럼 같다는 생각을 한다. 잘 버텨야 한다. 나라는 국민을 위해 버텨야 하듯 나는 아이들을 위해 이를 물고 버티고 잘 견뎌야 한다. 몸으로 막고 마음으로 막고 온 힘을 다해 막아내지 않으면 일본눔들의 파렴치에 백성들이 거지가 되듯 내 아이들이 모두 거지가 되어 적군의 노예가 될 것이다. 어떤 수단과 방법을 써서라도 저 악랄하고 미친 인간들이 내 영토를 짓밟아 빼앗지 못하게 막아야 한다. 작금의 이 나라와 나, 몸서리치도록 닮아 있다. 이 길에서 후퇴하면 어쩌면 아이들과 함께 벼랑으로 추락하는 길인지도 모른다. 한 발을 잘못 디뎌 낭떠러지로 추락하는 길로 안내를 하는 저 폭군들에게 절대로 지면 안 된다. 내 아이들을 위해서. 폭설은 모든 길을 지워버리듯 저 말 폭설도 내가 갈 길을 막아버릴지라도 길을 만들어서라도 싸워 이겨야 한다. 아이들을 위해서라도. *머라고요? 그래 망신살 뻗치게 한 사람이 누군데 그러니껴? 나는 웬 거렁배이들이 너럭바우서 대낮부텀 미친 짓을 하나 하고 봤니더. 바빠서 전부들 밤을 낮으로 삼고. 빌을 이고 나가서 빌을 지고 들오니더. 이릏게 바쁜 계절에 멀건 대낮에 너럭바우에 앉아서 시시덕 거래는 게 거렁배이들 뱄에 더 있니껴? 아니믄 미친 사람들이든지. 그래 돌메이를 뿌래놓고 보이 잘난 여름이 아버지데요. 대낮부텀…*

찰싹! 느닷없이 남편의 손이 뺨에 불을 일으킨다. 그 험한 손으로 뺨을 얼마나 세게 때리는지. 무방비 상태에 있던 달녀는 비틀한다. 연이어 찰싹! 찰싹! 찰싹! 손은 남의 뺨에 무단침입해서 마구 때린다. 아무리 아내라지만 남의 뺨에 자신의 손을 마음대로 들락거리며 폭력을 가하는 저 사람은 짐승이다. 늑대의 피 냄새가 난다. 옆에서 시어머니 나벨라의 장단 맞추는 소리가 난다. 때리는 시어머니보다 말리는 시누이가 더 밉다는데 말리기는커녕 때리는 남편 편을 드는 시어머니다. *에이. 꼬시다. 꼬신내가 진동을 해. 맞아도 싸제, 맞아도 싸. 예펜네가 어데 남정네한테 대들어 대들길.* 며느리가 맞는 게 그렇게 신나는 일인지 옆에서 추임새를 넣고 있다. 달녀는 그 자리에 주저앉는다. 맞은 뺨이 아파서가 아니다. 모욕감과 수치스러움이 몰려들어 온몸이 떨린다. 자신의 파렴치한 짓을 이런 모욕과 수치로 치환시키는 것인가? 이게 그 양반선비를 외치는 독선의 가문이란 말인가? 모자가 똑같이 한 방향으로 합세를 하는 저 만행들. 땅바닥에 앉아 있는 엄마를 사연이 부축해 방으로 들어간다.

어떻게 시간이 흘렀는지 모른다. 몽롱함이 자신을 기다리고 있다. 아침인가 보다. 털고 일어나 혼이 나간 사람처럼 기계가 되어 움직인다. 아지 아침을 먹이고 수치와 모멸감을 주느라 기운을 뺀 두 모자의 밥도 짓는다. 아궁이에 불을 활활 지펴 태워버리면서 짓는다. 밥상을 차려 마루에 올려놓는다. 아이들을 시켜 두 모자 밥을 먹으라고 기별을 넣은 뒤 방으로 들어온다. 얼굴을 보기 싫다.

두 모자를 보면 역겨워서 속이 토할 것 같다. 방에 앉아 있는데 남편이 불쑥 들어온다. 멀 잘했다고. 어머이 아직 잡숫는데 이래 버르장머리 없이 방구석에 처박혀 있어? 잘못했으믄 잘못했다고 용서를 빌 일이제. 이럴 때는 무슨 법으로 표현하는 게 가장 적당할까? 제유법 환유법 은유법 직유법 공감법 협박법 법이란 법을 다 동원해도 딱 맞아떨어지는 어법이 없다.

내가 멀 잘못했다고 용서를 비니껴? 그 여자한테 가서 빌어라. 잘못했다고. 지금 그걸 말이라고 하니껴? 입에서 뱉아내믄 다 말인 동 아니껴? 우째다 같이 도랑에서 애기하민서 있을 수도 있제. 그릏다고 그래 돌을 막 던재? 그 여자 머리에 돌을 맞아 피났다. 다행이네 피만 나서. 나는 짐승인 동 알고 마구 던쟀디이만 사램이 맞았구만요. 사램이 을매나 짐승만도 못하믄 짐승 맞으라고 떤잰 돌메이에 사램이 맞니껴? 칠칠치 못하그러. 그 돌메이 눈에는 짐승으로 보있든가 보네. 지끔 그걸 말이라고 하나? 그 여자는 니하고는 다른 여자다. 알았니더. 당여이 다르겠제요. 돌메이가 짐승으로 봤으이 다르고 말고. 그래 다른 여자하고 열심히 사소. 잔소리 집어치우고 빌어라. 참말로 안 빌믄 나 죽어뿌랜다. 망신시러와 못산다 알았나? 방문을 부서져라 닫고 나간다.

그 여자를 향한 남편의 마음은 이미 불구 수준을 넘어선 것 같다. 가위로 저 불구인 마음을 잘라내야 하지만 이미 가위로 잘라내기엔 너무 자란 느낌을 지울 수 없다. 저렇게 튼튼하게 자란 넝쿨을 잘라봐야 지독스럽게도 밑동에서 끊임없이 싹이 움트기 때문에 뿌리째 뽑아낼 수밖에 없다. 그러나 뿌릴 뽑기에도 이미 너무 땅속 깊이 박혔다는 생각이 든다. 정확하게 뻗어나간 길이를 측량할 수 없다. 막막한 바람 한 줄기가 하늘로 휘익 날아간다. 무서운 칼바람에 달가닥 달가닥 요란한 말발굽 소리를 내면서 소백산을 넘어 자신에게로 오고 있다는 전조 현상 같아서 두렵다. 이 칼바람을 멸종시킬 방법은 없는 것일까? 아니 멸종까지는 아니어도 피해만 없도록 막을 수만 있어도 좋을 것 같다. 너무 기가 막힐 때는 말문이 닫힌다는 게 실감 난다. 아무 생각 없이 그냥 앉아 있다. 사과? 사과 안 하면 죽을 만큼의 여자라면 자신은 무엇이란 말인가. 자신의 아이를 여섯이나 낳아주고 기른 사람은 껍데기란 말인가.

검은 공기가 코를 통해 폐까지 침범하는지 갑자기 사시나무처럼 온몸이 부들부들 떨려서 견딜 수가 없다. 더럭 겁이 난다. 톱밥같이 날아드는 겁. 남편이 하는 말과 행동들을 생각하면 모래를 씹은 입처럼 껄끄럽고 미칠 것 같아 숨이 막힌다. 갑자기 한기가 밀려온다. 가을인데 솜이불을 꺼내 덮는다. 밤새 앓고 일어났다. 아침이라고 달라진 건 아무것도 없다. 어쩌면 밤새도록 자신의 정신을 비워내고 텅 빈 몸뚱이로 있는 게 나았는지도 모를 일이다. 물 먹은 솜처럼 무거운 몸을 이끌고 밥을 하러 나간다. 아이들 아침밥을 먹여 학교에 보내야 하지 않는가. 내 마음이 이렇다고 아이들까지 마음을 다치게 하고 싶지는 않다. 몸을 끌고 나가 불을 때서 밥을 한다. 침 한 방울도 삼키지 못하도록 몸이 바싹 마른 검불처럼 바삭거린다. 아이들 밥을 차려주고 아지 밥을 주고 허깨비처럼 돌아서서 방으로 발길을 돌리는 찰나다. 시어머니의 비수 같은 말이 또 휘리릭 날아온다. 무슨 말인지 긴말은 하나도 귓속으로 들어오지 않고 밖에서만 맴돈다. 이 모든 상황을 어찌해야 한단 말인가? 죽지도 살지도 못하는 어정쩡한 경계에 서서. 죽음마저도 성스럽게 소화를 시켜야 한단 말인가? 시어머니의 말을 옆으로 밀치면서 방으로 들어온다. 오른쪽으로 누웠다. 왼쪽으로 누웠다. 바로 누웠다. 엎드렸다. 어떻게 체위를 바꾸어도 가슴이 막혀 가슴을 두 주먹으로 탕탕 친다. 소설 속에서나 나올 이야기가 실제라니!

슬픔경전

2

그래도 뭔가 지독한 이물질이 걸려 내려가지 않는다. 벌떡 일어나 방을 왔다 갔다 서성인다. 서성이다 서성이다 연필 옆으로 다가간다. 그렇지 않으면 아마도 머리가 돌 것 같다. 늘 그래왔듯이 너무 답답해 죽을 것 같으면 연필을 찾는다. 연필은 중간 키로 줄어들어 멀뚱멀뚱 올려다본다. 자기의 심장을 꺼내 무엇이든 쓰라고 쓰라고 까맣게 까맣게 쓰라고 선심을 쓰면서 자신의 심장을 선뜻 내준다. 연필을 잡는다. 떨리는 손가락을 잡은 연필은 어둠 속에서 시 한 수를 만들고 있다.

경계에 서서

멀리서 보니 큰 산이 보인다.

가까이서 보니 작은 산만 보인다.

멀리서 보면 푸르기만 하던 잔디밭
가까이서 보니 개똥 쥐똥 벌레똥이 보인다.

경계를 속이면서 혹은
속아주면서 살고 있는 것이다.

볼우물 옴팍하고 뺨이 통통한 처녀의 저고리 섶 사이로 삐죽
내민
달달한 젖내가 양동이에 달 하나를 담아 이고 간들간들 걸어가는
뒤태에 수달이 따라붙는다. 그림자를 늘였다 줄였다 뒤따라가는
달, 물동일 내려놓자 달은 물속에 뛰어들어 일그러졌다
조용히 가라앉는 물
그런 밤엔 달이 우물의 기둥이 되었다.

찰랑이는 물동이와 달
달은 고요한 물에서는 고요하고
찰랑이는 물에서는 간들간들 뒤태가 된다.
그 경계엔 젖고 적시는 앞섶이 있다.

자유가 잉태를 낳고 젖내를 낳고

달의 존재를 낳는다.

다 닳아 없어질 때까지 멈추지 않고 할 저 배냇짓 같은 숫암달

감나무 가지에 걸러앉아

밤새 창문을 들여다보고 있는 달빛

억장 무너지는 소리가 말발굽처럼 요란하게 달려와

창의력 한 장을 만들고 있다.

어둠을 지우며

새로운 길 한 장을 찍어내고 있다.

　어떻게든 견뎌야 한다. 아니 어떻게든 견딜 수 있는 힘이 내게 있을까? 아니 아니 꼭 견뎌내야 할 이유가 객관적이게 타당할까? 우리 아이들을 위해서. 어미라는 이름값을 위해서. 이렇게 괴로워 몸부림치면서도 아이들이 이렇게 괴로운 일이 생겼을 때 곧바로 달려와 하소연할 엄마가 부재중이게 해서는 안 된다. 부재중이란 말이 이렇게 오늘처럼 간절할 때가 없다. 아니 아니다. 어려운 일이나 괴롭거나 힘든 일이 생길 때마다 엄마의 부재가 늘 찾아와서 아득하고 더 서럽게 만들었다. 밤은 변함없이 또 어둠을 몰고 온다. 밤새도록 이 말도 안 되는 일들을 담아서 버릴 자루 하나를 깁다가 날이 샌다. 왜 미치도록 몸부림치면서 참말로 미치는 일에 몸을

온전히 주어버리지는 못하는지. 차라리 미쳐버리고 싶다. 미쳐서 정신이 없는 것이 더 행복할 것 같다. 서러움이 눈물을 글썽이며 고개를 돌려 자신을 측은하게 바라보고 있다. 엄마가 자신을 바라보는 눈빛일 거라는 느낌이 든다.

　슬픔 떼가 등불을 들고 우루루우루루 달려와 문을 열어젖히고 신발을 신은 채로 자신에게 달려들고 있다. 자신의 뺨을 때리던 그곳으로 다가온다. 손바닥이 살며시 뺨으로 다가가 뺨을 어루만져본다. 뺨을 자근자근 어루만진다. 난데없이 공격을 당해 화끈거리던 자신을 방치해둔 것에 화가 난 듯 시무룩하기만 할 뿐 아무런 감각이 없다. 침울하고 새침하게 있는 뺨. 손바닥은 어둔 계단을 오르듯이 더듬더듬 조심스럽게 더듬거리며 다가가서 살살 문질러준다. 아직도 열이 받는지 화끈화끈 열을 손바닥에 뿜어낸다. 뿜어져 나오는 열기를 손바닥으로 살살 배를 만지듯 쓸어내려준다. 뺨에서 뿜어져 나오는 열기가 손바닥으로 건너와 온도를 맞출 때쯤 볼에서 손을 뗀다. 뺨의 열기는 이마에까지 타고 올라간다. 뺨에게 미안한 마음이 든다. 괜찮아. 괜찮아. 언젠가는 그 치욕을 씻을 날이 있을 거야. 이렇게 뺨의 화끈거리는 열기를 정리하다가 잠이 든다. 어느새 아이들이 모두 엄마 옆에서 행복을 마음껏 펼치면서 잠이 든다. 쪼그리고. 포개고. 형의 입에다 다리를 올려놓고. 동생의 배 위에 다리를 걸치고. 동생의 다리를 베고. 어지러운 질서를 베고. 잠속으로 걸어 들어가 꿈속 여행을 하고 있다.

이 어린 것들이 눈을 떴을 때 엄마가 없음을 알면 평화가 행복이 모두 깨지겠지. 이 철없는 아이들의 화려한 꿈과 희망이 까맣게 변할 걸 생각하니 안팎이 모두 깜깜하다. 남편은 그림자도 보이지 않는다. 확, 죽어버리겠다고 공갈 협박도 모자라 엄포까지 가져다 자신에게 던져 놓고 나갔지만 죽을 사람은 아님을 그녀는 확신한다. 아이 여섯을 낳아준 자기 아내에게 두 손 모아 빌라고 할 여자. 그렇게 죽도록 사랑하는 여자를 두고 죽을 수 있겠는가. 그 남자는 절대로 못 죽는다. 아니 그 남자는 절대로 안 죽는다. 내가 아이들 때문에 죽지 못해 살 듯. 그 남자는 그 여자 때문에 죽지 않고 살 것이다. 그럼 나는 앞으로 남은 시간들은 이 대책 없이 엉켜버린 시간들을 어떻게 해야 풀 수 있단 말인가. 오로지 아이들만을 위해 써야 하지 않을까. 아이들은 한번도 엄마에게 애원하며 자신들을 낳아달라고 조르지 않았다. 아이들의 의지도 반영하지 않고. 오로지 어미의 의지로 아이들을 이 세상에 태어나게 해놓고 아이들의 행복마저도 내 맘대로 거세해 버린다면 이 아이들이 너무도 가엽지 않은가. 엄마 없는 아이들만 되지 않도록 숙맥이 되더라도 살아줘야지. 자신의 몸과 마음이 만신창이가 되고. 갈기갈기 찢어지더라도 이 아이들이 자라 성인이 될 때까지는 살아주어야 한다. 그 방법밖에는 다른 선택의 여지가 없다.

눈물이 흐른다. 주루루 고드름에서 녹아내리는 물처럼 차갑게 흐른다. 눈물 줄기를 잘라낸다. 눈물 줄기로 다시 한번 다짐을 묶는다. 다짐이 흐트러지지 않게. 어둠이 눈을 뜨고 빤히 내려다보고 있다. 어둠의 눈꺼풀에는 피곤한 기색 하나 보이지 않는다. 세상의 피로란 피로는 모두 자신의 눈으로 모두 몰려든다. 눈꺼풀이 무거워 들어 올릴 수조차 없을 지경이다. 어둠은 피로를 조금도 맞들어줄 기미가 보이지 않는다. 이놈의 분노와 배신감은 갈 곳도 없는지. 자신의 몸에 아예 둥지를 틀어버린 것 같다. 어떻게 이렇게 밤낮으로 징글징글하게 달라붙어 다니면서 몸과 정신을 힘들게 하는지 알 수가 없다. 낮이면 밖으로 따라다니며 괴롭히고. 밤이면 방으로 따라 들어와서 괴롭힌다. 생식 능력이 왕성해 시간이 흐를수록 새끼를 치고 알을 졸랑졸랑 서캐처럼 많이도 낳는다. 점점 분노와 배신감이 늘어나고 있다. 그들을 따돌리고 탈출할 비상구가 없을까? 비상 사다리라도 있으면 타고 탈출을 하고 싶다. 그 분노와 배신감은 배가 늘 불룩하다. 엉덩이와 허벅지는 허연 살들이 뭉쳐서 흔들린다. 언제나 자신만만하게 어깨를 쫙 펴고 달려든다. 철학자의 수염 같은 수염을 기르고 여유롭게 달려들어 자리를 잡는 그 못된 것들. 자신이 이 집에 시집와서 이렇게 늙어가고 있는데 그놈들은 갈수록 젊어지며 다산을 하고 있다.

생각이 미끄럼을 타고 주르륵 미끄러져 온다. 생각이 삭고 곰팡이가 끼도록 밤마다 축축했는데. 부패하지도 않는 이 너절한 생각 상자. 판도라 상자에는 죄와 재앙을 넣고 그늘과 곰팡이와 벌레들이 알맹이 다 파먹을 껍데기를 넣었다. 판도라 상자에 햇살과 달빛과 별빛과 행복과 화사한 꽃향기와 새털구름을 넣어두었더라면 태어나면서부터 지금까지 이렇게 진흙탕을 걸어가면서 고통스러워하지 않아도 될 것을. 쓸데없는 것들만 가득 채운 것부터가 모순인 것이다. 여름이 끄응 눈을 뜨더니 엄마 목을 그러안고 젖가슴으로 손을 넣는다. 다 컸다고 생각했는데 아직도 엄마의 젖가슴을 만지고 자는 어린둥이. 달려드는 아이를 그러안고 젖가슴을 내준다. 마음을 복잡함으로 가득 채우고 있지만 몸은 아이에게로 포근하게 내밀고 있는 것이다. 이것을 모성애라고 하는 건지. 아이들을 보면 분노와 배신으로 함께 손을 잡고 뛰던 마음이 자꾸 조금씩 가라앉는 것이 신기할 따름이다. 어떤 약으로도 어려운 분노와 배신은 고칠 수 없다고 생각했지만, 아이들 앞에서는 어떤 약 한 알도 먹지 않고도 순간에 지워지고 있음이 신기하다. 한 방 가득 누워 있는 아이들이 신비스럽다. 부자 같다. 농촌에서 태어나 일본 그놈들한테 아버지와 어머니 재산마저도 다 잃었다. 어려서부터 부모의 사랑에서 벗어나 홀로 홀로. 스스로 걸어갈 길을 방향도 모르고 무작정 걸었다. 넘어지고 자빠지면서. 길 아닌 길을 길이라 여기고 개척하면서. 이리 채이고 저리 밟히면서. 상처투성이들이 주는 나침반으로 한 발 또 한 발 살아 길을 찾아온 목적지. 여기까지만 오는 것도 상처투성이인데 앞으로 얼마나 더 험한 길이 독사처럼 독을 품고 혓바닥을 날름거리고 길목에서 기다리고 있을지. 자신이 당한 고통이 심할수록 엄마를 부른다. 엄마는 얼마나 많은 시간을 자신과 오빠를 그리워하면서 살고 있을까? 밤낮 자식 생각을 하다가 병이 났을지도 모를 일이다. 어른이 되어서도 엄마 생각을 하면 한쪽 가슴이 서늘해져 아무것도 할 수 없는데 아이들에게 이 아픔을 물려주지 말아야 한다는 생각. 엄마 생각에 날이 새는 줄 모르고 있다. 새벽빛이 하얗게 문을 비춘다. 일어나라는 명령이다. 조용히 일어나 밖으로 나온다. 아무것도 손에 잡히지 않지만, 방에 누워 있자니 답답함이 자신을 눌러온다. 질식해 죽을 것만 같다. 달은 자신의 마음을 아는지 모르는지 환하게 웃으며 내려다보고 있다. 자신은 달을 올려다보고 달은 자신을 내려다본다.

지독한 권태

처음부터 사랑이라든가 애정이라든가 하는 말은 사치였는지 모른다. 그냥 아무도 관심을 가지거나 소중하게 여기지 않는. 그렇지만 없으면 잠시도 살 수 없는 것들. 구름이나 바람이나 물. 그리고 별과 달과 해만 자신의 것으로 믿고 살아야 했는지 모른다. 결혼이란 것 역시 사치였는지 모른다. 태어나면서부터 아니. 태어난 시대부터 주권을 남의 나라에 저당 잡힌 나라에서 태어난 것부터가 불운이었는지 모른다. 이 나라에 태어난다는 생각을 해본 적도 없다.

내 엄마를 선택해서 태어난다는 생각을 해본 적도 전혀 없다. 그냥 태어나서 보니 이 나라였다. 태어나서 보니 엄마도 빼앗겨 버린 기구한 운명인 것이다. 그 나머지 부모도 행복도 목숨조차도 자신의 것은 아무것도 없다는 걸 깨닫지 못한 무지함. 애초에 알았어야 했다. 행복의 임자는 따로 있다. 간혹 자신을 찾아오리라는 기대감은 애초에 하지 말았어야 했던 것임을 왜 몰랐던가.

아이들을 통해서 어쩌다가 잘못 찾아온 것처럼 아주 잠깐 들른 행복은 주인을 잘못 찾아온 듯 이내 돌아가버리고 만다. 어린 시절 엄마가 그리워 울다 울다가 잠이 들었을 때. 꿈속에 엄마가 나타나 따뜻하게 안아줄 때. 잠깐 왔다가 꿈을 깨면 사라졌다. 행복이란 놈은. 배가 고파 창자가 다 달라붙어 배가 등가죽에 가 붙어 있을 때 죽 한 숟가락에 묻어와 주었다. 행복이란 놈은. 잠시 다니던 학교에서 공부를 잘한다며 칭찬을 받아들고 집에 왔을 때. 오빠가 등을 토닥여 주며 웃어주던 그때. 웃으며 나를 바라봐주었다. 행복이란 놈은 잠잘 곳이 없어 거리로 쫓겨났을 때. 국말이밥집 주인이 잠을 재워주고 먹을 것을 주었을 때 와서 함께 동침을 해주었다. 행복이란 놈은. 국말이밥집에 불행이 달려와서 갈 곳이 없을 때. 오빠가 머슴살이하던 주인집 오자상이 자상하게 딸처럼 받아주었을 때. 고마움의 울음으로 다가왔었다. 행복이란 놈은. 오자상이 날마다 공부를 가르쳐줄 때. 일본 놈들 눈을 피해 골방에 들어가서 은밀하게 책을 펼쳐놓고 한글 공부를 배울 때. 살금

살금 깨금발을 뛰면서 들어와 책 위에 사뿐하고 곱게 내려앉아 나란히 앉아 공부했었다. 행복이란 놈은. 그 잘난 양반가와 뼈대 있는 집안 할아버지가 이웃을 위해 베풀고 나라를 위해 목숨을 초개처럼 버렸다는 소리에 기뻐 결혼을 하려고 결심을 다졌을 때. 그때도 잠깐 왔었다. 행복이란 놈은. 시집살이가 너무 버겁고 힘들어 죽고 싶을 때는 코빼기도 안 내보이다가 다시 또 창자가 배고프다고 꼬르륵 꼬르륵 밤낮 달달 볶을 때. 그때도 조금 참고 기다리면 자신이 찾아온다고 다짐을 주러 다녀갔었다. 행복이란 놈은. 아이 여섯을 낳을 때마다 방문해서 아이들이 이 세상으로 왔음에 축하를 건네며 이 세상에 없는 아름다운 꽃다발을 한 아름 안기면서 다녀갔다. 행복이란 놈은. 그렇지만 행복이란 놈은. 늘 건성건성이어서 불행이 닥쳐올 때는 뒷짐 지고 서 있다. 불행이 와도 쫓아내기는커녕 아는 척도 안 하고 눈 딱 감고 있다. 늘 엎치락뒤치락 씨름하면서도 불행에게 승리의 자리를 내주고 마는 행복.

그렇지만 행복이란 놈은. 로시난테 갈기같이 늙고 삐쩍 마르고 비루먹은 꼴의 노새. 마른풀 냄새를 펄펄 날리며 자신을 희생하며 돈키호테의 곁을 지키는 로시난테 유전자를 조금은 가지고 있는 듯하다. 죽을 만큼 힘들 때 아주 잠깐이라도 얼굴을 비춰주니까. 행복이란 놈은. 돈키호테의 여행에서 갖가지 모험과 고난을 함께한 마는 비록 명마는 아니더라도 명마보다 더 명마로 옆을 지키는 로시난테. 행복 그놈도 내 곁에서 불행과 맞서 싸우느라 만신창이가 되었지. 늘 핼쑥한 얼굴이면서도 위기에 처해서 허우적거리거나 자신에게 온갖 어려움과 상처가 찾아올 때마다 함께했다. 어디에서 어떻게 달려왔는지 번개처럼 뛰어들어 불행을 물리치며 함께 옆을 지키는 자신의 여행에 꼭 필요한 명마라는 생각을 한다. 자신과 함께해주는 비쩍 말라비틀어진 갈기를 가진 행복이지만 그래도 누구보다 자신과 함께하면서 용기를 주는. 행복과 함께 한 치도 볼 수 없는 어둠 속을 앞으로 앞으로 달려가 볼 용기를 찾게 해주는 행복마가 어디서 달려오기를 또 기다려본다. 아이들과 함께 어떤 바람도 맞서서 싸워야 한다. 그래 가자 앞으로 앞으로 희망 그저 내 인생은 막이 내려졌다 생각하고 아이들이 무대에서 주인공이 되어 빛나게 사는 걸로 대리만족을 하면서 쏟아지는 소나기와 폭풍을 거슬러 연어처럼 폭포를 거슬러 달리자. 언제고 겪어야 할 일이라면 몸의 살이 다 내려 앙상해지더라도 떠나간 두 아들의 희생 값으로라도 남아 있는 아이들의 행복값이라고 생각하고 살아보자 살아보자. 폭설이 쏟아져 꼼짝달싹 못 하게 가두었다고 생각하고 아이들 앞날에 날개를 달자. 아이들이 가고 싶은 곳 어디든지 날아가고 하고 싶은 것 무엇이든 할 수 있게 장애물을 걷어내는 역할이 이번 생에 주어진 연기라면 기꺼이 기쁘게 받아들이자.

　다 떨어져 너덜거려 보잘것없는 육신과 몸이 태어나면서부터 운명이란 보따리 속에 가난과 굶주림과 불행의 씨앗만 분배받아 태어난 것을. 절대 포기하면 안 돼. 달녀 넌 내일 지구가 멈춘다 해도 포기하지 말고 오늘이 있는 한 늘 오늘을 견뎌야 해. 이제 와 멈춘다면 지는 거야. 이 집안에서 세상에서 생에서 모두 실패란 옷을 입고 저승으로 가야 해. 그럴 수는 없지. 어차피 망가진 내 인생으로 아이들의 방패가 되어 아이들이 내가 못 누린 행복을 모두 누리고 살도록 해야 해. 하늘은 내가 아무리 어려워도 얄밉도록 해맑게 웃고 있잖아. 이제 두려울 것이 없어 누구도 꺼릴 것도 없어. 아무렇지도 않은 저 해맑은 웃음을 잘라 아이들에게 이식해 줘야 해. 힘내자, 저 넓은 세상을 향해 아이들이 맘껏 달려 나라도 다시 찾아와야 하고. 그렇지 내 슬픔에 나라 생각을 한 번도 못 했지만 내가 못 생각한 이 생각을 아이들이 해서 그 아이들의 아이들만은 일본 놈에게 이런 비극을 물려줘서는 안 돼. 그래 싸우자. 힘내자. 이 나라를 내 아이들이 찾으면 그때 죽어도 늦지 않다. 개인사에 얽매이지 말고 넓고 높은 곳을 보자. 내 몸이 다 부서져도 참고 참고 또 참는 거다. 힘을 내서 행복을 타고 씩씩하게 나아갈 아이들을 상상하며 힘을 얻어볼 수 있을까 싶은 마음으로. 행복마고삐를 잡고 강하게 불어오는 바람과 맞서야 한다. 보따리보따리 위로를 용기를 짊어지고 온다. 방패가 부서진대도 나의 무뎌진 창 끝에 아무 겁 먹지 않고 모든 불행을 무찔러 줄 행복에게 이 글을 읽어준다.

  행복이란 놈. 참 멋진 놈이면서. 참 괘씸한 놈이면서. 참 매몰차기도 한 놈이다. 얼굴도 다리도 팔도 한번 안 보여준다. 늘 가림막

에 가려놓고 자신을 조정하며 이리저리 끌고 다니는 행복이란 놈. 언제나 자신의 곁에 묶어둘 수 있을지. 그래도 또 어떤 역경이 닥쳐오면 천천히 신발 끈을 죄어 매고 내게로 달려와 줄 행복마. 인간성 하나는 믿어도 될 행복마. 행복마를 쫓아버리는 불행을 잡아 털을 뽑고 내장을 꺼내고 꼬리를 잘라낸 다음 갖은 양념을 해서 냄새를 없앨 된장을 풀어 가마솥에 푹푹 삶아서 아지에게 먹여버리고 싶다. 그렇게 불행을 삶아 없애야만 행복마가 마음 놓고 자신 옆에서 함께 할 것 같은 생각이 든다. 그렇지만 그 불행을 먹은 아지가 불행해지지 않을까 내심 걱정도 된다. 그렇다면 불행을 쫓아버리는 방법을 심도 있게 천천히 차분하게 다시 연구해야 할 것 같다. 아님 행복마에게 산삼이나 보약을 달여 먹여 힘을 길러 불행을 이기도록 기다리는 수밖에 다른 방법이 생각이 나지 않는다. 검은 안개 속에 갇혀 있다. 검은 안개의 부리와 발톱을 바위에 쪼고 찧고 갈아 새로운 부리와 발톱이 돋아나게 할 요령을 찾아야 한다. 그러나 그 요령은 어느 캄캄한 토굴 안에 갇혀 있는지 알 길이 막막하다. 답답함이 자신의 핏줄을 돌아다님을 절감한다.

달녀는 멍하니 달을 쳐다보고 있다. 두 손바닥을 포개고 손끝을 하늘을 향해 세우고 달을 향해 간절히 빈다. 하루빨리 행복마가 자신에게 용기와 희망을 구해 와서 동행해줄 것을. 울타리 하나도 치지 않고 깜깜한 밤 공중에 매달려서도 늘 웃으며 살고 있는 달이 부럽다. 한집에 살면서. 한솥밥을 먹으면서. 한방에서 잠을 자면서. 멀쩡한 마음을 도둑맞고 껍데기만 한 집에서 살아가는 자신은 무엇이란 말인가. 지독한 권태가 자꾸만 자신의 가슴을 헤집는다. 능구렁이처럼 자신을 둘둘 감으며 숨통을 죄어오는 권태. 몇십 년을 몸을 눕히고 동고동락해왔던 집이 오늘은 처음 보는 집처럼 낯설다. 무기력이 풀풀 날아다닌다. 여기저기 무기력 가루를 쑥버무리처럼 버무려 놓는다. 그렇게 사랑스럽던 아지의 큰 눈망울도 길고 예쁜 눈썹이 젖도록 눈망울 가득 물기가 그렁거린다. 금방이라도 뚝뚝 처마 끝 낙숫물처럼 떨어질 것 같다. 위태롭게 눈물이 매달려 있다. 쓸데없이 꼬리를 이쪽저쪽으로 흔들어대며 넓적한 어금니로 질겅질겅 종일종일 온종일 권태를 씹어 먹고 있다.

가시 덩어리로 뭉친 시어머니의 말은 가시가 더욱 무성하게 자라서 공중으로 공중으로 하늘 높은 줄 모르고 번어나간다. 뒤통수도 보기 싫은데 보기 싫을수록 더 자신에게 다가와 가시말로 자신을 마구 찔러댄다. 벌떼가 몸속에 들어와 내장을 쏘아대는지 따갑고 화끈거리고 아프다. 말은 모두 사방 천지로 흩어져 가을 낙엽으로 떨어지는 걸 아직도 모르는지. 끊임없이. 끊임없이. 끊임없이 쏘아대는 저 독설. 혀 속에 들어 있는 독들을 꺼내서 풀풀 마른빨래에 물 축이듯이 가득 뿜어서 내뱉는다. 시어머니의 입에는 어떻게 저 많은 독설이 살고 있는지. 악마의 조롱이 덕지덕지 묻은 시어머니 말. 천하에 이름난 목수를 불러 시어머니의 말을 잘 다듬어낼 수만 있다면 명 목수를 불러 보고 싶다. 시어머니의 말을 천하제일의 명언이 되도록 다듬고 싶다. 신들은 모두 어디로 가서 잠만 자고 있는지. 저렇게 악이 활보하는 섬뜩한 저 눈빛과 말을 한 번도 말리지 않는다. 조금도 그러면 안 된다거나 그러지 말라고 타이르지도 않는다. 넉넉한 마음으로 시어머니 편에서 감싸주는 게 거품 같은 세상. 모두 남의 편에 서서 호롱불을 들고 있다.

학교에서 늘 1등을 몸에 감고 사는 아들과 딸이 가져온 통지표. 최고의 기쁨을 만끽하고 칭찬을 하고 용기를 북돋워줘야 할 일이다. 그러나 아이들의 호들갑만 가득할 뿐. 수수수수 쏟아지는 통지표 가득한 성적은 보이지 않는다. 경기(驚氣)를 하며 눈을 아지의 눈보다 허옇게 뒤집는 아이. 아이의 발작도 이젠 만성이 되었는지 무뎌진 것인지. 별로 놀랍지 않다. 얼마나 힘들 것인가? 머릿속에서는 그런데 침을 맞으러 데려갈 엄두도 나지 않는다. 만사가 귀찮고 삶의 의미도 밍밍해진다. 침을 맞히러 가야 한다는 책임감마저 지워지고 없는 못난 어미다. 어미의 품이 좋아서 달려들어 안기고. 젖을 만지고. 목을 감고 매달리며 엄마 냄새가 좋다며 갖은 애교를 다 부리는 아이. 킁킁~ 킁킁~ 강아지처럼 코를 킁킁거리고 벌름거리면서 덤벼든다. 어리고 귀엽기 그지없는 가을이 재롱도 성가심이 주렁주렁 매달릴 뿐이다. 숙명의 여린 감성이 지저리게 보인다. 저래서 어디다 써먹나 하는 식상함으로 비친다. 사연이의 걱정스러운 표정이 청승으로 바뀐다. 머릿속에 앉아 있는 모든 일은 모두 무미건조한 일들뿐이다. 어떤 가치 있는 일이나 의미를 가진 것들이 없다. 눈을 씻고 쳐다보아도 좋은 구석이 없다. 감정은 이성을 모두 집어삼켜버린다. 우중충한 가림막으로 검은 장막을 치고 시멘트로 발라버린 것처럼 머릿속이 모두 막혀버린다. 권태만 올챙이처럼 꼬리를 살랑살랑 흔들며 복잡한 머리카락 사이를 헤집으며 헤엄을 친다. 햇순처럼 싱싱하게 뻗어나가는 권태. 봄 햇살 부서지는 무논에 올챙이가 바글거리듯. 머릿속엔 권태가 바글바글 부화하고 있다.

말라깽이처럼 깡말라 비틀어진 이성은 싹을 틔울 엄두도 못 내고 있다. 권태는 이성을 집어삼킬 듯 출렁거리며 굶주린 야성의 짐승이 된다. 으르렁 컹컹 으르렁 컹컹 먹이를 노리고 있다. 착란을 앓는 것은 아닐까? 이성의 주둥이는 거미줄처럼 가느다란 숨소리만 할딱거린다. 엄마도 없고 아버지도 없고 아무도 뒷배가 없는 어린 단종이 겁으로 떨며 삼촌인 수양대군에게 자리를 내어 주듯. 비렁뱅이 같은 이성은 권태에게 자리를 내주고 벌벌 떨며 사약을 기다리고 있다. 단종 복위 운동을 벌이는 사육신과 생육신처럼. 이성 복위를 위한 사육신과 생육신이 피비린내 풍기며 싸워줄 것을 자신에게 기대한다. 머릿속에 이성으로 겁먹지 말고 살아 있어 주기를 기대하는 것이다. 그것만이 한 줄기 빛인 듯 기대를 걸면서 소망해볼 뿐이다. 결국은 결국은 언젠가는 누구나 모두 때가 되면 죽을 운명이지만. 그래도 사람들은 희망 빛을 보며 사는 데까지 목숨이 저승으로 끌려가기 전까지 어떻게든지 살아가야만 하지 않는가? 자신에게도 부디 그런 행복마가 행운을 싣고 왔으면 좋겠다. 싱그러운 희망 줄기를 모종할 생각을 해본다. 불행을 말끔히 걷어 내고 행복씨를 파종할 황무지를 개간해야 한다고 생각을 해본다. 밭고랑을 만들고 북돋우느라 애써 소비한 날들이 너무 길었다. 황무지를 개간해서 행복씨를 심는 시간은 1년이 넘도록 걸린다. 아무것도 달라지지 않았고. 아무것도 그 자리에 있는 것도 없다. 이것도 저것도 아니다. 망상과 거대한 미해결 서류 더미만 태산처럼 쌓여서 자신을 기다리고 있을 뿐이다.

남편은 말 그대로 남의 편이 되었다. 그 도화살이란 여자와 관계를 아예 조금의 죄책감이나 미안함도 없다. 그 여자와 만나고 놀고 한다는 말을 귓속으로 날라다주는 바람만 시나브로 다녀갈 뿐이다. 등잔 밑이 어두워 자신만 모르고 온 동네가 다 알고 있던 그 참담한 비극 덩어리인 남편과 도화살의 밀애. 이제 무덤덤한 눈빛으로 바라볼 뿐이다. 해는 매일 차갑고 시린 빛들만 내리쬐며 물고 기처럼 파닥인다. 지독한 권태는 알을 낳고. 낳은 알은 하나의 손실도 없이 모두 부화시킨다. 햇살보다 더 많은 빛을 반짝이며 자신을 덮치고 있는 권태. 한 방울 두 방울 슬픔이 후둑후둑 떨어지기 시작한다. 슬픔을 피해야겠다. 그때마다 느닷없이 아이들이 눈 속으로 뛰어온다. 그래 내 입안에 혀보다 더 내 마음을 휘두를 줄 아는 저 아이들을 잠시라도 슬픔을 맞게 해서는 안 된다. 갑자기 먹구름 굽는 냄새가 온 하늘을 덮은 걸 보니 또 다른 슬픔의 소나기가 마구 쏟아질 작정을 하나 보다. 아이들이 슬픔 소나기를 맞아 감기가 들게 해서는 안 되겠다. 햇살이 쨍그랑쨍그랑 종소리를 울리며 단맛 굽는 냄새를 풍길 때까지 저 아이들이 슬픔 비를 맞지 않게 보호해줘야겠다. 이 썰렁하고 허허로운 벌판에 아무것도 없는. 지붕은커녕 나무 그늘 하나도 없는 벌판. 아이들이 무방비로 노출되면 하다못해 토란 잎사귀라도 꺾어서 머리에 씌워주어야겠다. 토란잎 밑에서라도 땡볕을 피하고. 슬픔 비를 피하도록 그늘이 되고 우산이 되어 주어야겠다. 땡볕이 그늘을 가지고 지나가고. 슬픔비가 그친 그다음에 다음은 생각해야겠다.

두두둑두두두둑 훅훅 듀듀듀듀 훅훅 슬픔 방울이 제법 굵게 떨어지기 시작한다. 제발 이 슬픔 방울에 권태가 씻겨나가길⋯⋯. 쏟아지는 슬픔을 피할 겨를도 없이 슬픔의 무리들이 달녀의 손등에 몰려든다. 눈물로 쏟아지는 슬픔을 닦아낸다. 온몸을 휘감던 슬픔을 모두 쓸어버려야겠다. 잠들지 못한 시간은 적막을 휘저으며 허리 꺾인 생의 뒤안길을 서성거리는 바람의 치맛자락 속에 안겨 목놓아 운다. 이제 웃음을 포식할 수 있는 시간을 찾아야지. 얼마나 긴 시간 삶의 성장판을 멈추었나? 이제 사막 냄새 서걱거리는 화면을 밀어내고 푸른 들판에서 늑대와 함께 춤을 춰야겠다. 슬픔의 성역에서 벗어나 우둔한 생각을 버리고 목숨보다 소중한 아이들의 경호원이 되어야겠다. 푸석푸석 삭아가는 인생이 더 삭아 없어지기 전에 가방 속에 담긴 모든 시간을 모두 꺼내 아이들

이 번뇌의 길로 드는 것을 막아야겠다. 아이들에게 덤비는 그늘을
모조리 전지(剪枝)해야겠다.

슬픔경전

3

생각종아리에 바글거리는 진딧물

아이들을 보자 죄스럽고 미안함이 몰려온다. 너무 긴 시간을 무심했다. 어미가 권태를 못 이겨 끌려다니는 동안 아이들은 그 권태의 그늘에서 햇빛을 보지 못했다. 그동안 햇볕 한 줌 없는 장마철에 아이들을 돌본 것은 무심이다. 없어. 없어. 나에게 남편은 없어. 오로지 아이들만 있을 뿐이야. 달려는 1년이 넘는 긴 시간을 권태를 갉아먹으며 살았다. 아니 더 정확한 표현은 정신 부재자였다는 것이 옳을 것이다. 정신은 집을 떠나고 빈 몸뚱이만 무의식적으로 움직였다. 춥고 썰렁한 겨울을 살았다. 참새 다섯 마리가 눈 위에 내려앉는다. 눈 위에 내린 반짝이는 햇살을 쪼아 먹는 새들이 눈에 들어온다. 아마도 부부 참새와 새끼 새들이라는 생각이 든다.

어디서 부끄러움이 내려앉는다. 고개를 저어 정신을 가다듬는다. 그때서야 아이들에게 죄스러운 생각이 고개를 쳐든다. 어미가 끝없는 슬픔에 잠겨 허우적거리는 사이 큰아들은 대견스럽게도 중학생이 되었다. 중학생이 되어서도 여전히 1등이란 자리를 내놓지 않고 독재를 하고 있다. 동생들도 학교에 열심히 다니며 공부도 알아서 잘하고 씩씩하게 자라 주었다. 그러나 정신이 들자 몸이 성치 않은 여름이 가슴을 아리게 한다. 부끄러운 지난날들을 강물로 씻어내고 바람으로 말려야겠다. 무슨 미련이 그리도 많은지 아직도 경기는 완전히 여름이 곁을 떠나지 않고 있다. 전보다는 많이 나았지만. 아들이 경기를 하는데도 놀라지 않고 지냈다. 그때 무슨 정신이었는지조차도 모른다. 솔직히 말하면 연화동 의원에게 아이를 데리고 침을 맞히러 가고 싶지가 않았다. 연화동이란 이름이 연꽃이 핀 것처럼 아름답기는커녕. 연꽃이 피어난 뒤에 남은 구정물 같은 곳. 화로 자신의 가슴을 태워버린 비정한 여자가 살고 있는 동네에 발도 들여놓기 싫다.

여름이는 가끔 자신을 놀라게 하지만 달리 방법을 연구한다. 방법이라야 기껏해야 의원을 집으로 모셔서 침을 맞게 하는 것이다. 문제는 시어머니다. 또 무슨 말도 안 되는 억지를 부리며 아이의 치료를 방해할지 알 수가 없기 때문이다. 아이를 치료하다 설령 시어머니께 아무리 독한 욕을 먹는다고 해도 괜찮다. 아이 치료는 해야겠다는 야무진 결심으로 의원을 부른다. 다행히도 의원은 아무런 이유를 묻지 않고 연화동에서 여기까지 걸어 집으로 와서 아이의 경기(驚氣) 치료를 해준다. 고맙다는 말 외에 무슨 이유를 달 수 있는가. 아슬아슬 침을 맞히는 날이면 시어머니 눈치만 살피면서 하루를 보낸다. 어쩐 일인지 의원이 침을 놓으러 왔다 가는데도 별말이 없다. 그냥저냥 눈감아주는 건지. 손자 일이라 이해를 하는 건지. 아무튼 속은 알 수 없지만 여간 다행스러운 일이 아니다. 시간은 잠시도 머물러주지 않고 앞으로 앞으로 걸어간다.

달녀는 자신의 운명의 배를 잘 드는 칼로 절개한다. 내장을 빼낸다. 간을 빼내고 쓸개도 잘라낸다. 허파까지 도려내고 질긴 실로 촘촘하게 다시 봉한다. 저들이 실밥을 터뜨려버리고 다시 밖으로 삐져나오면 아마도 자신이 살아가기란 어려움을 판단한 것이다. 스스로 의사가 되어 자신의 삶에 걸림돌이 될 만한 것들을 진단한 것이다. 진단하고 수술할 것은 수술하고 약으로 말릴 일들은 약으로 말리고 걸림돌을 모두 제거한다. 독사 독보다 더한 독으로 소독을 마친다. 이제 자신 달 · 녀 · 는 · 죽 · 었 · 다. 이제 이세상에는 오로지 아이들만 있을 뿐이다. 아이들 속에 빼낸 장기들을 모두 이식시키고 아이들이 자신이라 생각하면서 살아갈 것이다. 새로운 다짐을 하자 주위가 다시 눈 안으로 속속 귀가하기 시작한다. 아지도 환골탈태를 하고 돌아온 자신을 보며 벙긋벙긋 씰룩이며 코웃음을 웃는다. 사연이는 제법 가사 일을 도우며 엄마의 친구가 되어준다. 아이들도 무심함이 잘도 키워주었다. 공부도 잘하고 말도 잘 들어 행복을 올망졸망 피워낸다. 비록 금방 시들어 버릴 행복일지라도 괜찮다. 괜찮아. 괜찮아. 괜찮아질 거야. 힘내자 견디자 살아가자. 자신에게 위로와 예방이 반반 섞인 주사를 놓는다.

시냇물은 맑은 냄새를 풍기면서 해르르해르르 해맑게 웃으며 흘러내린다. 햇살은 졸졸졸졸 자신을 따라다니며 나무 밑에 푸른 그늘을 만들어준다. 바람은 싱글싱글 치맛자락을 붙잡고 흔들며 품 안으로 들어와 마구 간지럼을 태워 겨드랑이에 파란 싹이 돋을 것 같다. 꽃들도 싱글벙글 보라보라며 웃음 향을 무더기 무더기로 퍼서 후르르후르르 날려준다. 들판에 나가 모심기할 못자리를 고른다. 행복은 명화 한 편을 자신에 눈앞에 선명하고 화려하게 펼친다. 명화를 펼치자 명화 속 개구리들이 뛰어나와 합창으로 멋진 환상곡을 불러준다. 논물 가득 하늘이 내려앉아 구름으로 몽실몽실 목화꽃을 하얗게 피운다. 논둑 가에 붓꽃들은 보랏빛과 노란빛 물감을 풀어 그림을 그리고 있다. 논물 살에 잠겨서도 물감은 번지지도 않는다. 찰랑찰랑 고운 색채로 자신의 얼굴은 물로 마음까지 정밀하게 그려낸다. 물결에 비친 자신의 얼굴을 들여다본다. 물속을 들여다보다 자신도 모르게 화들짝 놀란다.

자신의 모습은 오간데 없다. 비쩍 말라 볼 폼 없는 여자 하나가 출렁출렁 물속에서 출렁이고 있다. 저게. 저 물속에 비쩍 마르고 볼 폼 없는 여자가 정녕 나 달녀란 말인가! 조용히 읊조려 본다.

그렇게 형편없이 망가져 버린 저 여인이 자신 달녀가 맞아라고 따라 읊조린다. 헤벌쭉 웃어본다. 물속에 여인도 헤벌쭉 소리를 내면서 따라 웃는다. 분명 달녀는 맞다. 예전에 곱던 달녀가 아닌 흙탕물 속에서 만신창이가 된 달녀. 새소리가 포르르 날아간다. 새소리가 날아가자 새 발자국이 논물 위로 어지러이 날아 떨어지고 허공엔 새똥 냄새만 곤두박질한다. 꽃이 지고 나면 꽃대궁은 필요가 없어지고 꽃이란 말은 무색해진다. 꽃은 지고 꽃대궁만 앙크랗게 남은 꽃대궁이란 말조차 무색해져 보이는 그 모습이 자신이라고, 자신이라면서 헬헬헬 웃고 있다. 명화 두루마리를 말아서 논둑에 둔다. 허리를 들어 주위를 본다. 세상이 파랗다. 아무렴 어떤가. 이미 자신은 죽어서 장례식을 치렀는데 인제 와서 그리워한들 죽은 자식 불알 만지기 아닌가. 달녀는 체념을 뽑아 논둑 위에 집어 던지고 일에 전념하기 시작한다. 일에만 전념하다 점심때가 지났는지도 저녁이 왔는지도 몰랐다.

그사이 어둠이 컴컴 밀려오고 있다. 집에 가서 아이들 밥을 해서 먹여야지. 그래 밥을 맛있게 해서 먹게 해주어야지. 그동안 무심이 아이들을 돌봐주었다. 고맙게도. 이제는 미련하고 부족하기 짝이 없는 어미가 최고는 아닐지라도 최선을 다해 돌봐줘야지. 오랜만에 마음을 잡아당겨 허리춤에 묶는다. 어디선가 힘 한 줄기가 온몸에 피돌기를 시작한다. 서둘러 집으로 향한다. 어둠도 덩달아 종종걸음으로 뒤를 쫓아온다. 오늘은 모처럼 큰맘 먹고 큰아들과 숙명이 좋아하는 감자옹심이를 만들어 넣고 감자수제비를 만들어 먹일 참이다. 감자를 긁는다. 가려운 곳을 긁듯이 박박 긁는다. 반쯤 닳아서 배태기가 된 놋숟가락은 감자껍질을 슥슥 벗긴다. 속살을 최대한 안 붙어 나오게 잘도 긁는다. 꼭, 꼭지 빠진 반달 같다. 감자를 긁어 강판에 갈았다. 밀가루를 섞어 옹심을 만들고 감자를 썰어 넣고 파를 넣고 끓인다. 수제비를 만들어 저녁상을 들고 마루로 향한다. 어느새 달빛이 차갑게 밥상 위로 뛰어내린다. 아이들은 모처럼 만든 수제비가 그렇게 좋은지 좋아서 어쩔 줄 몰라 한다. 노래를 부르고 저희끼리 손바닥을 맞대고 아자! 아자! 소리를 지르고. 시들어가던 버들강아지에 물오른 것처럼 싱싱한 말들을 앵두보다 붉은 입술에서 쏟아낸다. *앗싸! 수제비다 수제비! 맛있겠다. 신난다. 엄마 맛있겠다요.*

저렇게 좋아하는 음식을 가장 손쉬운 음식을 어찌 안 해줬단 말인가. 1년이 넘도록 그 흔해 빠진 수제비를 못 해먹인 어미가 어미인가. 아이들 좋아하며 먹는 모습에서 기쁨이 올라와야 하는 이 순간에 저 밑바닥부터 샘물 솟듯이 아픔이 울컥울컥 올라온다. 눈깜빡할 사이에 모두 한 그릇씩 뚝딱 먹어 치운다. 아이들이 배가 부른지 갑자기 저들끼리 키들키들 웃어댄다. 아무래도 좋아서 웃는 건 아니다. 빈정거림이 묻은 웃음이다. 기분이 묘한 생각이 들어 아이들에게 물음을 던진다. *수제비 맛있게 먹었나? 왜들 씨잘데기 없이 웃고 그래노? 아아. 아이씨더. 그냥 웃음이 나서 그러니*

더. 큰놈의 대답이 아무래도 석연찮다. *또 먼 일을 꾸매 놓고 그래 웃고 난리들이로? 바로 말 못 하나!* 목소리 볼륨을 10센티쯤 높여서 말을 굴려 보낸다. 숙명이 아직도 키득거리는 웃음을 입가에 묻히고 말한다. *엄마 낯을 민경에 한 분 비춰보소. 주근깨 엄마야! 주근깨 엄마!* 말을 마치고는 무엇이 그리도 저렇게 자지러지게 우스운지. 또 한바탕 저희끼리 웃어댄다. 웃음을 던져놓고 왁자지껄 소리를 앞세우며 밖으로 나간다.

무슨 일인가. 흙이 묻었나 보다 생각하고 저녁 설거지를 마치고 나서야 민경을 들여다본다. 맙소사! 얼굴이 온통 주근깨투성이다. 흉측할 정도의 주근깨투성이를 보고 그렇게 자지러지게 웃어낸 것이다. 그래, 이런 모습을 남편은 매일 보았을 것이다. 칼로 깎으면 감자의 살점이 뜯겨져 나가는 게 아까워서 살점을 아끼기 위해서 배태기로 날마다 감자를 한 옹가지씩 긁었다. 밥에 앉혀 먹고. 수제비도 해 먹고. 그냥 쪄 먹기도 하며 굶은 배를 채워준 감자. 오직 어떻게 하면 배불리 먹을 수 있나만 연구했다. 자신의 얼굴에 주근깨처럼 감자의 녹말이 달라붙는다는 건 사실이지 생각지 못하고 살았다. 내 속으로 낳은 내 자식도 저렇게 우스꽝스러워 지어미를 주근깨 엄마라며 놀리는데 남편의 눈에는 어찌 보였을까? 고생하는 아내가 측은하게 보였을까? 아니다 잘못이다. 눈에 보이는 일을 측은지심이나 가족을 위한 것이라 포장해서 흉측함을 감추려고 한다는 건 비겁한 일이다. 그래 내게도 이만큼. 주근깨가 달라붙은 만큼의 책임이 있는지도 모를 일이다.

도화살. 그 여자 얼굴과 비교를 한다면. 한 여자는 날마다 주근깨투성이에 옷도 누더기고 옆에 가면 소똥 냄새에 썩은 거름 냄새가 요동친다. 그러나 또 다른 한 여자는 윤가가 반지르르 흐르고 상큼하게 차려입은 매무새에 상큼한 향기가 풀풀 날아다닌다. 그렇담 내가 남자라도 후자의 여자를 좋아할 것이다. 그 어떤 사내라도 윤기 반지르르 흐르고 상큼하게 차려입은 매무새에 상큼한 향기가 풀풀 날아다니는 여자를 사랑할 수밖에 더 있는가! 어떤 사내가 주근깨투성이 여자를 안고 싶겠는가! 그래 이제 좀 나를 찾자. 죽은 달녀가 아닌 다시 태어난 달녀. 그 달녀는 사내가 안아보고 싶을 만큼 자신에게 신경을 써야겠다. 갑자기 지난날이 남편에게 부끄러웠다는 생각이 든다. 내일부터는 신경을 써야겠다 다짐하며 잠자리에 든다. 언제나처럼 가을이보다 아픈 여름이에게 신경을 집중한다. 가을이 어미의 품속을 파고들며 젖을 만진다. 오랜만에 따뜻하게 세상에서 제일 포근하게 안아준다. 아이는 바로 코를 골며 꿈속을 걸어간다. 평화로운 숲이 아이 꿈속 놀이터가 되어주길 빈다.

달녀는 두 눈을 뜨고도 남편의 마음을 잃은 자신이 원망스럽고 바보 같아 자신을 떠나고 싶다는 생각을 한다. 그렇지만 그만 일로 조바심내고. 화내고. 책망하고. 아파하고. 슬픔과 우울에 싸이지 않기로 다짐을 묶지 않았는가. 자신을 향해 꾸짖는다. 변함없이 밤은 또 아침을 불러들인다. 자신의 마음에 화사하게 옷을 갈아입힌다. 아이들이 슬퍼할 얼굴은 하지 말자. 슬픈 일들이 날개를 달고 날아오면 다시는 얼씬도 못 하도록 매질을 해서 혐오스럽도록 만들어서 돌려보내자. 봄을 가지런히 정리한다. 강제로라도 휘파람을 불도록 입술에게 부탁한다. 밥을 하면서 밥그릇 소리를 키우면서. 그 사이에 휘파람을 섞으며 밥을 해야지. 가족들에게도 환한 꽃을 피워가며 싱그럽게 보이려고 애를 쓴다. 노력 노력 노력. 한 달 두 달 지나다 습관처럼 몸에서 떠나지 않으려 하면 좋겠다. 감자 껍질을 긁어내고는 제일 먼저 얼굴부터 씻는다. 다 떨어져 너덜거리는 옷은 일할 때만 입는다. 남편이 있을 때는 최대한 깨끗한 옷으로 갈아입는다. 어느 날 동네 아낙들이 장 보러 가자고 꼬드긴다. 한번 바람을 쐬는 것도 좋을 성싶어 장에 따라나선다. 너무 갇혀 있는 것만이 좋은 것은 아닐 것이다. 세상 구경도 좀 해보는 것도 나쁘지 않으리라. 장이래야 촌장인데 무얼 얼마나 사겠다거나 살 것이 있는 것은 아니다. 얼마나 거창하게 기대를 거는 것도 아니다. 그냥 장에 가면 세상을 조금 구경할 수 있을까 싶어 따라나선다. 떨어지지 않은 옷으로 갈아입고. 여자들과 함께 신작로로 나서서 걸어가기 시작한다.

 장터에 도착하자 모두 각자 볼일을 보러 헤어져 간다. 처음 장에 따라온 자신은 한 바퀴 장 구경을 하다가 서로의 볼일을 보겠다며 각자 흩어져 버리자 방향을 잃는다. 시장을 기웃기웃하지만 딱히 살 것도 없다. 살 돈도 없고 멀리 걸어온 터라 시장기도 돈다. 조금 걸어가니 국말이밥집 간판이 눈에 들어온다. 자신도 모르게 그 집으로 발을 들여놓는다. 예전 생각이 저절로 떠오른다. 자신이 죽을 만큼 아득할 때. 무작정 국말이밥집으로 들어가 먹고 자게 해 달라던 그 시절이 다시 달려온다. 국말이밥집 주인에게 빌고 빌어 하룻저녁을 구걸해서 자고. 또 구걸을 해서 잠을 자고. 밥을 먹고 추위를 피하던 그 시절. 그때는 죽을 것 같던 그 시절이 인제 와서 그리워지는 이유는 뭘까? 시인의 말처럼 지난 것은 그리워하는 것이란 말이 맞는 것 같다. 어느새 걸음은 국말이밥집 밀문을 밀고 들어서고 있다. 그녀는 국말이밥 한 그릇을 시킨다. 아니 배고프고 춥던 시절 한 그릇을 시킨다. 시집와서 처음 사 먹는 일이며 시집와서 처음 와보는 장 구경이다. 행복이 문을 빠끔히 열며 들여다본다. 아주 잠시지만 행복을 보니 기분이 좋다.

국말이밥 한 그릇을 시켜놓고 잠시 옛날로 정신없이 걸어가고 있다. 그사이 옆자리에 앉은 알지도 못하는 남자가 말을 건넨다. 어데서 오싰니껴? 독점서 왔니더. 그릏니껴? 못 보든 얼굴인데. 독점 누구 집 자부이껴? 우리 아들 이름이 계절이씨더. 아이! 그 훈장님 댁 메느리구만요? 야. 그른데 우왜 첨 얼굴을 볼니껴? 장에는 안죽도 시어른이 댕기시는가? 야. 옛날에 그 집 신세도 마이졌는데 오늘 밥은 지가 사드릴 테이 마이 잡수소. 아니씨더. 대답과 동시에 그 남자는 양해의 말도 없이 달녀의 옆자리로 자리를 옮겨온다. 조금 있자 국말이밥이 나온다. 김이 모락모락 나는 국에 밥을 말아서 나온 밥. 별말 없이 둘은 밥을 먹는다. 거의 다 먹어 가는데 어떤 남자 하나가 미닫이문을 열고 들어온다. *오오 그림 좋구먼.* 빈정거림을 내놓은 남자는 옆 의자에 앉으면서 쳐다본다. *어이 장에 왔는가?* 앞에 앉은 사람은 잘 아는 사람처럼 다정하게 인사를 나눈다. *그래믄 장에 왔제. 머 하로 왔을까 봐?* 은제부텀 그른 사인가 두 사람. *예끼. 이 사램 농담이래도 그래 이른 데서 하지 말게. 생사람 잡지 마란 말일세. 내 여게 국말이밥 한 그릇 먹으로 들왔는데 이분이 훈장님댁 메느님이라고 해서 내 밥 한 그릇 대접했네. 그른가? 그른데 왜 그림이 그래 좋아보이는고? 예끼 이사램아. 농담이래도 그래 하지 마라니까. 나무 말 하기 좋아 괜히 생사램 잡는 거 시간문젤세. 자꾸 변명하는 거 보이 아무래도 수상해.*

두 사람 사이의 말 틈새를 비집고 달녀의 말이 들어간다. *그름지는 먼저 가볼라니더. 돈은 지가 내고 가니더.* 돈을 지불하려고 하자 식당 주인이 돈 대신 말을 받는다. *돈은 먼저 계산 다 됐니더.* 국말이밥 주인 여자는 눈을 아래위로 훑어보면서 손사래를 친다. 밖으로 나오니 모두 다 따로 볼일들을 보러 어디로 갔는지. 같이 온 일행은 아무도 보이지 않는다. 볼일을 덜 본 것인지. 집으로 간 것인지. 온 장터를 돌아다니며 찾을 수도 없다. 딱히 살 물건이 있는 것도 아닌 데다 자꾸만 마음속에 불안함이 고여 빨리 집으로 가야겠다고 생각을 굳힌다. 시어머니 나벨라한테 허락을 받지 않기 때문이다. 또 무슨 불똥이 튀겨 자신의 마음에 불침을 놓을지 모른다. 내심 불안이 꿈틀거린다. 그렇지만 일찍 집에 가서 들에라도 나간다면 시어머니의 불똥을 피할 수 있을지도 모른다는 생각으로 혼자 부지런히 걷는다. 시집와서 처음 와 본 장이지만 그래도 내심 놀랍다. 별의별 못 보던 물건들도 있고. 이렇게 많은 사람이 장으로 모여들어 생기가 돌게 하는 것도 신기하다. 모처럼 바람 쐬러 오기를 잘했다고 생각하며 부지런히 걷는다.

막 모퉁이를 돌아서는데 식당에서 밥을 사준 남자가 따라오고 있다. 어느새 따라붙은 그 남자는 자신의 옆으로 평행선을 유지한다. 자신도 집이 소리실이라면서 함께 평행선을 유지하며 걷는다. 처음 보는 사람이라 할 말이 없다. 어색하기 짝이 없지만, 같이 걷지 말자고 할 수도 없다. 그냥 발걸음만 부지런히 옮긴다. 그렇게 별말 없이 평행을 이루면서 온 거리가 꽤 길다. 어느덧 금대까지 왔다. 금대 어귀에는 수백 년 살아온 큰 은행나무가 서 있다. 은행나무는 살이 다 파여서 뱃속이 휑하다. 사이사이로 새순들이 돋아나서 자라고 있다. 풍성하게 살아서 사람들의 쉼터가 되어주고 그늘도 되어준다. 대를 이어 전해 내려오는 이야기를 모두 듣고 산, 산 중인이다. 은행나무 아래 다다른다. *우리 여게 앉아서 잠깐 쉬었다 갈라니껴?* 그 남자는 발은 벌써 은행나무로 향하면서 말은 뒤늦게 묻는다. *아닐씨더. 지는 먼저 가야 되니더. 쉬었다 천천히 오소.* 대답을 던져주고 먼저 집으로 가기 위해 막 돌아선다. 그때

등 뒤로 말씨가 확 날아온다. *계절이에 대해서 쪼매 물어볼 게 있니더. 우리 계절이를 우째 아시니껴? 우리 아들하고 같은 핵교 댕기니더. 우리 아들이 계절이가 공부를 우째 하는지 늘 계절이 때문에 지가 2등 한다고 볼멘소리를 하는데 계절이는 집에서 공부를 우째 갈채시니껴? 갈채기는 멀 갈채니껴? 지가 알아서 하니더.* 에미가 돼서 신경도 못 쓰고. 아한테 늘 미안하제요. 자식이제만 부끄럽니더. *에이 그래지 말고 비결 쪼매만 갈채 주소. 참말이씨더. 먹고사는 게 바빠서 아한테 너무 미안하이더. 안 갈채 줄라믄 알았니더. 더 이상 안 물음시더.* 말을 하느라 은행나무 옆구리에 사람이 온 것도 몰랐다. 말을 주고받고 있는데 느닷없는 은행나무 옆구리서 낯선 말이 둘 사이를 헤집고 들어온다. *거 그림이 모조품인 줄 알았디이만 진짜구만 그래. 그림 팔믄 값이 제법 나가겠는걸. 능글능글 구린내* 나는 말을 은행알처럼 굴리며 앉아 있다. 달녀는 벌떡 일어난다. *지는 먼저 가니더. 두 사램이 말씸하시다가 오소.* 말을 땅바닥에 던져두고 걸음 속도를 늘린다. 밥을 사준 사람도 일어서서 엉덩이를 툭툭 털고 따라나선다. *머 지은 죄라도 있는감? 왜 두 사램은 내만 가믄 피하니껴?* 능글맞고 구린내 지독한 소리에 대꾸도 하기 싫어서 속도를 더 늘려서 걷는다. 저만치 거리가 생긴다. 참 별 싱거운 사람도 다 있구나 싶으면서도 기분이 별로 좋지를 않다.

부리나케 집에 도착했는데도 벌써 해는 산을 넘어 집으로 넘어

가고 있다. 저녁밥도 이른 저녁밥은 아닐 것 같다. 부엌으로 들어
가 저녁 준비를 시작한다. 시어머니가 안 보여 다행이라는 생각이
채 마르기도 전에 시어머니 말이 부엌문을 열고 들어온다. **온종일
어데 가 자빠져 코빼기도 안 보있노? 새끼들이 지 에미를 찾아 등
산을 하게 놔두고, 아직에 나가서 적까짐 머 그래 할 일이 많아서
싸돌아댕게. 갈수록 태산이구만.** 얼음판 금가는 소리를 쩡 쩡 내
던진다. 그러거나 말거나. 독 묻거나. 비수 같거나. 얼음판 깨지는
소리거나. 늘 그런 말만 시어머니의 혀 밑에 살고 있지 단 한 번이
라도 따뜻한 햇살이 묻은 말을 한 적이 있던가. 새삼스럽게 그 말
에 맞아서 기분 상하지 말자. 요령껏 피하자. 귀머거리 봉사 벙어
리로 살아온 것이 어디 어제오늘 일인가! 아무 말 없이 묵묵 묵경
전을 펼치며 저녁밥을 짓는다. 날씨가 궂어서 날궂이 하는 것도
아닌데 오늘따라 시어머니의 관자놀이가 심상찮다. 아니나 다를
까? 기어이 화를 불살라 머리끝까지 불을 활활 지핀다. 지핀 불로
머리 위 가마에 물을 설설 끓인다. 설설 끓는 물은 가마솥 뚜껑을
열어젖힌다. 펄펄펄펄 끓는 만큼의 김을 설설설 날려 보낸다. 그랬
다. 어느 날 우연히 보게 된 비밀이 있다. 시어머니의 머리에는 가
마가 두 개다. 그러니까 쌍가마가 머리에 걸려 있다. 쌍가마에서
끓여대는 열기는 다른 사람보다 더 열기가 배로 많은 것이다. 즉
가마가 하나인 사람의 배가 되는 것이다. 그래서 자주 열을 펄펄
끓이며 남들보다 훨씬 더 많은 열을 뿜어내는 것이다. 그렇게 열을

뿜어내지 않으면 견디지 못해 수시로 펄펄 끓는 뚜껑을 자주 열어 젖히는 것이다. 김을 설설설 뿜어내며 혀 밑에 열기까지 설설설(舌 說囁) 혀로 다 말하지 못하는 말. 혀로 다 물어뜯지 못하는 말을 끓여내는 것이다. 저렇게 자신의 분노를 삭이는 것이 살아가기 위한 방법인지도 모를 일이다.

아이들이 낮에 학교에 다녀와서 지어미를 많이 찾은 모양이다. 장에 간다는 말을 하지 않았다. 사연이조차도 엄마가 장에 간 걸 모르는 게 이런 사단을 만든 것이다. 잘못이다. 차라리 거짓말이라도 둘러대놓고 장에를 가야 하는 건데. 시어머니 머리 위 쌍가마 솥에 물이 식을 때까지 기다려야 한다. 기다리는 것이 상책인 것을 이미 오래전에 터득했다. 펄펄 끓여내서 설설설 혀로 다 식힐 때까지 쥐죽은 듯 기다린다. 한참이 지나고. 그렇게 열을 식히고도 아직도 식혀야 할 열이 다 안 식었는지. 시어머니는 저녁을 먹지 않는다. *어머님. 진지 잡수소.* 못 들었는지 안 들었는지 아무런 대꾸가 없다. *어머님. 진짓상 방으로 가재왔니더. 지가 잘못했니더. 다시는 안 그렐 테이 한 분만 용서해주소.* 침묵이 다시 들고 서 있는 밥상 위로 날아내린다. 하는 수 없이 밥상을 들고 뒤돌아 나온다. 그때 어디를 다녀오는지 남편이 마당 입구로 들어선다. 들어서던 발걸음을 멈추고 선다. 밥상을 들고 오는 걸 보자 남편의 눈이 독사처럼 번뜩인다.

또 어머이 심기를 건드랬구먼. 집구석에서 어머이 비우 하나도

못 맞추고 머 하노. 에이! 이유도 묻지 않고 일방통행이다. 하긴 지금까지 늘 그랬던 일 아닌가. 언제 한번 살갑게 대하고 가족이란 생각이 들게 한 적이 없었는데 새삼스러울 것도 없지 않은가! 시어머니가 그랬던 것처럼 침묵을 날려보낸다. 밥상을 부엌으로 다시 들고 들어온다. 시어머니 상에만 놓았던 계란찜이랑 생선들 그리고 가지런히 놓여 있는 반찬들이 주인을 잃은 듯 빤히 자신을 쳐다본다. 그래 임자가 따로 있나. 먹으면 임자지. 밥상을 부뚜막에 놓고 부뚜막에 엉덩이를 올려놓고 수저를 든다. 밥상 위에 차려졌던 것들의 주인이 되어 모두 자신의 뱃속으로 집어넣어 버린다. 생선도 뼈째 모두 바작바작 씹어 뱃속으로 들여보낸다. 누가 보면 걸귀 귀신이 들렸다고 할 만큼 마구 입속으로 퍼 넣는다. 어쩌면 이 음식은 시어머니에 대한. 아니 남편에 대한 분노를 뼈째 바작바작 씹는 것인지도 모른다. 깨끗이 먹어 치운다. 밥 알갱이 하나 없이 모두 먹어 치우고 방으로 들어간다. 아이들이 모두 모여 저희끼리 무엇이 그리 좋은지 희희낙락 놀고 있다. 저렇게 매일 한방에 모여서 놀면서 공부는 언제 하는지. 착한 저 녀석. 동생들 비위를 다 맞추면서 함께 놀아준다. 저렇게 동생들 돌보고 공부는 언제 그렇게 하는지 기특하다.

사실을 그대로 말해주는데도 믿지 못하면서 의심을 던지던 사람. 뒤를 따라오면서 무언가를 알고 싶어 하던 소리실 산다는. 이름도 성도 모르는 그 남자의 말이 떠오른다. 갑자기 행복이 문을 살며시 연다. 반갑다. 정말이지 아이에게 공부 열심히 하란 말. 아니 공부에 관심이나 두었던가. 새삼 아이들을 보자 미안하고 죄스럽다. 그래도 다행이다. 저렇게 저희끼리 장난을 치고. 사이좋게 형을 따르고. 동생을 챙기면서 서로 공부까지 열심히 해서 늘 우등생이 되다니. 어쩌면 이 복을 위해서 다른 복을 모두 희생시키는지도 모른다 생각하자 실지렁이 같은 웃음이 나온다. *계절아. 너 핵교 소리실 사는 동무 있나? 소리실요? 아아 맞다 있니더. 가도 공부 잘하니더. 그래도 지는 한 분도 못 이겼니더. 그른데 왜 그래니껴? 아이다. 오늘 엄마가 장에 갔다가 그 아부지라는 사람을 만냈다. 니 공부를 우째 갈채냐고 묻길래. 그래서 머라 했니껴? 지 혼자 알아서 한다고 했제. 은제 엄마가 한 분도 공부를 도와준 적도 없잖나. 그른데 먼 말을 하노. 부끄럽게시리. 아이씨더. 엄마는 안 부끄러워해도 되니더. 지는 엄마 기쁘게 해 드릴라고 하다 보이 공부를 잘하게 됐니더. 그래이 전부 다 엄마 덕이씨더. 그래, 고맙다. 엄마 얼릉 주무시소. 우리도 잘깨씨더. 그래 오냐. 내 이쁜 새끼들아. 엄마 앞으로도 엄마를 위해서 꼭 1등만 할께씨더. 그래이 우리 엄마요. 우리 동네서 제일 공부 잘하는 아들을 낳잖니껴. 그래이 울매나 좋니껴. 동상들도 엄마를 위해서 열심히 공부해서 꼭 1등만 하자고 약속했니더.*

달녀는 또 울컥울컥 둑이 터져 눈물이 마구 쏟아진다. 이건 행복이 다녀가는 소리다. 더 이상 있을 용기가 없어 문을 열고 나온다. 울컥, 울컥. 어디 고여 있다가 이렇게 뜨거운 눈물이 되어 목을 타고 넘어오는지. 이게 바로 행복이다. 이렇게 행복은 잠시 잠시 짬 나는 대로 자신을 잊지 않고 찾아와서 안부를 전해주고 가곤 한다. 하늘에도 잠시 행복이 반짝인다. 달도 환하게 웃으며 행복이 가득한 시간을 물레질하고 있다. 소리실 산다는 그 남자의 말이 집까지 따라왔다. 이 밤에도 머릿속에서 어떻게 공부를 가르치냐 면서 보챈다. 행복이 별빛에 반사되어 반짝반짝 눈 속으로 들어온 다. 잠을 불러야겠다. 행복을 방으로 들여온다. 행복만 데리고 들 어오고 문을 닫아버리자 뒤따라오던 달빛이 밖에서 서성인다. 그 렇게 잠은 어둠의 품속으로 들어와 행복을 베고 잔다. 밤마다 잠 을 훔쳐 가는 도둑이 있었다. 잠을 훔쳐서 어디에 쌓아 두었는지. 아니면 잠을 물에 던져 버렸는지. 잠이 부족한 것들. 그것이 별인 지 달인지 나무들인지 알 수 없지만, 밤마다 자신의 잠을 훔쳐 갔 다. 그러나 오랜만에 행복이 그 잠 도둑을 지켜 주었다. 잠이 도둑 맞지 않게 밤새 지켜주었다.

아주 오랜만에 행복 품에서 깊은 잠을 잔다. 새벽이 되자 기지개 를 켜며 잠이 일어난다. 새벽 문틈으로 어느새 들어왔는지. 어제 의 기분이 뚫고 들어와 씨익 웃는다. 다른 날보다 상쾌한 기분으 로 아이들을 챙겨 학교에 보낸다. 딸의 머리를 빗겨주는데 서캐가 하얗다. 물풀에 얼어붙은 물방울처럼 대롱대롱 머리카락마다 하얗 게 매달렸다. 이런! 이리도 아이들을 무심하게 버려두었단 말인가.

새끼도 바글바글 굵은 어미의 뒤를 따라다니며 놀고 있다. 아이의 머리에 이가 군락을 이루고 있다. 군락지를 이루도록 두었으니 아이가 얼마나 가려웠을까. 가슴이 짠하다. 얼개 빗으로 빗은 다음 참빗으로 머리를 빗긴다. 우수수수수수 이들이 마룻바닥으로 떨어져 꼬물거린다. 서캐는 빗겨지지 않지만 이라도 빗어냈으니 아이가 시원하겠구나 싶다. *엄마가 다음 장에 가서 약을 사 오마. 약사와 뿌래줄 테이 가룹드라도 쪼끔만 더 참그라.* 야. 숙명은 대답을 마치고 머리를 긁적이면서 학교로 간다. 울어야 할지 웃어야 할지 산 능선 같기도 하늘 끝자락 같기도 한 시간이다. 아이들이 학교에 간 자리에 떨어진 그림자를 쓴다. 기분 좋은 바람이 구름을 태우고 후진을 하고 있다.

슬픔경전

4

동생들과 함께 무엇이 그리 좋은지. 깡충깡충 깨금발을 뛰면서 학교로 향하는 아이들을 본다. 아이들의 뒷모습에도 깨금발에도 행복이 깡충깡충 함께 뛰고 있다. 행복을 앞세우고 일을 하러 들로 향한다. 발걸음이 솜털보다 가볍다. 어지럽던 생각의 그늘 위로 햇살이 멸치 떼처럼 팔딱인다. 밤하늘 별들이 모두 내게로 반짝임을 던진다. 권태의 밑바닥에 가라앉았던 것들이 행복이었던가? 괴물 같은 불길한 재앙들이 권태에 쓸려나갔기를 가슴을 쓸어내려 본다. 부지런히 일해놓고 다음 장날은 장엘 가야 한다. 아이에게 뿌려줄 머릿니 약을 사 와서 아이 머리에 이를 잡아야겠다는 생각이다. 5일이 눈 깜빡할 새 지나가 어느새 장날이다. 딸아이 머릿니 약을 사러 집을 나선다. 새벽부터 곡식을 머리에 이고 지게에 지고 장에 가는 사람이 제법 많다. 자신도 부지런히 서둘러 동네 몇 사람들 틈에 끼어서 장을 보러 간다. 아까시나무가 양가로 우거진 워내이뜰 언덕을 막 지난다. 돌멩이들이 솟아 험상궂게 생긴 길을 걷고 있는데 순사 옷 둘이 길을 막는다. *머리에 이고 있는 거 다 내려보시오.*

겁을 집어먹고 모두 아무 말도 못 한다. 모두 머리에 인 보퉁이를 내린다. 쌀이며 보리쌀 그리고 콩, 팥 조 등 온갖 곡식들을 그 자리에서 풀어헤치더니 따라오란다. 겁에 질려 누구 하나 아무 말을 못 한다. 서로 눈짓 말을 나누며 묵묵히 장터까지 따라간다. 걸어가는 발걸음에 두려움 표 접착제가 붙어 잘 떨어지지 않는다. 햇살은 어둠 속으로 곤두박질쳐 사방이 캄캄해 아무것도 보이지 않는다. 어둠 속으로 걸어서 도착한 곳은 장터가 가까운 골목. 어느 골목으로 길을 잡아 들어선다. 골목 집에 다다르자 마루를 가리킨다. *여게다가 보따리 내려놓고 가시오.* 험상궂은 표정에 칼날같이 시퍼런 말을 뱉어낸다. 말이 심장을 스윽 베어 쓰라리다. 누구도 반박할 엄두를 못 낸다. 그들이 시키는 대로 머리에 이고 지게에 지고 가던 보따리를 한 마디 반항도 못 하고 빼앗기고 돌아선다.

순사들은 수시로 돈 되는 것을 빼앗아 가는 게 너무나 당연한 것처럼 돌아선다. 반항할 엄두는 상상도 못 한다는 게 일행들의 말이다. 그러나 처음 당하는 자신으로선 황당할 뿐이다. 반항하다 끌려간 사람은 다시 돌아오지도 않을 뿐 아니라 돌아온다고 하더라도 반병신이 되어서 왔다. 때문에 그 누구도 반항하지 못한다. 모두 순사 말이면 벌벌 떤다. 모두 곡식을 다 빼앗기고 허탈하게 돌아선다. 사야 할 물건들을 하나도 살 엄두도 못 내고 다시 집으로 돌아와야만 한다. 그렇다고 누구 하나 불평도 못 한다. 구경이나 하고 집으로 갈 뿐이다. 그 싸구려 찐빵 하나 사서 요기도 못 하고 굶어서 가야만 하는 것이다. 모두 아무 말도 없이 각자 흩어진다. 달녀도 새로운 것에 눈을 빼앗기며 구경을 한다. 갑자기 누가 어깨를 툭 친다. 돌아보니 소리실 산다는 그 남자다. *멀리서 일찍 장에 오셨네요. 야.* 간단하게 대답을 건네주고 구경을 계속한다. 배도 고프고 일행은 다 어디로 갔는지 보이지 않는다. 머릿니를 없앤다는 하얀 가루약이 눈에 들어온다. 가루약 살 곡식을 빼앗겼으니 그림의 떡이다. 쪼그리고 앉아 만져보다가 값도 못 물어보고 일어선다. 막 일어서는데 소리실 그 남자도 머릿니를 잡는 가루약을 사러 왔다며 묻지도 않는 말을 한다. 두 봉지나 사서 보자기에 둘둘 말아 넣는다.

지 먼저 가니더. 볼일 보시고 마이 사가지고 오소. 말을 마치고 달녀는 얼른 일어서서 머릿니 파는 노점을 떠난다. 소리실 남자는 그냥 그 자리서 옆에 물건을 고르고 있다. 아무것도 살 수 없다. 배도 고프고 마음도 고프고. 처음 당하는 강탈에 아직도 마음이 안정되지 않는다. 아무것도 살 수 없다. 집에나 어서 가야겠다고 맘먹고 가기 위해 길을 당긴다. 다리가 휘청거려 금대마을 앞 은행

나무 밑에 잠시 쉬어가려고 앉는다. 은행나무가 크기도 하다. 이렇게 클 때까지 비바람과 강풍과 불볕더위 그리고 강추위를 어떻게 견디며 살았는지 존경스러워 보인다. 두 팔을 벌려 은행나무를 안고 귀를 대본다. 숨소리가 고요하다. 아무 소리도 들리지 않는 것처럼 느껴진다. 한 아름을 안아도 절반도 안기지 않는 크기다. 단단한 나뭇가지는 동글동글 은행이 주렁주렁 매달려 어미의 젖을 먹고 자라고 있다. 손바닥으로 장하다 툭툭 두들겨 주고 다시 앉는다. *안죽 여게 계시니껴?* 소리실 남자다. *야. 하도 기운도 없고 여서 쪼매 쉬 갈라고요. 쉬쉬 가소. 머 빨라 봐야 울매나 빠르니껴.* 그 남자가 옆에 앉는다. *그른데 왜 아무꺼도 안 사고 빈손이이껴?* 달녀는 아침에 있었던 이야기를 모두 해준다. 다 듣고 있던 남자는 그런 일쯤은 다 알고 있는 듯이 이야기를 시작한다. *참말로 저눔들이 은제나 우리를 못 살게 안 할란 동 큰일이씨더. 다 당하고 살믄서도 무서워 말 한마디 못 하고 살아야 하이. 참말로 이게 어데 사람 사는 거이껴? 에이 천하 못된 누무 새끼들!* 열이 끓어오르는지 열을 토해낸다.

머릿니 잡는 약 지가 두 개 샀니더. 하나 드림씨더. 갔다 집에 아한테 발라주소. 아이 괜찮니더. 지도 두 개는 필요 없니더. 두 개 사믄 싸게 준다는 바램에 두 개 샀니더. 그래이 하나 갔다가 발라주소. 정 신경 쓰이믄 다음에 사주시믄 안 되니껴? 그 말을 듣자 마음이 시킨다. *그래 다음 장날에 갚으면 되지 그래. 고맙니더. 그*

래믄 다음 장날 사 드림시더. 말을 마치고 약을 막 받아드는데 장에서 그림 타령을 하던 남자가 다가온다. 능글능글 구렁이가 기어가는 표정으로 뱀 휘파람 부는 소리를 낸다. *이거이거. 너무 자주 내한테 들키서 우쩨노. 둘 사이 내가 끼믄 맨입으로는 안 되는데.* 거 *씨잘데없는 소리 하지 말게. 씨잘데없는 말 집어치우고 여 앉아 쉈다가 가치 가세. 그래도 방해가 안 될니껴?* 달녀를 쳐다보면서 빈정거린다. 대꾸도 하기 싫다. 아니 대꾸할 가치가 없다. *지는 먼저 가니더. 쉈다 천천히들 오소.* 짚북데기 말 한 줄기 잘라 던지고는 일어선다. 집에 도착하니 아직 산그늘이 냇물을 건너가기 전이다. 들에 가서 일을 조금 하다 일쩍 집으로 돌아온다.

아이가 학교에서 돌아와 있다. 아이를 마당으로 데리고 가서 약을 뿌린다. 머릿속이 약투성이가 되어 눈을 맞은 것처럼 하얗다. 그 모습이 시어머니 눈에 잡혔다. *어데 가서 머 하노 했디이 장에 기이 갔구먼. 장에 가믄 시에미한테 말이래도 하고 가이제. 지멋대로 장에 드나들어. 어데 이게 양반집에서 하는 버르장머리로. 돌쌍놈들이나 하는 짓을 양반 가문에서 하다이. 말세구만 말세. 지송하이더 어머이요. 담부터는 말씸드리고 다님시더. 젊은 예펜네들 장에 자주 뎅기믄 바람 든다. 장에 갈 생각 말그라. 어데 양반가 집안 메느리가 치맷자락을 펄럭이믄서 장을 드나들어. 그거는 쌍놈 집안에서나 하는 짓이제.* 구정물 묻은 말을 머리 위에 휙 뿌리고는 가버린다. 며느리와 말을 섞기 싫어서인지 시어머니는 늘 일방통행이다. 그러려니 하고 사는 것이다. 이제는 두려움마저도 중독이 되어 두려움으로 들리지 않는다. 말은 양반이고 선비요 뼈대 있는 집안이다. 그러나 어디 남편이나 시어머니가 하는 짓에 양반이나 선비 뼈대가 있단 말인가. 눈을 씻고 봐도 그런 건 없다. 시어머니 구정물 묻은 말을 흠뻑 뒤집어쓰면서 아이 머리에 약을 계속 바른다. 가루가 날려 혹시라도 아이 입으로 들어갈까 봐 아이 머리에 수건을 씌운다. 아이는 홀짝홀짝 뛰어서 제 동무들을 찾아나선다.

아이가 동구 밖으로 나간 뒤 밀린 일을 한다. 일은 해도 해도 끝이 없고 그렇다고 일한 표시도 나지 않고 일이 줄어들지도 않는다. 아지 죽을 먹이고 쇠스랑이 마구를 쳐내고 새로운 이부자리를 만들어 준다. 다시 식구들이 먹을 저녁을 준비한다. 별과 눈을 맞추고 나니 비쩍 마른 영혼에 물기가 도는 듯하다. 밤은 모든 것을 어둠이란 이불로 덮어준다. 걱정도 기쁨도 모두 까맣게 덮어 재운다. 이래서 조물주는 밤을 어둡게 만들어 두었나 보다. 별빛은 변함없이 나무에 파롱파롱 내려앉아 저희 가족끼리 놀고 있다. 아침 햇살이 눈을 뜨자 죽어 있던 모든 만물도 따라서 눈을 뜬다. 아이는 어젯밤에는 머리가 가렵지 않아 좋았다며 폴짝폴짝 깨금발로 뛰어와서 어미의 품에 어리광을 풀어놓는다. 참빗에다 실을 칭칭 감는다. 참빗 사이로 햇살도 빠지지 못하도록 촘촘 묶은 다음 아이의 머리를 빗긴다. 가루를 먹고 죽은 서캐의 주검을 다 빗어내기 위해서다. 그렇게 빗긴 다음 머리를 감기고 보니 서캐가 눈에 띄게 줄었다. 간혹 붙어있는 서캐도 사체가 되었으니 이제 아이를 괴롭힐 일은 없을 것 같다. 소리실 산다는 그 남자가 고맙다는 생각이 아이의 머리 위로 내려앉는다. 아이들을 학교에 보내고 나자 의원이 여름이 침을 놓으러 왔다. 학교에 보내야 하지만 학교보다 중요한 건 경기(驚氣)를 치료하는 일이다. 침을 맞는 날이면 아이를 아예 학교에 보내지 않는다.

그렇게 치료한 덕분에 아이는 경기를 하는 횟수가 줄어들었다. 간혹 경기를 하더라도 전에보다 훨씬 수월하게 한다. 눈에 띄게 점점 좋아지고 있다. 한동안 방치했던 자신의 마음을 꺼내서 이제 아이들에게 전념하기로 다짐을 한다. 다짐을 한 다음부터 두려울 게 없다. 의원에게 점심 대접을 하고 배웅을 하기 위해 길 앞까지 나간다. 의원도 아이가 좋아짐에 만족하며 또 오겠노라고 말을 던지며 간다. 그 멀리서 힘들 텐데도 마다하지 않고 아이를 위해서 와주시는 고마운 분이다. 이제 들에 나가 한나절이라도 일을 해야지. 들어와서 들에 나갈 준비를 하고 막 나서려는데 또 느닷없이 무슨 일인지 시어머니의 호출이다. 목소리가 가르마처럼 갈라지는 걸 보니 또 별일도 아닌 것으로 자신의 심기를 박박 바가지 긁듯 긁어댈 일이 두렵다. 그렇지만 숙명처럼 발길을 시어머니에게로 돌려서 걷는다.

모함

먹구름이 햇빛을 가리고 금방이라도 소나기를 쏟아질 기세다. 어차피 내릴 비라면 몇 시간이라도 쏟아져 내려야 한다. 바람도 동반할 것이다. 바람이 불 때마다 문들이 나뭇잎이 흔들릴 것이다. 곧 뒤따라 개보다 사나운 천둥이 하늘을 물어뜯을 것이다. 하늘이 다 찢어져 너덜거려야 끝날 일이다. 가슴을 쓸어내리며 마루에 앉는다. 호출이여 봐야 늘 시시한 일로 가시를 세우고 소나기를 쏟아내고 태풍이 불고 천둥이 요란한 시어머니다.

오늘도 습관처럼 별생각 없이 얼른 시어머니 소나기를 맞고 들에 일하러 가야겠다는 생각을 한다. 시어머니 있는 곳으로 소나기를 맞기 위해 발걸음을 내디딘다. *예펜네가 내, 장에 간다는 것부텀 이상타 했다. 기어이 사단을 내는구먼. 외간 남정네들하고 시시덕거릴라고 댕기는 걸 내 알아봤어야 하는데. 낯 빤데기 멀쩡하게 생기서 인물값하고 댕기는구만. 낼부텀 한 분만 장에 더 가봐라 다리몽뎅일 부러뜨려 앉힐 거이까. 꼬리도 머리도 잘라낸 생선 토막 같은 말을 알아들을 수가 없다. 어머님. 무신 말씀인지 자세히 해주소. 참말로 몰래서 묻나. 알민서도 모른 척 묻나? 참말로 모르겠니더. 그래? 그래믄 소리실 띠기 양반 하고는 머 하로 같이 댕기노. 본 사람이 한두 분이 아이고 장날 마둥 만내서 밥 처먹고 돌아댕기고도 그래도 모른다고 딱 잡아뗄 참이라. 그거는 그냥… 시*

끄럽다. 니가 먼 말을 한다고 있던 일이 없어지나. 에구 망신살이 뻗칠라이까. 내 살다 보이 빌 꼬라지를 다 보고 사네. 집구석 다 됐구먼. 예펜네가 외간 남정네하고 싸돌아댕기민서 미친년 널뛰듯 하고 있으이. 이걸 우째야 되노. 동네서 알믄 망신스러워서 여개서 더 살 수 있을라. 옴 옮은 말을 두드러기처럼 쏟아내는 시어머니 나벨라. 달녀는 아무 말도 할 수 없다. 아니 변명할 가치조차 없어서 조용히 일어선다.

올가미를 만들어 이미 그 올가미에 걸린 토끼는 발버둥을 치면 칠수록 목을 더 옥죄인다는 것을 안다. 무슨 일이 어떻게 된 것일까? 누가 도대체 무슨 이유로 자신을 올가미에 가두는지 안개가 자욱하다. 꾸역꾸역 두려움이 밀려온다. 날개를 퍼덕이는 불안 떼들이 끊임없이 자신을 향해 새 떼처럼 날아내린다. 불안 떼들이 날아내린다는 것은 무슨 일인가 일어난다는 전조 현상이다. 기분이 흙탕물처럼 탁해진다. 발끝에서 머리카락 끝까지 덮치는 어이 없는 말. 그 말의 진원지가 어디서부터인지 도대체 알 길이 없다. 갑자기 몸에서 석유 냄새가 난다. 하루. 이틀. 사흘. 날이 갈수록 불길에 휩싸일 것 같은 두려움이 구렁이처럼 몸을 칭칭 감는다. 장날만 기다린다. 어디서부터 어떻게 풀어야 할지 궁리로 죄도 안 짓고 죄인처럼 보낸다.

드디어 장날이다. 달녀는 열 일을 뒤로 미루고 이 억울함을 풀 실마리를 찾을 결심을 한다. 아이들을 챙겨 보내고 일찍 집을 나선다. 소리실에 도착하는 데는 30분쯤 걸리는 거리지만 세 시간은 걸은 듯 멀다. 띠기 양반이라고 했다. 첫 번째 집에 들러서 띠기 양반 집을 묻는다. 두 번째 집이란다. 남의 집에 무작정 풀쑥 들어가기도 실례인 것 같아 마을 어귀에서 무작정 기다린다. 어귀에는 큰 느티나무가 가지마다 잎을 싱싱 달아 바람을 만들어내고 있다. 바람이 불 때마다 새들의 울음이 우수수 쏟아져 내린다. 큰 바위 하나가 높이 솟아 있다. 그 바위의 무릎을 깔고 앉는다. 남의 눈에 보이는 게 싫다. 언덕 밑에 바위를 깔고 앉는 게 좋을 것 같다. 바위의 키에 몸을 가린다. 사람들에게 무슨 자석이 달렸는지 하나둘 장에 가는 사람들이 지나가며 바위 뒤에 그녀를 힐끗힐끗 쳐다보며 간다. 바위를 보는 건지 자신을 보는 건지는 모르지만. 한참을 마음의 물기를 말리면서 기다린다. 저쪽에서 띠기 양반이 온다. 자신을 지나쳐 다른 곳으로 가기 전에 자신이 먼저 일어서서 띠기 양반에게로 다가간다. 시간도 벌고 또 다른 사람의 눈에 띄는 날이면 무슨 헛꽃을 마구 피워댈지 모를 일이기 때문이다. 가까이 다가선다. 시어머니에게서 들은 말을 이야기해주면서 무슨 오해가 생긴 거냐고 묻는다. 이야기를 듣고 난 띠기 양반은 무언가 집히는 구석이 있는 모양이다.

또 그 고얀 놈이 장난질을 했구먼. 에이! 빌어처먹을 놈의 새끼! 안죽도 그 버릇 못 고체는 구만. 걱정 마소. 내가 그눔을 만내서 아무 일 없도록 할게씨더. 에이 빌어 처먹을 나쁜 놈! 우째 생게먹

은 늄이 밤낮 남의 등만 쳐서 먹고 살어. 사지가 멀쩡한 늄이 일해서 먹고 살 요량은 안 하고. 남한테 몹쓸 짓만 해서 평생 쳐먹고 사는 좀벌거지 같은 늄. 걱정 마소. 지가 입단속 시킴써더. 우리가 머 잘 못 한 게 없잖니껴? 다 죄는 죄대로 가고 물은 물대로 가니더. 그래이 걱정 마시고 돌아가소. 야, 고맙니더. 띠기 양반의 자신 있게 하는 말에 안심 띠를 두른다. 인사말을 건네주고 그의 말을 받아들고 집으로 온다. 그래도 왠지 석연치 않은 마음이다.

그렇다고 자신의 속을 까뒤집어 보일 수도 없다. 헛소문이 잠자기만 기다릴 수밖에. 재수가 없으면 뒤로 넘어져도 코가 깨진다고 이렇게 황당한 소문이 어찌 돌 수 있단 말인가. 남의 일을 자세히 알지도 못하고 이렇게 함부로 모함하다니 문득 세상이 무섭다는 생각이 든다. 이리도 빨리 돌아다니는 소문이 도화살과 남편과의 소문은 어찌 그동안 자신의 귓속으로 날아오지 않은 것이 신통하다는 생각이 든다. 어쨌든 이 일은 띠기 양반을 믿을 수밖에 별다른 방법이 없다. 똥 누고 뒤 안 닦은 것처럼 찝찝한 기분으로 일을 한다. 어스름이 집으로 뉘엿뉘엿 들어온다. 아이들 저녁을 챙기고 있는데 여름이가 누가 찾아왔다며 부엌으로 뛰어온다. 누굴까? 밖으로 나간다. 자신의 눈을 의심한다. 소리실 띠기 양반과 자신들에게 빈정거리던 남자가 함께 왔다. 이집 안 어른 어데 계시니껴? 띠기 양반이 무턱대고 시어머니가 어디 있냐고 찾는다. 저게 사랑채에 계시니더. 알았니더. 이리 따라오게. 띠기 양반은 꽝꽝 언 말로 빈정거리던 남자의 옷자락을 사납게 끌어당긴다. 한 사람이 한 사람을 끌고 가는 모습이 꼭 죄인을 끌고 가는 모습 같아 웃음이 난다. 두 사람이 그렇게 사랑채로 간다. 두 사람이 두고 간 발자국만 보고 멍하니 서 있다. 이게 무슨 일이란 말인가. 아무런 잘못도 없는 사람을 모함해서 그것도 시집 식구에게까지 꼬질러 바치는 그 심보는. 그렇게 비굴한 행동이 타인에게는 치명타를 입힌다는 걸 생각하지 못하는 걸까? 어린아이도 아니다. 살만큼 오래 산 사람이 어찌 그리도 사리 분별없이 마구 말을 해대며 날뛴단 말인가? 그러다가 저건 또 무슨 꼴이란 말인가? 어쨌거나 조바심이 인다. 얼마 동안 생각에 잠기고 있는 사이 띠기 양반이 다가온다.

아무 걱정 마이소. 진실을 밝혔니더. 그래고 미안하이더. 얼릉 사과 못 해! 띠기 양반이 그 남자를 돌아보며 매섭게 소리를 지른다. *저, 저, 미안하게 됐구먼요. 참말로 미안하이더.* 그 남자가 진짜인지 가짜인지 모를 사과를 하나 던진다. *그래믄 잘 계시이소. 본의 아이게 피해를 끼쳐서 참말로 미안하이더. 우리는 이만 가볼라니더.* 띠기 양반 다시 한번 정중하게 사과를 던지고 그 남자를 끌고 두 사람은 부지런히 길을 떠난다. 두 사람이 미처 신작로로까지 나가기도 전에 시어머니가 온다. *죄를 짓기는 짓구만. 나무 사나들 까짐 집으로 끌어들이는 걸 보이. 내가 너무 오래 살았다. 그래이 빌 꼬라지를 다 보고 살제. 참말로 부처님도 무심하제. 에구 내 팔자야!* 말의 얼굴에 살기가 돌고 있다. 살기 가득한 말을 물거품처

럼 뿜어댄다. 아무 말도 하지 않고 묵묵히 듣고만 있다. 그렇게 더러운 모함이 덕지덕지 묻은 말에 무슨 말을 섞을 수 있다는 말인가! 살기 가득한 말을 툭툭 털어내며 씁쓸한 맛을 삼킨다. 발길은 묵묵히 부엌으로 들어온다. 모든 독기 묻은 말들을 아궁이에 집어넣고 불을 지핀다. 불보다 더 뜨거운 눈물이 주루루주루루 물고랑을 내며 얼굴로 흐른다. 더 이상 변명의 여지가 없다. 인간으로 해야 할 일과 하지 말아야 할 일을 구분하지 못하는 인간에 대한 배신이 눈물로 흐르는 것이다. 잠깐의 농간이나 이간질이 남에게 이렇게 고통을 안겨다주는 걸 진정 모르고 하는 걸까? 저런 사람은 입이 감꼭지처럼 말라비틀어짐이 두려워 자꾸만 떫은맛을 내는 덜 익은 감을 아삭거리며 씹어뱉는 것일까? 두 사람이 떠난 자리에 빈정거림이 우두커니 서서 바라보고 있다. 끌고 가는 사람과 끌려가는 사람 중 누구의 신발창이 더 많이 닳아 기울까? 그들의 발걸음 소리가 마당가 꽃들을 흔들어댄다.

싱싱한 배신

배가 고프다. 온몸의 세포 구멍마다 파고드는 허기. 하루 한 끼를 못 먹을 때의 그 허기보다 더 아프고 더 고픈 허기. 굶주림은 영혼의 굶주림에는 어떤 것을 먹어도 허기가 가시지 않는다. 시어머니는 전보다 훨씬 더한 잔인함을 동원해서 시시때때로 욕설을 퍼붓는다. 그렇다고 무슨 말로 그 서릿발처럼 차고 성성한 욕설을 달래거나 막아내거나 말릴 수 있는 일은 아무것도 없다. 이유가 없다. 아니, 이유가 없는 것이 이유이다. 가을은 기어이 겨울에게 자리를 내주고 서릿발에 폭삭 주저앉고 만다. 서리에 눌러 성성하던 풀들이 하룻저녁에 폭삭 삶은 듯이 내려앉는 푸르던 생. 세상 모든 일은 이렇게 하루아침에 부러지고 말 일인걸. 자연을 보면서도 깨닫지 못하고 천년을 살 것처럼 살고 있지 않은가!

아이들 챙기면서 증거 없는 뜬소문에 시달리면서 보내던 가을은 어느덧 다른 나라로 가버리고 겨울이 안방을 차지하던 어느 날. 기어이 서리는 달녀의 가슴마저 삶은 고춧잎처럼 주저앉히고 만다. 도화살이 달녀의 가슴에 불화살을 쏜 것이다. 어느 날 들에서 서리태 이삭을 줍느라 힘이 다 빠지고 피곤에 지쳐서 돌아오니 사랑채에 도화살이 있다. 다 잊으려고 그리도 애를 쓰며 몸부림쳤다. 잊은 줄 알았는데 그 여자를 보니 또 가슴이 덜컥, 내려앉는다. 뻔뻔하기가 얼굴에 철판을 간 것보다 더하다. *그동안 잘 지냈니껴?* *계절이 어마이요. 아, 야.* 건성으로 인사 답을 하는데 남편이 눈 속으로 들어온다. 한 방에 둘이 있다. 이건 또 무슨 일인가? 달녀 마음에 갑자기 펑! 하고 타이어 펑크 나는 소리가 들린다. 타이어 소리가 아찔한 현기증을 덮어씌운다. 까맣다 하얗다 하얗다 다시 까

많다. 색깔조차 구분할 힘을 잃었다. 꽃이 화르르 다 떨어져 정전이 된다. 무슨 정신인지 까만 상태로 뒤도 안 돌아보고 안채로 온다. 한참을 부뚜막에 엉덩이를 맡기고 앉아 숨을 고른다. 얼마를 앉아 있었는지. 저녁은 어김없이 왔다. 습관적으로 밥을 한다. 습관적으로 저녁상을 차려서 겨우 마루로 간다. 남편은 너무도 자연스럽고 뻔뻔하게 그 여자를 앞세우고 밥을 먹으러 온다. *오늘부텀 이 사램 우리 집에서 가치 살 거이까 그래 알그라.* 쩽그랑! 쩽쩽! 마른하늘에 금이 가고 맑던 하늘이 찢어지고 검은 비가 주룩주룩 쏟아진다. 아까보다 더 아찔함에 정신을 차릴 수가 없다. 어떤 말도 할 수 있는 여력이 없어 아무 말을 못 한다. 시어머니 나벨라가 먹다 남아 썩어빠져 곰팡이 핀 말 한마디 날린다.

왜 서방이 말하든 대답을 할 일이제. 예펜네가 돼가주고. 서방이 말하는데 대답이 없노. 어데서 배워먹은 데 없게스리. 모자의 말은 말이 아니다. 뾰족한 화살로 자신의 심장을 쏘는 독화살이다. 저것이 어째 사람으로서 할 수 있는 말이란 말인가. 묵묵하게 아무 말도 않고 현기증을 짚고 일어서서 조용히 비즐비즐 마당으로 내려와 부엌으로 간다. *어데 버르장머리 없게끔 시어마이하고 서방이 밥 먹는데 일어서노!* 말이 날아와 뒤통수를 내리쳤다. 그 말이 뒤통수를 쳐서 자신을 죽인다고 해도 마루에서 함께 밥을 먹을 자신이 없다. 온몸이 힘이 빠져 아무것도 할 수 없다. 도랑으로 나간다. 강물은 뱀처럼 구불구불거리며 잘도 흘러간다. 조용히 하

늘을 쳐다본다. 구름은 바람에 쫓겨 어디론가 흐르고 있다. 어디선가 자꾸 눈물이 넘쳐 나와서 강물을 짜게 만든다. 얼굴 그림자도 기억나지 않는 엄마가 그립다. 냇가에 바위에 앉아서 한없이 흐르는 눈물을 씻고 있다. 아침에 눈을 뜨니 자신의 방 안이다. 자신이 이틀씩이나 다른 세상에서 살다가 왔다는 것이다. 사연이 어린 고사리 같은 손으로 죽을 끓여 와서 떠먹인다. 죽 숟가락으로 눈물이 떨어져 먹을 수가 없다. 입안에도 불이 난 것처럼 화끈거리고 써서 도저히 아무 식욕이 없다. 사연은 제 손등으로 눈물을 받아낸다. 눈물범벅이 된 죽을 사연은 마구 입속으로 쑤셔 넣어 강제로 먹인다. 어찌지 못해 사연의 정성을 받아먹고 다시 눈을 감는다. 차라리 이대로 그냥 눈을 뜨지 말았으면 좋겠다는 생각이 든다. 다시는 이 험하고 험한 세상에 살고 싶지가 않다. 깨어난 것이 후회스럽다. 차라리 안 깨어나야 했는데.

　눈을 감자 눈물은 눈꼬리로 도랑을 내며 흐른다. 소리도 없이. 달녀는 일어나기 싫어서 며칠 동안 안 일어난다. 사연이 밥을 하는 게 안쓰러웠지만 일어나기가 싫어서 그냥 안 일어난다. 매일 잿빛만 온방을 날아다닐 뿐. 먹는 것도 싫고 눈뜨는 것도 싫다. 그렇게 며칠을 지났는지도 모른다. 아이들이 울부짖는 소리에 눈을 뜬다. 큰아들 계절이와 딸이 저의 어미를 붙들고 운다. *왜 그래?* 눈을 뜨자 두 놈이 못 볼 것을 본 듯 화들짝 놀란다. *엄마! 엄마!* 동시에 합창한다. *왜 그래?* 두 놈의 손을 잡는다. 자신의 손등으로 아이들의 닭똥 같은 눈물이 뚜두둑뚜두둑 마구 떨어진다. *엄마 괜찮아?* 두 놈이 합창을 한다. 놀랬나 보다. 저 어린 것들이 얼마나 놀랐으면 눈을 뜨자마자 저리 눈물을 쏟아낼꼬. 여기까지 생각이 들자 아이들이 안쓰러워 가슴이 서늘하다. *이리 와. 엄마 괜찮아. 밥은 먹었어?* 아이들은 우느라 대답을 못 하고 손등으로 소매로 연신 눈물을 닦기에 바쁘다. 그래 내가 만일 죽으면 나는 편하지만, 저 아이들은 밤낮 저리 지 에미를 찾으며 울 것을 생각하니 가슴이 저리다. 그래그래 또 한 번 아이들을 위해 다시 태어나자. 저 여자가 같이 사는 건 내 눈에는 없는 투명 인간으로 보자. 또다시 다짐하며 기운을 차릴 마음을 먹는다.

너덜너덜해진 마을을 온종일 깁고 또 기워 누더기가 되었다. 그렇지만 그 누더기 어미라도 있으면 아이들에게 힘이 될 것 같기는 하다. 오줌이 마려워 부르르 떠는 개처럼 마음을 털어내고 있다. 도대체 저 여자는 자신의 남편은 어떻게 하고 왔는지? 딸을 데리고 남의 집으로 가도록 남편은 어떻게 가만히 있는지? 도무지 자신의 머리로는 계산이 되질 않는다. 이튿날 일어서니 하늘이 빙빙 돈다. 그렇지만 정신이 든 이상 더 누워 있을 수도 없다. 달녀는 힘이 없어 비틀거리는 걸음을 데리고 연화동으로 간다. 여름이 침을 맞히는 걸 핑계로 윤회네로 간다. 오랜만에 간 두 모자를 보자 윤회 할매는 반가이 맞는다. *아 경기(驚氣)는 덜 하이껴? 야. 덕분에 마이 좋아졌니더. 그동안 집에 가서 침을 나 준다디이. 오늘은 우쩬*

일로 이래 직접 맞추러 오신니껴? 야, 모처럼 델꼬 바램도 쐬고. 윤회 할매도 뵐 겸 겸사겸사 침 맞히러 왔니더. 그래믄 일찍 가보시더. 또 어데 가시믄 헛방이씨더. 윤회 할머니가 주섬주섬 옷소매를 팔에다가 끼면서 앞장을 선다. 윤회는 학교에 가고 혼자 있던 할머니는 친절하게도 길동무를 해준다. 아이가 침을 맞는 동안 달녀는 윤회 할머니께 속에서 까맣게 타 숯덩이가 된 말을 모두 풀어 놓는다. 다 듣고 난 윤회 할머니는 덤덤한 말을 던진다.

에이고 기어이 사단을 내고 마는구먼. 몹쓸 인간! 저 쑥맥 같은 서방을 버래고 가믄 죄 받제. 죄 받아. 혀를 껄껄 찬다. 혀 차는 소리를 밀어낸 윤회 할매는 또 말 끈을 잇는다. 내 말 단디이 들으소. 헛소리로 듣지 말고. 새게들으라 말이씨더. 벌써 일이 그래 됐으이 우왜니껴? 그런 여자한테 밀리서 쫓게 났다 소리 듣지 말고 아 들 잘 키우고 사소. 그저 서방은 죽었다고 생각하소. 독하게 맴 머라 말이씨더. 다른 방도가 없잖니껴. 이누무 시상이 다 남정네 중심이잖니껴. 어데 안들이 숨이나 지대로 쉬게 하니껴? 또 그 집 안 어른도 보통이 아이제요. 까딱 잘못 맴 먹으믄 저 어린 아 들만 불쌍하게 낙동강 오리 알 되고 말제요. 그래이 아무리 힘들고. 아이꼽고. 드럽드래도 아 들 보고 이게내소. 미안하이더. 어른이 돼서 해줄 말이 이거뱎에 없어서. 아니씨더. 고맙니더. 얼마나 오랫동안 말을 했는지도 모르는데 벌써 여름이 침을 맞고 나온다. 엄마 지 침 잘 맞제요. 최고제요? 씩씩하제요? 엄지손가락을 누에 대가리처럼 치켜들며 싱글벙글 나온다. 응. 우리 여름이 다 컸네. 혼자 침도 아프다 소리 않고 잘 맞고 나오고. 그릏지요 엄마. *지는 이담에 커서 씩씩한 장군이 될 께씨더.* 어깨를 으쓱거리며 신발을 신는 아들이 참 천진스러워 보인다. 아이를 데리고 윤회네로 간다. 윤회 할머니는 부엌으로 가서 지짐이를 한 접시 담아온다. 고마움에 젓가락을 들었지만 젓가락이 허공을 헤매고 있자 젓가락을 따라 허공으로 떠다니며 혀를 끌끌 차던 윤회 할머니는 애잔한 말한 젓가락을 집어 내민다. *인생은 본디 겨울이 가고 봄이 되믄 얇은 이불로 바꾸고 여름이 되믄 걷어챘다가 가을이 되믄 새벽에 이불을 끌어당게 덮고 계절에 맞는 이불로 심장을 덮고 사는 게 삶이씨더. 늘 밝을 것 같제만 어둠은 순식간에 오고 또 그 뒤에 해가 뜨니더.*

슬픔경전

5

적과의 동거

에이고. 그 곱든 얼굴이 못쓰게 됐구먼요. 그래 신경 쓰지 마소. 신경 안 쓰일 수야 없겠제만. 그저 미친년 미친 연극한다 생각하고. 맴을 잘 다독이소. 안 그래믄 새댁만 못 쓰게 되니더. 내중에 빙 나믄 새댁만 손해제. 다 필요 없는 일이씨더. 시상에 내 몸 하나 망가지믄 다 소용 없니더. 먼 산해진미가 필요 있니껴? 다 필요 없니더. 그래고 저래 아픈 아 도 있고. 정신 단디이 채리고 사소. 이를 악물고 사란 말이씨더. 그래 살다 보믄 석 달 열흘 지던 장마도 걷힐 날이 있니더. 내 말 헛말로 듣지 말고 맹심하소. 다 살아온 경험이씨더. 그래고 날 친정어머이라 생각하고 답답하믄 와서 놀다 가고 그래소. 어떡하든 저 어린 아 들 잘 키우소. 다른 거는

다 잊으소. 미친년 널뛰는 것도 시절이 있는 법이씨더. 윤회 할머니의 말에 또 눈물이 끊임없이 솟아오른다. 그렇게 한 보따리 싸주는 위로와 당부와 장떡을 가지고 집으로 온다. 아무 생각 없이 집으로 가는 건지 걷고 있는 건지 잠을 자고 있는 건지 아무런 의식도 없이 집에 도착한다.

저녁밥을 준비하던 사연이 뛰어나와 반기면서 어리광스럽게 매달린다. *엄마 여름이 침 다 맞히고 오싰니껴?* 있는 힘을 다해 세상을 견뎌보려고 애를 쓰면 쓸수록 점점 더 힘든 세상. 아이의 눈에도 참으로 애처로워 보였을까? 눈물을 밥 삼아 먹고 사는 자신이 쓸쓸해 보였을까? 어쨌거나 참으로 기특하다. 아직은 투정이나 부리며 놀 나이다. 저리 일찍 철이 든 것이 기특함보다는 가슴이 더 아프다는 것이 정답이다. 피로가 쓰나미처럼 달려와 덮친다. 방으로 들어와 눕는다. 아이들이 우르르 모두 방으로 들어와서 논다. 아픈 어미라도 좋은지 신이 나서 논다. 어미의 눈이 감겨 있던 시간을 얼마나 텅 빈 마음으로 지냈을까? 생각하니 또 가슴이 아리다. 운명이란 무대 감독이 원망스럽다. 내게 왜 하필이면 이렇게 혹독한 시련을 겪는 역할을 지정해주었는지 따져 물어보고 싶다. 며칠을 멍때리며 살았다. 바람은 슬프게 울고 달빛은 창백하게 밤마다 내려앉았다. 윤회 할머니가 처방해 준 주사와 약을 먹고 효과를 본 것인지 마음을 털고 일어난다. 자신이 아픈 동안 그 여자 도화살은 손끝도 까딱 않는다. 사연이가 밥을 해서 그 여자와 그 여자의 딸까지 먹었단다. 그 말을 듣자 또 속에서 불덩이가 치민다. 그렇지만 시어머니나 남편의 기세를 믿고 등등 거리는 저 여자를 어찌할 수 있단 말인가!

달녀는 그 여자를 유령이라 생각하기로 한다. 유령은 유령일 뿐이다. 남편과 한 방을 차지하고 자신은 밀려나서 남편의 방 근처도 얼씬 못한다. 시어머니마저 그 여자의 아양에 녹아서 유령과 그 딸밖에 모른다. 그 여자의 겉옷은 물론 속옷까지 홀라당홀라당 벗어 내놓는다. 처음엔 빨지 않을까 생각했다. 그러나 자신이 쫓겨나면 아이들이 저 죄 없는 아이들이 저 여자 밥을 하고 빨래를 빨아야 한다. 내가 쫓겨나지 않으려면 아이들까지 빼앗기지 않으려면 어쩔수 없다. 유령과 유령의 딸을 밥해 먹이고. 빨래해주고. 모든 뒷바라지를 다 해줘야 한다. 손끝 하나 까딱 않고 자기 몸치장만 한다. 분내를 풍기면서 남편을 그림자처럼 따라다니며 아양을 떨어대는 유령. 남편은 자기 아이도 아니면서 자기 아이에게는 한 번도 해준 적 없는 행동을 한다. 유령의 딸 선화에게 입에 혀처럼 구는 꼴이 눈꼴이 시려워 못 봐줄 정도다. 신은 공평 씨를 뿌리지 않는다. 늘한 쪽에 서서 시소를 타길 바라는 신 앞에서 자신은 무능력할 뿐이다.

그러던 어느 날 아이가 무능력한 어미를 대신해 기어이 일을 벌이고 만다. 계절이가 선화를 흠씬 두들겨 팼던 것이다. 이유는 선화와 선화 어머니가 사는 사랑채 마당에서 계절이가 저희 동생들

을 데리고 노는데 자기네 마당이라며 놀지 말라고 소리를 질렀단
다. 소리뿐 아니라 가라고 선화가 부지깽이로 여름이를 마구 때렸
다는 것이다. 참다못한 계절이 동생들에게 소리를 지르고 마구 때
리는 부지깽이를 빼앗아 선화를 마구 팼단다. 중학생이 있는 힘을
다해 분풀이를 했으니 선화가 성한 곳이 없다. 도화살이 독기를 뿜
으며 안채 마당으로 선화를 데리고 온다. 이게 뭐냐며. 선화의 얼
굴을 손가락으로 가리키며 계절이를 찾는다. 나이 어린 동생이 좀
심하게 했기로서니 아이 얼굴을 저렇게 상처가 나도록 팼냐면서
서슬 시퍼렇게 계절을 찾는다. 계절이 나서며 자초지종을 말하며
씩씩거린다. 분을 못 삭인 도화살이 부지깽이로 마구 계절이를 때
린다. 달녀는 달려들어 도화살에게서 부지깽이를 빼앗는다. *도대
체 어른이 돼 가지고 아이들 싸움에 아이를 때리다니. 지금 대체
여게가 어데라고 함부로 나무 집 아들한테 손을 대니껴?* 달녀는
빼앗은 부지깽이를 도화살 앞으로 휙 집어 던진다. 부지깽이는 공
중을 날아가 도화살 앞에 내려앉는다. 계절이 도화살이 들고 때린
부지깽이 끝에 찔렸는지 이마에서 피가 흐른다. 얼굴에서 흐르는
피를 손으로 닦으면서 도화살을 째려본다. 억울해서 씩씩거리더니
악을 쓰며 울면서 소리를 지른다.

　*선화 저 깡패 같은 지지바 데리고 선화네 집에 가소. 왜 나무 집
에 와서 거지맨치로 빌붙어 사니껴? 당장 우리집에서 나가란 말이
씨더.* 계절의 당찬 말이 도화살 얼굴에 직격탄을 때린다. 도화살

은 억울해서 못 살겠다는 표정을 짓는다. 찌그러진 양은 냄비처럼 일그러지더니 계절이에게 분풀이를 한다. *쬐끄만 게 어른한테 못 하는 말이 없네. 나도 니 작은 엄마다. 내가 왜 남이로?* 계절에게 말을 내뱉자 계절이 말을 대포처럼 쏟아낸다. *웃기시네. 지발 웃기 시지 좀 마소. 다 삭은 고무줄 같은 말 하지 마란 말이씨더. 당신 이 왜 우리 작은 엄마이껴? 미친 거지 같은 말 그만하고 당신 집으 로 꺼지란 말이씨더. 당신 때문에 우리 엄마 죽을 뻔했니더. 만약 에 우리 엄마 잘못됐으믄 내는 당신을 죽여버릴라 했니더. 우리 엄 마가 살아났으이 엄마 덕인 줄 아소. 당신은 여게저게 댕기민서 온 갖 남자들 꼬드기는 걸레라고 소문 다 났니더. 우리 핵교 연화동 아들이 다 말해줘서 다 알고 있니더. 내는 당신 때문에 부끄러워 핵교서 얼굴도 못 들고 댕긴다 말이씨더. 당장 우리 집에서 꺼지란 말이씨더. 왜 또 우리 아부지까지 꼬드기니껴? 당장 가소. 안 가 믄 내 그냥 안 있을 라니더.*

　계절의 감당할 수 없는 돌발 사태의 말에 도화살은 어이가 없는 지. 눈알이 튀어나오도록 째려본다. 당장이라도 눈 속으로 아이를 빨아들일 기세다. *가만 안 있으믄? 패기라도 할래? 아이요. 패가주 고는 안 되니더. 죽이뿌릴라니더.* 말을 마치고 아이는 씩씩거리면 서 마루로 뛰어간다. 도화살은 얼굴에 벌겋게 독칠을 해 가지고 서서 어이가 없는지 뭐 *쬐끄만 게 저따우가 다 있어.* 말을 던지고 는 자기 딸을 데리고 사랑채로 종종걸음으로 걸어간다. 또 무슨 날벼락이 일어날지 불안하다. 불을 때서 저녁상이 차려지자 도화살은 안 오고 시어머니와 남편과 선화만 밥을 먹으러 온다. 시어머니 얼굴을 쳐다본다. 얼굴에 누런 노기가 황사처럼 묻어 있다. 무슨 바람에 그 황사가 마구 날아와 날벼락으로 떨어질지. 일촉즉발의 위기 상황이다. 그렇다고 미리 무슨 말을 할 상황도 아니다. 바람이 안 불어 그 황사를 그대로 잠재우길 기다리는 수밖에. 그러나 그건 고양이에게 생선을 주고 먹지 말기를 기다리는 것과 같은 것이다. 그냥 덤덤하게 지켜보고 있다. 빗줄기를 준비해두었다가 황사가 불어오면 가라앉히는 수밖에. 초조함으로 시어머니 얼굴에 노기를 바라본다. 드디어 황사를 일으킬 돌개바람이 불어온다.

 계절이 이누무 새끼 어데 갔노? 머 잘했다고 밥도 안 처먹고 방구석에 뒤배져 있어. 지 에미를 닮아서 독종 같으이라고. 어른한테 머라고 주둥이를 함부로 놀래서 드러눕게 만드노. 방에서 지혈을 위해 누워 있던 계절이 저희 할머니 말에 입술을 씰룩거리면서 문을 박차고 나온다. 처음 있는 일이다. 천하에 시어머니도 순간, 움찔 당황하는 눈치다. *어데서 배워 처먹은 버르장머리로. 할미 앞에서 문을 그래 박차고 기어 나와. 누가 지에미 뱃속에서 나왔다고 안 할까 봐서 저 모양으로 생기 처먹었는 동.* 시어머니 말이 다 끝난 거 같지 않은데 아이가 반박을 집어던진다. *할매는 내 이마는 보이지도 않니껴? 그 여자가 부지깽이로 내 이마를 마구 때래서 이릏게 다쳤는데. 할매는 잘 알지도 못하민서 왜 내만 가지고 그래*

니껴? 그래고 왜 내만 나무래믄 그마이지. 엄마를 왜 나무래니껴? 아부지가 잘못했다고 할매를 욕하믄 할매는 기분이 좋을니껴? 그 래고 저 여자 우리 반 연화동 아 가 그래는데 빙든 남핀도 내뿌래 고 여게저게 동네 남자들 등쳐먹고 사는 걸레라 하디더. 그른 걸레 를 왜 우리 집에 델따 놓고 엄마가 먼 잘못이 있다고 그 걸레하고 걸레 딸까짐 밥 해먹애고 빨래해주고 다 해야 되니껴? 엄마가 이 집에 식모라도 되니껴? 내는 챙피해서 핵교도 못 댕기겠니더. 아 들이 울매나 놀래는 동 아니껴? 우리 아부지가 나뿐 사람이라니 더. 멀쩡하게 남핀 있는 여자를 뺏아서 델꼬 산다민서 아 들이 막 손꾸락질하민서 놀리니더. 그른데 왜 내한테 머라 그래니껴? 내가 멀 잘못했다고요. 할매하고 아부지하고 나무 남핀 있는 여자 뺏아 온 파렴치한 공범이씨더.

어리게만 생각하고 철없는 아이로만 생각하고 있던 아이의 입에 서 어떻게 저렇게 엄청난 말들이 나이아가라 폭포수처럼 쏟아져 내리는지. 너무 놀라서 입이 자동문처럼 닫힌다. 아이가 당했던 수 치와 모욕감이 컸을 것을 생각하니 또 마음이 아프다. 폭포처럼 쏟아져 내리는 물줄기에 압도가 되는지 남편은 억압으로 아이 말 을 막는다. 이누무 새끼 조용히 못 해! 어데 버르장머리 없이 할매 한테 말대꾸를 하고 대들어. 아이의 입바른 말에 양심이라도 한 방울 있는지 아이가 밥을 안 먹고 벌떡 일어서서 씩씩거리며 밖으 로 나가버리자 모두가 저녁밥을 포기한다. 시어머니는 아이를 저리 버릇없이 가르쳤다며 자신의 양심을 뒤집어서 아이에게 씌운다. 남편 역시 화를 끓이며 그 여자한테로 가버린다. 아이들만 밥상머리에 멀뚱하게 앉아 있다. *너들 얼릉 밥 먹그라. 괜찮다. 얼릉 먹고 들어가서 자그라. 엄마는 오빠 찾아올 테이까. 사연이는 동생들 챙기그라. 야, 엄마 걱정하지 말고 계절이 찾아오소.* 아이들에게 당부를 던져주고 밖으로 나온다. 아이가 갈 만한 곳을 다 찾았으나 아이는 없다. 밤늦도록 찾다가 집에 왔으나 아이는 어디로 갔는지 역시 집에도 안 왔다. 불안하다. 어디 갈 만한 곳이 없는데. 뜬눈으로 온갖 상상을 당겨서 집을 지었다 부수다 하며 하얗게 밤을 지새운다.

아침이 되었는데도 아이는 안 온다. 학교에 가야 하는데 자꾸만 초조해진다. 한나절이 되었는데도 아이가 안 오자 불안은 나뭇잎처럼 머릿속으로 자꾸만 떨어진다. 학교에 가보기로 마음먹고 학교로 향한다. 부지런히 걷는다. 정신없이 걷고 있는데 저 앞에서 시누이가 어디를 가는지 부지런히 걸어온다. 순간 싱그런 나뭇잎 하나가 자신에게 날아온다. 시누이를 보자 아이 소식부터 묻는다. 안 그래도 걱정할까 봐 집에 오는 길이란다. 계절이 어젯밤 자기네 집에서 자고 학교에 갔다는 말을 전하러 왔다고 한다. 아이가 가서 도화살 이야기를 했는지. 시집을 가기 전이나 간 후나 골탕만 먹였지 한 번도 자신을 도와주거나 살갑게 대해준 적이 없는 시누이는 자기 오빠에게 할 말이 있다며 자신은 밀어 재치며 앞장서서 부지런히 걸어간다. 같이 걸어오면서도 시누이는 한마디 말도 하지 않는다. 집에 도착하자 시누이는 자기 어머니 방으로 간다. 무슨 말을 했는지는 알 수 없다. 시누이가 다녀가고 나자 시어머니는 또 긁히고 파이고 흠집투성이인 말을 늘어놓는다. 아무 말도 한 적 없는 자신에게 또 트집을 만들어 마음대로 요리를 하며 가시를 씹어뱉는다. 시누이에게 일러바쳤다는 누명. 대꾸도 하기 싫다. 한다고 해도 어차피 굴레를 벗어날 길은 없으므로. 아무 말도 않고 마음속으로 빨리 말소나기가 지나가기만을 기다린다. 시어머니 입에서 빠져나온 말들은 몸속으로 들어와 자신을 최대한 괴롭힌다. 말들은 적장에 싸우러 나온 군사가 되어 계속해서 자신의 간과 쓸개를 침범한다. 칼로 찌르고 총으로 쏘아대며 돌아다닌다.

더 이상 인내의 한계를 느낀 달녀는 자신의 혼을 빼서 공중을 날아다니게 한다. 그렇지 않고서는 잠시도 시어머니의 말 세례를 받아내지 못할 것 같아서다. 공중으로 혼을 따라다니며 훨훨 날아다니며 말이 지나가기를 기다린다. 프라이팬에 프라이 된 계란은 죽어서 해가 되어 공중에서 빛을 발하고 있다. 내 영혼도 시어머니 말에 죽어 저렇게 태양의 옆에서 빛을 발해야지. 숨통을 조이던 말 벼락이 그친다. *에이! 내가 베르빡한테 말하는 게 낫제.* 그 한마디만 들리고 나머지는 산산이 다 부서져 허공으로 날아가 버린다. 아니 강한 햇빛에 녹여버린다. 아이가 멀쩡하게 고모네서 잘 자고 학교에 간 것만으로 다른 것은 바라지 않기로 맘먹는다.

저녁때가 되자 아이가 학교에서 돌아온다. 아무 말도 없이 제 방으로 들어가 버린다. 뒤따라가서 어깨를 토닥인다. 엄마 때문에 힘들게 해서 미안하구나. 엄마 지발 그른 말 쫌 하지 마요. 맨날 그래이까 저른 걸레 같은 여자가 엄마한테 밥 시키고 빨래시키고 그래제요. 엄마는 왜 아무 잘못도 없이 맨날 미안하다고만 하니껴. 그래고 저 여자 밥도 하지 말고 빨래도 해주지 마소. 저 여자는 손이 없어 눈이 없어 왜 엄마가 저 여자 종이야? 왜 엄마가 해주냐고요. 엄마는 자존심도 없고 간도 없고 쓸개도 없니껴? 계절이 마이 속상하구나. 미안해. 또 또 또 미안. 지발 엄마 그래지 좀 마요. 비굴해보여요. 알았다. 미안하구나. 더 이상 아들에게 무어라고 할 말이 없어 방문을 닫고 나온다. 아들이 언제 저렇게 컸는지. 그리고 옳고 그름을 생각할 수 있는 나이가 됐는지. 훌쩍 커버린 아들이 대견스럽기도 하고 무섭기도 하다.

식구들 밥을 하면서도 아이의 기분을 살피느라 어떻게 밥을 했는지 모른다. 저녁을 마루에 차려 놓았는데도 도화살 그 여자는 밥을 먹으러 안 온다. 남편은 밥상을 방으로 가져다주라고 명령을 내린다. 아무런 반항할 힘도 없고 아이한테 시끄러운 모습을 보여주지 않기 위하여 묵묵히 밥상을 가지고 그 여자한테로 간다. 그 여자는 돌아앉아서 뒤도 안 돌아본다. 남편은 밥상을 두고 가라고 지시를 한다. 밥상을 두고 내려온다. 시어머니는 또 얇은 말 한 장을 던진다. 속이 마이 상했을 테이 찬 신경 써서 해줘라. 말인지 막

걸리인지 안 들은 걸로 생각하고 아무런 대꾸도 없이 그냥 온다. 시어머니의 말은 귓전에도 들어오지 않는다. 언제나 고압 자세인 말에 휘둘리고. 두들겨 맞고. 발길질에 짓밟히고. 그렇게 살아온 날들인데 새로울 것도 우울해질 것도 없다. 아이의 말대로 비열하고 비굴할 정도로 고개를 숙이고 죽은 채 살았다. 미안한 일도 없이 미안하다는 말로 시어머니와 남편의 비위를 맞추며 살아온 자신이 더 이상 무엇을 바라겠는가. 한평생 배를 곯고. 마음을 곯고. 곯고 곯은 시간만 툭툭 잘라 먹으며 살아온 자신의 뱃속에는 싱싱한 것은 아무것도 없을 것이다. 저녁 공기는 아이의 뒷모습처럼 싸늘하다. 아이의 말에 뻐근해진 마음을 두 손으로 잠시 두드린다. 자신의 마음은 분명 뺨이 푹 파이고 눈이 움푹 파이고 퀭한 눈동자로 빛을 잃고 자신의 몸에 기대어 있을 것 같다. 굶주림과 구타와 폭언만 평생을 먹여 살린 자신의 마음을 꺼내 치료를 해주고 싶지만 아무런 여력이 없다.

눈이 큰 어둠

 삶은 두 종류다. 지배하는 자와 지배받는 자. 적어도 진성 이 씨란 이 잘난 가문에는 그렇다. 한쪽은 언제나 지시를 하고. 또 다른 한쪽은 언제나 지시를 받는다. 도화살이란 여자가 이 집에 온 지도 벌써 3년이 흐른다. 달빛은 흐르고 흘러 계절인 어느새 고등학생을 만들고. 숙명을 중학생으로 만들고. 나머지 아이들도 모두 학교에 다닌다. 달녀는 사연을 늦게나마 중학생을 만든다. 봄이면 산나물을 뜯고. 여름이면 남의 품살이도 간간이 하고. 인동꽃도 말리고. 겨울이면 싸리를 베고. 그 돈을 고스란히 모아 사연의 학비로 쓴다. 사연은 또래보다 많이 늦은 학교지만 열심히 다닌다. 가슴이 좀 트인다. 이런 저런이 모두 중학교도 못 보낸 것이 가슴이 아팠다. 사연일 보내고 나니 조금이나마 위안이 된다.

도화살은 여전히 손끝 하나 까딱 안 한다. 지 몸치장과 딸 몸치장만 하는 데만 열중을 한다. 아무리 바쁜 농번기라도 집구석에서 빈둥거린다. 시어머니도 남편도 그런 도화살에게 아무런 말도 하지 않는다. 그날도 논에서 허리가 부러지는 아픔을 참으며 일을 하고 집으로 온다. 부엌에 불을 지피고 아지에게 죽을 먹이고 밥상을 차린다. 그런데 그때까지 시어머니가 잔소리를 하지 않는 것이 수상하다. 생각은 했지만, 저녁을 먹으러 오지 않는다. 달녀는 가고 싶지도 않고 갈 힘도 없지만, 아이들에게 평화를 주기 위해서 시어머니 방으로 가본다. 조용하다. *어머이 어데 편찮으시이껴?* 기척이 없다. 방으로 들어간다. 분명 아침까지는 아무 일이 없었다. 그런데 눈을 뜨지 않는다. 흔들어본다. 눈을 떴다가 다시 감는다. 이마를 짚어본다. 이마에 열이 펄펄 끓고 있다. 물수건을 가지고 가서 찜질을 한다. 열이 쉽게 떨어지지 않는다.

밤을 새우고 이튿날이 되니 조금 나아지는 듯하다. 흰죽을 끓여 가지고 가서 먹여드린다. 몇 숟가락 먹고는 고개를 흔든다. 며칠을 그렇게 죽을 먹더니 다행스럽게 기운을 차린 듯하다. 그런데 이튿 날 죽을 가지고 가자 죽그릇을 빼앗아 들고 한입에 후르룩후르룩 마셔버린다. 많이 시장하셨나 보다. 저렇게 한입에 죽을 마셔버리 다니 조금 더 많이 가져다드릴걸 생각을 하면서 무심히 그릇을 가 지고 나온다. 저녁이 되어 다시 죽을 가지고 시어머니 방으로 간 다. 맙소사. 방에다 똥을 눠서 가지고 앉아 놀고 있다. 달녀가 닦으 려고 하자 머리채를 감아쥔다. *이년아! 왜 내 노리개를 빼앗을라 고 해.* 언젠가 오래전 동네 여자들과 모여서 산나물을 뜯으러 갈 때 고랑이 엄마가 했던 말이 아찔하게 떠오른다.

내 머리채를 두 손으로 감아쥐고 다 뽑아버리니더. 그래 똥칠 때 는 한여름에도 수건을 쓰고 드가 쳐야제. 안 그러믄 멀꺼디이 다 뽑히니더. 기가 막힌 건 멀꺼디이를 한 주먹 뽑아 쥐고는 손을 들 어보이민서 멀쩡하게 이년아! 약 오르제? 그케 이년아 왜? 날 밥 굶기노? 이 몹쓸 넌아. 하민서 멀꺼디이를 치켜들고 미친 사람맨치 로 웃니더. 귓가에 쟁쟁하게 달려드는 말에 머리를 마구 흔든다. *아니야 아니야 그럴 리가 없어.* 그렇지만 운명은 또 다른 모습으로 다가와서 머리채를 쥐어 잡고 흔들고 있다. 다시 와서 수건을 쓰고 말끔하게 씻어내고 이부자리를 바꾸어 깔아주고 나온다. 시누이

들이 하나둘 문병을 온다. 이상스럽게도 그때는 정신이 너무 멀쩡하다. *저년이 저 육시랄 년이 날 밥도 안 주고 굶겨서 배가 고파 죽을다. 날 밥 쫌 다고.* 자기 엄마의 말을 그대로 믿는 시누이들은 자기 엄마가 제정신인 걸 아는지 모르는지. 왜 자기 엄마에게 밥을 안 주냐며 난리를 친다. 아무 말도 않고 밥상을 차려서 가져다준다. 한 그릇을 게 눈 감추듯 뚝딱 먹어 치운다. 그리고는 이제 살 것 같다며 엄살을 늘어놓는다. 큰 시누이가 하룻밤 자고 간다며 무슨 바람이 불었는지 자기가 오늘 자기 엄마 곁에서 잔다고 한다.

그날 밤 자다가 밤중에 시누이가 달려와 곤하게 자고 있는 달녀를 깨운다. 자기 엄마가 똥을 누었는데 치우라는 거다. 어이가 없지만 어쩌겠는가. 떨어지지 않는 잠을 억지로 떨구고 일어난다. 세숫대야에 물을 뜨고 수건을 가지고 시누이와 함께 가니 또 그 누런 것을 된장인지 똥인지도 모르고 가지고 놀고 있다. 기겁한 시누이는 엄지와 검지로 콧구멍을 막고 손사래를 치며 마당에 서 있다. 수건을 쓰고 손을 씻기려고 하자 손을 잡아 빼서 머리채를 잡아 마구 잡아당긴다. 어쩌나 힘이 센지 그대로 딸려가서 벽에다 머리를 쿵 하고 박힌다. 옆에 서 있던 시누이는 강 건너 불 보듯이 아무렇지도 않게 장면을 감상하고 있다. *이년아! 이 육시랄 년아. 베락을 맞아 뒈질 년아. 배가 고파 죽을다. 왜 날 밥을 굶기노.* 자기 엄마의 모습을 꼼짝도 하지 않고 그 자리에 말뚝처럼 박혀 서서 멀뚱하게 보고만 있던 큰 시누이는 어이가 없는지 아무 말도 없다. 옷을 벗기고 씻기고. 꼭 움켜쥔 손에 묻은 장난감을 빼앗는데 혼자 애를 쓰는데도 꼼짝도 않고 그림을 감상하듯 서서 구경만 하고 있다. 그렇게 씻겨 놓고 나오자 시누이는 자신은 조카들 방에 가서 자겠다며 따라나선다. 어이가 없어 아무 말도 않는다.

도화살은 시어머니는 아무런 상관도 않고 본체만체 아무 감각이 없다. 시어머니가 병이 난 지도 벌써 2년이 넘어갈 어느 날. 도화살은 그 더러운 똥 치운 손으로 해준 밥은 먹기 싫다며 괜한 트집을 잡는다. 그러면 손수 해 먹으라고 달녀는 받아친다. 시어머니 방엔 얼씬도 않고 그 앞을 지날 때마다 코를 막고 다닌다. 그의 딸 선화도 늘 코를 막고 다닌다. 어느 날 남편이 그것을 보고는 한마디 한다. 할머니한테 그러면 안 된다고 그것이 화근이 된 모양이다. 방에 있던 세간이 모두 마당 바닥으로 와장창와장창 튀어나와 다 부서진다. 남편은 어이가 없는지 보고만 있다. 다 부신 난 다음날 도화살은 온다간다 말도 없이 딸을 데리고 집을 나가버리고 만다. 어디로 갔는지는 아무도 모른다. 바람결에 들려오는 말에 의하면 그 여자가 멀리 어떤 젊은 남자와 둘이서 떠나는 걸 보았다고 한다. 풍문에 들은 말이지 본 사람은 아무도 없다. 남편도 도화살에 대해서는 한마디도 없다. 몇 년을 살을 맞대고 산 여자인데도 아쉬움도 없는지 아무렇지도 않게 옛날과 똑같이 산다. 속에 들어가 보지는 못했지만 저렇게 태연한 걸 보면 이미 오래전에 마음을 단념했는지도 모를 일이다. 그건 시어머니도 몰라요. 며느리도 모를 오직 본인만 알 일이다. 그렇게 그 집에 혹처럼 달려 살던 여자 둘이 떠났다. 혹이 떨어져 나가면 후련해야 할 일인데도 왠지 도화 살이 불쌍하다는 생각이 든다. 한편 측은한 마음이 들기도 한다. 같은 여자로 태어나서 저리 안주할 자리 하나 못 구하고 구름처럼 바람처럼 떠돌아다니는 신세라니 그 딸 선화 역시도 앞날이 불쌍 하다.

　시어머니는 시간이 흘러도 조금도 좋아질 기미가 보이지 않는 다. 냄새는 온 집안을 떠돌아다닌다. 아지의 마구간 칠 때 냄새보 다 더 지독해서 코를 들 수가 없다. 하루에도 한 번씩 벽에다가 그 림을 그릴 때는 그래도 좀 참을 만했지만, 하루에 세 번 네 번 횟 수가 늘어날수록 아무리 깨끗이 씻기고 닦아내도 냄새가 없어지 지 않는다. 몸무게도 갈수록 늘어나는지 한 번씩 씻기고 나면 힘 이 없다. 어지러워 한참씩 앉아 있어야 다른 일을 할 수 있을 정도 다. 점점 더 상태는 악화하는 것 같다. 하루 한 번씩만 그리던 그 림을 하루에 세 번 네 번으로 그림 그리는 시간이 늘어난다. 밤중 에도 일어나 치우지 않으면 아침에는 머리에까지 모두 칠하고 범 벅을 하고 앉아 있다. 밤중에 한 번이라도 치워야만 새벽에 좀 치 우기가 수월하다. 어쩐 일인지 밤중에 일어나면 깜깜하다가 겨우 정신을 차리면 그때부터는 알 수 없는 현기증이 자꾸만 일어 자신 이 먼저 쓰러질 것 같다. 그렇다고 누구 하나 도와줄 사람도 없다. 멀쩡할 때 그리 눈 바로 안 보고 미워하며 꼭 원수를 대하듯 하더니 몸져누워서는 몸과 마음을 모두 지치게 만드는 시어머니가 원망스럽다. 아무리 원망스러워도 하루도 안 치우고는 살 수 없는 일이다.

달녀는 아이들을 위해서 아무리 힘들고 지쳐서 몸을 가눌 수 없어 수없이 쓰러져도 이를 물고 버틴다. 멀쩡한 정신이 아닌 사람을 어쩌겠는가? 간호하다가 쓰러져 죽는 한이 있어도 사람의 도리는 하다가 죽어야 하지. 막막하고 숨이 막히는 끝이 안 보이는 일이다. 그래도 사람이니까 사람으로 살다가 죽어야지. 체념을 차곡차곡 접는다. 사람만 보면 배고프다고 밥 달라고 조르는 일도 하루가 다르게 늘어난다. 이제는 기어이 사람마저 잘 못 알아보는 것 같다. 어느 날 밥을 들고 들어가자 시어머니는 낯선 사람 같은 말을 한다. *누구시이껴? 누군데 고맙그러 내한테 밥을 다 주니껴? 우리 메느리는 나를 통 굶기니더. 나를 굶겨 죽앨라고 작정한 모양이씨더. 지나가는 동네 사램이 우째 알고 이래 밥을 주고 가니껴. 우리 메느리 저년은 낯 빤데기 반반해 가주고 동네 남정네들하고 장바닥에서 돌아치기나 하고 날랑은 밥도 안 주니더. 둘째 메느리도 내쫓아버렸니더. 천벌받을라고. 누구시이껴? 참말로 고맙니더. 가끔 지내가다가 내 밥 좀 주고 가소.* 보이지 않는 것인지. 안 보이는 척하는 건지. 정신이 없는 것인지. 정신이 없는 척하는 건지. 도무지 알 수가 없다. 보인다면 며느리까지 몰라볼 리가 없고. 정신이 있다면 목소리만 들어도 며느리일 것을 알 터인데. 보이지도 않고.

정신도 오락가락하는 것 같다. 먹는 것은 여전히 먹고 금방 돌아서서 또 배고프다고 하고. 남편이란 사람은 몇 년을 문밖출입도 못하고 방안에 갇혀 있는 자기 어머니 방에 한번 들어가는 법이 없다. 꼭 혼이 없는 인조인간 같다. 온 동네 사람이 모두 문병을 다녀가는 데도 정작 하나밖에 없는 아들은 남의 일 보듯 한다.

학교가 멀어 자취 생활을 하던 아들은 방학이 되어 집에만 오면 할 일이 천지삐까리로 널려서 이리 뛰고 저리 뛰는 저희 어미가 불쌍한지. 자기 할머니 뒷수발하는 걸 거든다. 냄새라는 말을 들어본 적도 없다. 기특하고 대견스럽다. 어른도 힘이 들고 냄새를 맡기도 역겨워 밥을 제대로 못 먹을 지경인데 어린 것이 묵묵히 저희 할머니를 씻기고. 닦아내고. 하늘이 내린 천사가 아닌가 싶다. 공부 잘하기도 어려운데. 방학을 저리 보내니 가슴이 아프기도 하다. 아들과 함께 씻기니 훨씬 수월하다. 그래도 신은 죽지 않을 만큼 행복을 보내 주는지. 사연이도 숙명이도 엄마를 거든다고 끙끙거린다. 고사리 같은 손으로 냇가에 가서 빨래도 제법 빨아오고. 동생들도 돌보고. 방학만 되면 지어미 뒤를 졸졸 따라다니며 일을 거든다. 갈수록 심해져가는 시어머니는 이제 눈까지 침침해지는지 사람도 잘 몰라보는 것 같다. 남편은 이름을 이무심으로 개명을 해야 할 것 같다는 생각이 든다. 자기 엄마가 몇 년을 저리 방에 들어앉아 있는데도 똥 수발은커녕 말 한마디 덜 하냐고 묻는 법이 없다. 도대체 무엇 때문에 사는지 왜 사는지도 모를 일이다.

큰아이가 할머니가 사람을 잘 못 알아본다고 저희 아버지한테 말을 해도 들은 척도 않는다. 포기하는 건지 무관심인 건지. 그렇게 가을까지는 잘 견뎠지만, 겨울이 저기서 눈을 뜨기 시작하자 더욱 두렵다. 냇가에 가서 빨래를 씻는 것도 힘들지만 방에서 목욕을 시키기가 겨울에는 너무 힘들다. 춥다고 도대체 옷을 안 벗으려 떼를 쓴다. *저년이 날 얼가 죽엘라고 옷을 벗게.* 제정신이 아닌 상태에서도 어찌 저런 말투는 잊어버리지 않았는지. 자신은 힘이 점점 빠져가고 시어머니는 힘이 점점 더 강해진다. 시력은 이제 완전히 어두워진 것 같다. 그런데 신기한 건 귀는 얼마나 밝은지 마당에서 나는 발자국 소리도 다 알아듣는다. 누가 마당에 지나가는 기미만 보이면 *누구이껴? 날 밥 쫌 주소. 배고파 죽을씨더.* 허령 같은 말을 한다.

슬픔경전

6

배가 고파 죽을씨더. 우리 메느리가 날 얼릉 꺼부래지라고 굶기
니더. 똥 묻은 말을 하며 문을 열어젖힌다. 어디서 저런 펄펄한 말
이 나오는지 수수께끼다. 시어머니의 말에 머릿니가 우글거리며 끊
임없이 서캐를 낳는다. 참빗으로 빗어 내려도 끝이 없는 말 새끼
들. 서캐는 엄지손가락을 맞대고 톡톡 죽이는 재미라도 있지. 이건
도무지 검은 머리카락에 붙은 깨알보다 더 작은 서캐들이 조팝꽃
피듯이 피어나서 감당을 할 수가 없다. 차라리 아무 말도 않고 가
만히라도 있으면 불쌍한 측은지심이라도 들어 동정심이라도 마음
어느 한구석에서 꺼내지 않을까? 자신의 영혼에 자꾸 뿌려대는 저
말 때문에 한 종지의 동정심이나 한 톨의 측은지심마저도 우러나
서 위로받지 못하는 생이 축축하다. 바깥으로 내뱉는 저 말 때문
에 냄새는 날이 갈수록 몇 킬로미터씩 지독해져만 가고. 똥으로

도배가 된 몸은 갈수록 몇 센티미터씩 늘어나 더 무거워지고 있는 것을 모르는 것이 애처롭다. 평생 만들어서 반죽해 던진 말. 단 한 모금의 애정도 부드러움도 없었다. 자신의 육신이 움직이기 어려워지면 면죄 받기가 어려울 텐데. 어쩌면 정신이 나가도 험악하고 못생긴 말만 내뱉는다. 원초적으로 시어머니 혀는 태어날 때부터 험악하고 못생긴 말만 뿌리를 내리고 살고 있었는지도 모른다. 참으로 안타깝다. 시어머니의 혓바닥 속 깊숙하게 가라앉아 있던 말들. 그러니까 이제 가라앉았던 마지막 말들을 있는 힘을 다해 쏟아내고 있는지도 모를 일이다.

밤낮으로 자신의 잠 울타리를 걷어내고 나가 시어머니의 혀 속에서 파닥이며 헤엄쳐 나오는 물고기들의 물비린내를 뒤집어쓰고. 엉덩이를 씻기고. 똥을 치우고. 밥을 먹이고. 몇 년 세월을 소비한다. 참으로 신은 무심하다는 생각을 한다. 조금이라도 좋아질 기미가 보여야 희망이라도 가질 것인데. 갈수록 더 깜깜한 일들만 하나씩 던져 거름더미만큼 높이 쌓아 올린다. 덮고 덮고 덮고 어찌 그 무거운 덮개를 들어 올리란 말인가. 너무 힘이 들어 몸과 마음이 서리 맞은 풀처럼 지쳐간다. 밤마다 몸속에서 살고 있던 울음들이 고달프고 힘들어한다. 심지가 타고 똥줄이 다 타들어 가서 도저히 살 수 없다. 하얀 비명이 목을 타고 넘어온다. 아무리 비명을 지르면서 목을 타고 넘어온 울음이지만 주인인 자신조차도 아는 체를 안 하고 있다. 신도 눈이 있으면 보았고 귀가 있으면 들어서 알 것 아닌가 말이다. 보고도 듣고도 모르는 체하는 신이 원망스럽다. 정말 지치고 또 지치고 돌아버릴 것 같다. 어디까지가 끝인지 도무지 희망도 절망도 끝이 보이지 않는 먹물 같은 시간.

갈수록 재주가 하나씩 늘어난 시어머니는 사람만 들어가면 서랍으로 달려가 서랍을 못 만지게 두 팔을 벌려 가로막는다. 무엇이 들어서 저리 기겁을 할 만큼 시어머니의 정신을 올곧게 세울까 궁금하다. 어느 날 잠든 틈을 타서 살짝 열어보니 맙소사! 어디서 헝겊과 종이를 그렇게 모아서 찢었는지 갈가리 찢어진 헝겊이 서랍 가득 누웠다. 방에 헝겊이나 종이가 보이면 갈기갈기 다 찢어서 서랍 속에 넣어둔 것이다. 그 헝겊과 종이를 넣어두고 보물이라도 되는 양 누구도 얼씬 못하게 한다. 손자를 봐도 *여보소 날 밥 쫌 주소. 배가 고파 죽을씨더. 우리 메느리는 날 굶어 죽으라고 밥을 안 주니더. 날 밥 갖다 주고 가소.* 며느리를 봐도 똑같은 말만 되풀이한다. 다른 기억들은 모두 삭제된 듯하다. 그런데 신기한 건 아들이 지나가면 밥 달라고 조르지도 않는다. 매일 몇 번씩 의식처럼 치러야만 하는 시어머니의 수발은 너무 지쳐서 아무것도 할 수 없게 만든다. 날마다 세숫대야에 물을 떠서 수건을 머리에 쓰고 들어가서 시어머니의 손부터 씻긴다. 손부터 씻기지 않은 날은 옷에도 물감이 범벅이 되기 일쑤다. 손아귀 힘은 얼마나 센지. 물감 덩어리를 잡고 주먹을 쥐고 있는 손가락을 펼치는 데 이미 힘을 다 빼앗긴다. 물은 시어머니의 엉덩이를 씻기고 수건으로 닦고 다른 옷 갈아입히고. 똥물감이 벽에 그린 그림을 말끔히 지우고. 갤판 삼아 개 놓은 방바닥 물감을 닦아내고 나면 앞이 안 보인다. 방해만 안 해도 금방 끝날 일을 손에 쥔 물감 덩어리를 빼앗았다고 자기 노는데 방해한다며 따라다니며 머리며 옷이며 손에 잡히는 대로 잡아당기는 통에 일은 몇 배로 힘들어 지칠 대로 지친다.

빙글빙글 지구가 돈다. 마루에 앉아 잠시 눈을 감았다 뜬다. 어둠이 빽빽한 하늘을 본다. 불을 켜주는 반딧불이 저녁나절의 별빛들과 뒤섞여 있다. 반딧불이와 별빛이 구별 안 되는 아올리다올리한 시간. 빛들은 어둠 위에 수를 놓으며 하루살이로 살다가 간다. 오늘 빛은 오늘을 비추고 살다 간다. 반딧불 빛이 둥글게 둥글게 허공에 오류을 그린다. 날갯소리가 포라리포라리 떨어지는 밤. 달빛이 흥청망청 흔한 밤. 밤마다 공중을 날며 일생을 보낼 날개들. 손과 다리가 퇴화해 버린 것들은 날개만 진화한다. 하루살이 떼는 하루를 천 년으로 살다 간다. 불빛을 바글바글 마시고 알을 낳는다. 불빛의 흰 털처럼 날아다닌다. 비쩍 마른 하루살이에게 내일이란 단어는 모른다. 밤도 밤이랄 것 없고. 낮도 낮이랄 것도 없고. 밤인지 낮인지 몽롱하게 안개 속을 헤매듯이 지쳐만 가는 날들. 자신을 빠져나가려는 자신의 주인을 정신 바짝 차리자고 다짐을 다시 한번 단단한 끈으로 묶는다. 내가 해야 할 업이라면 달게 받아야지 하다가 쓰러지더라도. 그렇지만 이건 너무도 가혹한 벌이다. 이제 얼마나 살았다고 이만큼 가혹한 벌이었으면 살인을 했어도 면죄를 받을 수 있는 기간이 아닌가?

태어나서 지금까지 단 몇 시간도 편히 쉬어보지 못했다. 양심을 털어서 이렇게 열심히 죄의 대가를 충실하게 수행했다. 인제 그만 면죄부를 줄 때도 되지 않았는가 말이다. 세상은 업장(業障) 소멸의 무대. 길게 길러온 머리카락을 자르듯 업을 댕강댕강 잘라낼 수 없을까? 업이 잘려 나간 자리에 핏물 붉게 흐르면 따뜻한 숨소리로 호호 말려주는 일. 말라서 날아가는 핏물의 춤사위가 향기를 나풀나풀 날리는 그런 일. 햇살을 여위고 두 다리 쭉 벋고 앉아 우는 그늘. 등 푸른 달빛이 물수제비로 퐁퐁 튀는 날. 하얀 빗소리 소곤소곤 풀벌레울음 흰 무릎까지 기어오르면 벌레울음 토닥여 주는. 달빛에 젖지 않기 위해 물새들 바짓가랑이 둥둥 말아 올리는 달밤. 파문을 빠져나가는 동그라미 세상 씁쓰름한 업(業)을 소멸하는 고요한 아침을 맞이할 그 날 업장 소멸의 날, 무대의 막을 내리는 날일까? 자신의 영혼이 어디론가 떠나간 것처럼 허허롭다. 시간만 나면 물끄러미 달과 풀과 풀벌레와 바람과 햇살과 마주 앉아 공론을 벌인다. 동무들이다. 살아갈 수 있는 힘이다. 오늘도 시어머니에게 하루를 다 소비해 가는 해거름이다.

바람이 어둡게 불어온다. 개미가 길을 잃고 우왕좌왕한다. 비가 올 걸 예감한 개미 떼 신경통을 앓는다. 잘록한 개미는 급한 마음에 신발도 없이 맨발로 까맣게 떼로 몰려 비설거지를 하고 있다. 맨발이다. 얼마나 기어 다녔는지 발톱이 다 뭉그러진 나환자 같다.

죽은 독사 새끼가 살아있는 개미 떼를 끌고 간다. 바람이 나뭇가지를 흔들자 푸른 그림자가 우루루 루루우 새 떼처럼 쏟아지며 마음을 어지럽힌다. 공중은 바람을 들어 올리고. 초록으로 부서지는 여름빛. 여름을 성성하게 키우는 나무는 사람이 머무를 푸른 그늘을 만들어 적선한다. 하루하루가 백설기 가루가 되도록 잘게 부서져서 사라져 버린다. 직각으로 길을 먹어치우는 풀들은 무성이라는 이름을 갖는다. 자벌레는 시간을 먹어치우며 길을 낸다. 새콤달콤한 길을 구불구불 낸다. 연필이 지나간 자리마다 지렁이가 꿈틀거린다. 연잎 빗방울 굴리는 소리가 은방울 은방울 둥글게 굴러다닌다. 물방울처럼 말간 연잎 그늘을 말려 차를 우려 마시면 연못에 잠겨 있던 억 년의 고요가 피어날 것 같다. 찬물로 갓 씻은 연꽃. 여인의 하얀 허벅지. 영혼이 여름 속에서 흐느낀다. 달빛 물결은 흰 연등을 켜고 있다. 화들짝 상념에서 벗어나 자신이 살고 있는 집으로 돌아오는 혼. 또 똥을 손에 들고 물레를 잣듯 자아내는 그 투박한 손을 씻어주러 가야 하는 현실이 암담하다. 차라리 저렇게 혼을 외출을 시켜서라도 저런 상념을 좀 구경시키면 자신이 덜 힘들 텐데.

　시어머니의 엉덩이를 씻어주던 손으로 자신의 엉덩일 툭툭 털고 일어선다. 어딘가에 기대고 싶다. 등짝을 기둥에 붙이고 기대서서 발로 기둥을 쾅쾅 걷어차며 화풀이를 하고 싶다. 사방을 둘러봐도 검은 벽이 병풍처럼 둘러싸인 나날이다. 계절이 사춘기다. 사춘기를 모르고 시어머니에게만 매달린 시간 동안에 아들은 아버지에 대한 분노를 품고 있다는 걸 미처 알지 못한다. 엄마 우리 이 집에서 나가서 따로 살아요. 지는 이 집이 너무 싫니더. 엄마는 할매한테 매달려 살민서 집안 농사일까짐 고상만 하고. 아부지는 댕기민서 여자들하고 놀기나 하고. 집으로 여자를 끌어들이고. 내사 챙피스럽고 쪽 팔래서 못 살겠니더. 우리끼리 나가서 살아요. 엄마 지가 핵교 공부 마치고 돈 벌어 엄마 머기 살림시더. 야? 엄마, 참말로 쪽 팔래서 죽겠단 말이씨더. 뜬금없는 아들의 말에 어디론가 나갔던 정신이 제자리로 화들짝 돌아온다. 방학 때마다 어미를 돕고 공부도 잘하고. 아무것도 신경 쓸 일이 없던 아이가 도대체 왜 저러는지. 아이에게 그렇게 비춰지는 자신이 미안하기만 하다. 그르믄 할매 뒷바라지는 누가 하고? 아부지보고 하라고 하소. 아부지 엄마지 엄마 엄마가 아니잖니껴? 엄마가 이래 고생하믄 아부지가 도와라도 줘야제. 방학 내내 지는 한 분도 아부지가 할매를 씻게거나 할매 방에 들어가는 것도 못 봤니더. 이게 다 엄마 잘못이씨더. 왜 엄마는 이 집 머슴맨치 사냐 말이씨더. 지는 속이 터져 죽을 거 같니더. 아이는 나오는 대로 말을 내뱉는다. 계절아 미안하다. 엄마가. 또 또 또 그누무 미안. 엄마가 답답해서 죽을 것 같단 말이씨더. 엄마가 사램이이껴? 부처님도 그래는 못 할시더. 아부지가 저래 행동하는 것도 전부 다 엄마 책임이씨더. 왜 엄마 혼자만 다 하이까 아부지는 밖으로만 댕기고 할매가 아부지 엄만데도 한 분도 안 씻게는 거 아이껴. 말을 던지고는 휘익 뛰어나가 버린다. 아이가 사춘기인지도 몰라준 게 미안할 따름이다.

아이가 나간 쪽으로 따라간다. 아이는 개울가에 앉아서 고개를 파묻고 짐승처럼 울고 있다. 울컥, 목에서 뜨거운 것이 튀어나온다. 저 아이를 어째야 좋단 말인가. 말썽 한 번 안 부리고 투정 한 번 안 부리고 공부하라는 말 한마디 못 해줬는데. 항상 우등생으로 공부하며 어미를 돕던 저 착한 아이를 저렇게 만든 게 자신인 것 같아 가슴이 쓰라리고 아프다. 둑 뒤에 앉아서 아이가 마음껏 울기라도 하도록 버려둔다. 아이를 따라 울며 얼마가 지났을까. 아이는 도랑물에 세수를 하고는 고개를 젖히고 하늘을 한 번 올려다보더니 집으로 향해 들어간다. 조금 더 앉았다가 못 본 척하고 집으로 들어간다. 말없이 미숫가루를 한 잔 타서 아이를 주고 방으로 들어와 연필을 든다.

우리 착한 아들 계절이 마이 힘들제? 엄마가 아들을 위해 해준 게 아무것도 없어 미안하구나. 너 맴도 충분히 이해한다. 그릏지만 엄마는 아무리 힘들고 지치고 죽을 거맨치 고단해도 너만 보믄 힘이 나. 너들만 보믄 어떤 가시밭길도 헤치고 나갈 자신이 있어. 엄마도 때로는 다 집어치우고 싶을 때가 왜 없겠노? 그릏지만 모두 너희들 때문이야. 엄마를 힘들게 하는 사람들이 모두 너희 할매고 너희 아부지기 때문이란다. 그래서 참는 거야. 참고 참는 힘은 너희들이야. 너희들은 모두 공부도 잘하고 엄마도 잘 도와주고. 엄

마는 너희들만 있으믄 살아갈 자신이 있어. 우리 아들이 엄마 힘들어하는 것 보민서 올매나 맴 아파하는지도 잘 안다. 하지만 그릏게 엄마를 알아주는 너희들이 있는데. 엄마가 힘든 일이 무엇이겠노? 엄마는 니가 장남이니까 어떻게든 좋은 대핵교 가서 잘되는 것만 보믄 더 이상 아무것도 바래지 않아. 시상을 다 준다고 해도 엄마가 아무리 할매 수발도 안 하고 편안한 생활이 된다고 해도 엄마는 지끔을 선택할 거야. 그 이유는 하늘이 엄마에게 너희들이란 선물을 주셨으니까? 거기에 대한 답으로 힘들어도 할매 수발하고 아부지가 속 썩애도 참고 사는 거야. 그래이까 부족하고 바보매로 못난 엄마지만 너희들이 그 엄마를 위해 열심히 노력해주고 있어서 고맙고. 또 앞으로도 더도 말고 덜도 말고 지끔맨치로만 건강하고. 공부 열심히 해주믄 엄마는 견딜 거야. 너희들을 보민서 웃을 거야. 다만 너희들한테 신경을 못 써서 미안하다. 그릏지만 그 부분은 너희들이 쪼매만 이해해주길 못난 어미가 부탁하마. 우리 아들이 은제 홀쩍 커서 이래 어미 걱정을 해주이 어미가 멀 더 바래겠노. 아들아 천 번 만 번 고맙구나. 못난 어미가 아들에게.

편지를 접어서 아이의 책가방에 넣어둔다. 지금 이 상황에서 아들에게 어떤 말로도 아무리 빼어난 연금술사라고 하더라도 아이를 설득할 수가 없을 것 같아서다. 내일 아침에 학교에 가서 보겠지. 아이가 마음 아파하지 않길 간절히 기도한다. 아침은 또 잠을 깨우고 하루는 시작된다. 아이는 간다 온다 말도 없이 가버리고 없다. 편지로라도 어미의 마음을 전했으니 아이의 마음도 좀 누그러 질 것이라 기대한다. 시어머니는 날로 더 심해져 가고 남편이란 사람도 날로 더 밖으로만 나돌고 집안일에는 무관심이다. 아이에게 편지를 썼듯이 아이들을 위해 보살펴 줘야 하지만 지금은 그럴 여력마저 모두 소진된 상태다. 어쨌거나 그래도 아이들에게 상처가 되지 않도록 최선을 다해야지. 마음을 다잡는다.

그럭저럭 또 일주일이 지나고 계절이 집에 온다. 들에서 일을 하고 허리를 펴지 못할 만큼 통증을 느끼면서 저녁을 하러 집에 온다. 편지가 효험이 있었던 것 같다. 아이가 먼저 와서 변함없이 저희 할머니 씻기는 데 동참을 하고 어미를 거든다. 그 어린 손으로 할머니의 물감을 모두 거둬 들고 냇가로 나가서 빨아서 빨랫줄에 널어두었다. 울컥, 눈물이 나온다. 남자아이가 그 더러운 것들을 모두 가지고 가서 깨끗이 빨아놓고. 저희 할머니도 깨끗이 씻기고. 벽도 모두 닦아놓았다. 우리 계절이 일찍 왔네. 야, 엄마 오늘 수업이 일찍 끝나서요. 아무렇지도 않게 저희 엄마가 머리에 이고 오는 꼴단을 받아 내린다. 엄마 너무 무겁니더. 쪼매이씩 이고 댕기소. 너희 엄마 안죽도 이것 정도는 이고 댕길 힘 있어. 아들보다 엄마가 아직 힘이 더 세다 말이다. 그래도 쪼매씩 해요. 볏나요. 그래 알았다. 얼릉 저녁 해주마. 엄마 사연이 누나랑 숙명이가 저녁 다 해놨어요. 에구 그래 고맙기도 해라. 엄마가 이래 호강을 해도 되나. 우리 엄마 더 많이 호강을 해야제요. 행복이 잠깐 안부가 궁금한지 또 자신을 찾아온 것이다. 행복이 찾아온 뒤에는 꼭 불행이 따라 들어온다는 것을 잠시 잊는다. 언제 왔는지 막내가 품으로 와서 안긴다. 잘못했다. 아이가 만든 조대흙 사람을 아이를 주지 말고 남겨두었어야 했다. 아이가 이렇게 문득문득 엄마를 찾아올 때마다 아이의 숨결을 느낄 수 있는 그 아이의 작품을 그 아이는 엄마에게 선물로 만들어 준 것인지도 모를 일이다. 모자라서 맹한 엄마가 아이의 선물인지 상상도 못 하고 선물로 준 그걸 아이에게 다시 주었으니. 다시 가서 꺼내오고 싶은 생각이 간절하다. 양념도 안 한 맹탕 같은 삶을 살고 있는 자신이 한심스럽다.

잠시 방문한 행복 뒤에 불행이 또 따라붙어 가슴을 아리게 쥐어 뜯는다. *엄마 어데 아프시니껴? 아아 아니. 그래믄 왜 그래고 멍하게 있니껴? 응 잠깐 먼 생각하느라고.* 아이들에게 또 미안하다는 생각이 든다. 아이들이 합동으로 모아서 가져온 행복을 이리 또 쫓아버려서는 안 되지. 얼른 막내에게 가 있던 정신을 불러들인다. *고맙구나. 우리 새끼들 엄마가 이 맛에 산다. 엄마 앞으로도 우리 전부 엄마 돕기로 약속했어요. 엄마 이제 쉬어가믄서 해도 돼요.* 말을 마치고는 우르르 몰려 나간다. 실없는 녀석들 왜 한꺼번에 저리 몰려 나가고 난리들이야. 혼자 쓰지도 달지도 않은 웃음을 흘린다. 어서 저녁을 차려서 먹여야지 부엌으로 향한다. 앞을 가로지르며 아이들이 도레미파솔 차례대로 주욱 서더니 **엄마 이것 좀 보소.** 합창을 외친다. 고개를 들어 아이들을 쳐다보니 아이들은 넓

적한 감나무 잎사귀에다

'사 · 랑 · 하 · 는 · 엄 · 마

생 · 신 · 축 · 하 · 해.'

글자가 적힌 이파리를 손에 손에 들고 자신 앞을 가로막고 있다. 계절이 엄마 키보다 한참 큰 녀석이 풀꽃으로 만든 머리띠를 어미 머리에 씌운다. 아이들은 손뼉을 치며 생일 축하 노래를 부른다. 난생처음으로 자신의 생일이 오늘이란 걸 알았다. 생일이란 말조차 모르고 살아온 세월이다. 기뻐야 하는데 울음이 또 주책없이 눈을 열고 흐른다. *엄마 이 좋은 날 왜 울고 그래시니껴?* 계절이 달려와 엄마를 덜렁 안아서 한 바퀴 휘익 돌리면서 하는 말 *우리 엄마 꽃돼지 엄마네. 엄청 무구와 우리 엄마 날씬한 동 알았는데 인제 보이 완전 돼지네.* 몇 바퀴 싱겁을 떨더니 마루까지 안고 가서는 마룻바닥에 내려놓는다. 큰아들 계절은 엄마를 업으니 뼈만 앙상하고 솜처럼 가벼움에 눈물이 날 것 같아 일부러 너스레를 떨면서 목구멍으로 슬픔을 삭힌다. 달녀는 아들이 무슨 생각을 하는지도 모르고 처음으로 업힌 아들 등에서 행복을 만끽하며 눈물이 날 만큼 행복을 처음으로 아주 잠깐 맛본다. 그렇게 모자가 동상이몽으로 한쪽에선 슬퍼서 한쪽에선 기뻐서 속으로 속으로 울음을 삼키고 있는 사이 사연과 숙명이 저녁상을 들고 온다. 언제 했는지 장떡도 하고 부침개도 하고 생선도 있고. 미역국도 끓이고. 푸짐하게 차려서 둘이 낑낑거리면서 들고 들어온다. 자꾸만 밥상

위로 뜨거운 무엇이 떨어지고. 목구멍으로 울컥울컥 넘어오는 무엇 때문에 아무것도 넘어가지 않는다. 행복이 떼거리로 몰려다니러 온 것이다.

오랜만에 저녁을 기분 좋게 먹는다. 저녁을 먹는 중에 뭐가 그리 급한지 아이들은 무엇을 선물이라면서 문종이에 곱게 싼 무언가를 내민다. *엄마 얼룽 풀어보소. 지가 쪼매씩 모아서 산 거씨더. 한 분 풀어보라이까요. 꿈 아닐까?* 아이들 성화에 문종이에 묶인 노끈을 풀어낸다. 문종이를 펼치니 그 안에는 연살구색 티셔츠가 예쁘게 들어앉아 있다. *엄마 한 분 입어보소. 엄마한테 딱 맞을게씨더. 얼룽 입어보소. 그래 엄마 후딱 한 분 입어 봐. 이 걸레 같은 옷 쫌 벗어뿌래고.* 숙명이 달려들어 옷을 펴고 사연이 지어미 입은 옷을 벗긴다. 그렇게 하나는 벗기고 하나는 입히고 난리를 치고는 눈들을 둥그렇게 뜨고 호들갑을 떤다. *와! 우리 엄마 이거 입으이까 너무 이쁘다. 여왕보다 더 이뻐 엄마. 참말로 이뿌이더. 인제 맨날맨날 이거 입고 있으소. 우리 엄마 시상에서 제일 이뿌이더.* 모두 합창으로 짜기라도 한 듯 손가락을 치켜세우면서 소란을 피운다. 사연이 안방으로 들어가더니 조그만 거울을 들고나온다. *엄마 이 민경 한 분 보소. 울매나 이뿐지 기절초풍을 할께씨더.* 거울을 받아든다. 그렇지만 그 조그만 거울에 얼굴밖에 안 보이지 옷은 보이지도 않는다는 걸 차마 말하지 못하고. *그래 참 곱고 이뿌다. 너희들 덕에 엄마가 이래 호강을 해도 되나. 전부 다 고맙데이.*

엄마 오늘 같은 날이 있어도 되나 모르겠다. 얼릉 밥 먹자. 우리 사연이 하고 숙명이 밥하느라고 애먹었다. 엄마 나도 거들었니더. 와 누들만 애먹었다 하니껴? 나도 부엌에 불 때고 심부름도 했다 머. 맞제 사연이 누나? 그래그래 우리 가을이가 일 젤 마이 했다. 밥도 불을 붙였으이 우리 가을이가 한 거다. 엄마 가을이도 칭찬 해주소. 아~ 그랬구나! 그랬어. 엄마가 몰래서 누나들만 칭찬했구 나. 듣고 보이 우리 가을이가 밥 다했네. 가을아 고맙다. 야, 엄마 밥 마이 잡수소.

한바탕 말 잔치가 끝나고 밥상에 둘러앉아 밥을 먹는다. 있는 힘 을 모두 다 끌어모아서 밥을 하고. 국 끓이고 반찬하고. 선물을 준 비했을 아이들을 바라보니 안 먹어도 배가 불러온다. 그동안 힘들 었던 것 모두 다 녹아내려 왈칵왈칵 쏟아져 나오는 뜨거운 눈물. 이대로 이대로 태풍 같은 건 다시는 오지 않았으면 좋겠다는 생각 이다. 더도 말고 덜도 말고 지금 이 순간만큼만 오직 지금만큼만 을 빌어본다. 바람이 불어도 마음 펄럭이지 않게 고삐에 마음을 단단히 매어두리 다짐을 국에 말아서 먹는다. 치욕스런 기억은 모 두 깨끗이 지워지길 치욕스런 기억을 숟가락으로 떠서 잘근잘근 씹어 삼킨다. 이 기쁨 속에서 또다시 고개를 드는 쓸쓸함. 행복은 어느 스산한 곳 나무 그늘 밑에 숨어 있다가 나타났는지 행복에서 그늘 냄새가 눅눅하게 배어 나온다. 너무 힘들어서 이가 갈리도록 그리워해도 얼씬도 않던 행복이 아이들이 이렇게 불러들여주다니

참 행복이란 놈은 알 수가 없는 놈이다. 하루해가 어둠으로 바뀐다. 찌뿌둥하게 고인 생각들은 모두 날려버리고, 오늘만이라도 행복에 쌓여 잠들고 싶다. 그렇지만 누가 이 여인의 기구한 운명을 예감하랴. 또 한 불행이 낄낄낄낄 웃으면서 껄껄껄껄 웃으면서 그녀를 향해 달려오고 있음을. 쏟아지는 폭우에 황새 다리가 한 뼘은 더 길어져 텅텅 빈 가슴을 더욱 슬프게 하고 있음을. 짐작도 못한 채 생일날 행복이 잠들고 있다.

슬픔경전

키 작은 2월이 벌써 달려왔다. 정신없이 지나간 웃자란 1월을 뚫고 2월이 싹을 틔운다. 욕심 많은 2월은 겨울과 봄을 한 몸에 품느라 비대해진 몸이 쪼그라들어서 키가 작다. 지나간 일들을 모아볼 시간도 없이 미처 다 끝내지 못한 일들을 이월시키고 있는 이월. 달녀는 이월에게 당부를 한다. 제발 제발 불행만은 이월로 이월시키지 말아 달라고. 1월에 미처 다 느끼지 못한 행복만을 뽑아서 이월시켜달라고. 뜬금없이 어디선가 안부 한 장이 날아오는 기쁨이라든가. 그런 꿈 같은 안부가 어머니 소식이라면 더 이상 바랄 것은 없을 것이고. 키 작은 2월의 머리에 앉아 후 후 입김을 불어 빵

빵하게 부풀리며 희망 풍선을 불어본다. 생일이 몇 달이나 지났건만 지금도 가끔 삐걱, 행복이 문을 열고 들어서며 남은 행복도 함께 이월시킨다. 습하고 깜깜한 긴 터널을 빠져나와 잠시 잠깐 눈을 뜨지 못할 눈 부신 햇살을 맞는 기분. 생일도 없이 살아왔지만 수십 년을 불행과 동침을 했다고 한들 어떠랴. 지금 이렇게 행복이 들어와 춤을 추고 있는걸.

달녀는 절망으로 살이 통통 찐 시간을 이제 다이어트 시키기로 마음먹는다. 다이어트를 해서 절망의 살을 모두 빼고 뼈만 앙상하게 할 작정이다. 비쩍 곯아서 말라깽이가 되어 스스로 물러나도록 절망을 냉대할 것이다. 그래야 희망과 싸우면 늘 희망이 이길 수 있을 것 아닌가. 절망에게 다 퍼먹이느라 희망에게 먹일 양식이 없어 절망은 살이 통통 찌고 희망은 비쩍 곯아서 말라깽이가 되어 한쪽 구석에 처박혀 있었다. 그렇게 절망을 키우고 있는 사이 아들이 벌써 고등학생이 되어 키가 훌쩍 커서 턱 밑에 수염이 숭숭 나서 청년 같다. 딸들이 깻잎 머리를 나풀거리며 중학교를 다니고. 여름이 가을이도 모두 학교에 열심히 다닌다. 열심히 침을 맞힌 덕분에 여름이를 괴롭히던 경기도 더 이상 못 살고 다른 곳으로 이사를 했다.

시어머니에게 달라붙은 치매는 아직도 시어머니를 괴롭히다 못해 시어머니 간호를 하는 자신을 더 괴롭힌다. 조금도 호전될 기미는 전혀 보이지 않는다. 한 가지씩 늘어만 가는 증세 이제는 정신마저 집을 버리고 왔다 갔다 갈팡질팡한다. 젖은 길. 진흙탕 길. 세상에 모든 빛을 다 동원해도 말릴 수 없는 질벅거리는 길. 잠시 잠깐 아이들이 말려주는 길에서 힘을 얻어 다시 일어서서 안간힘을 다해 걷는다. 아픔을 견디고 슬픔을 견디면 아픔과 슬픔이 한 줄 두 줄 글을 써서 슬픔경전이 된다. 산들이 병풍으로 둘러싸여 모진 바람은 끝없이 불어오고 눈은 무릎을 덮어 고립된 마을. 가끔 멧돼지 살쾡이 노루 그리고 꿩들이 먹을 것을 찾아 목숨을 걸고 마을까지 내려온다. 눈들이 하얗게 온 산천을 덮어 굶주린 새들도 먹이를 찾아 처마 끝으로 날아든다. 새들을 위해 남겨놓은 것이 없다. 겨울마다 굴뚝 속으로 날아들거나 지붕 밑으로 새끼들을 데리고 날아드는 새 가족들에게 줄 식량이 없어 마음이 차갑게 얼어붙는다. 처마 밑에 달아놓은 씨 강냉이와 서숙밖에는 쪼아 먹을거리가 없다. *미안하다, 새들아.* 달녀는 멍하니 서서 자신이 배고팠던 시절을 당겨본다. 앞으로 일은 누구나 그렇듯 한 치 앞도 못 보고.

새가 허공에 쓴 직유법

삶 뿌리 흰 눈처럼 깨끗해지면 참 좋겠습니다.

온 누리 흰 눈처럼 희디희면 참 좋겠습니다.

행복가루 흰 눈처럼 싸락싸락 쌓이면 참 좋겠습니다.

사랑도 흰 눈처럼 폴폴 내리면 참 좋겠습니다.

지옥 같은 푸른 근심 모두 흰 눈으로 지우면 참 좋겠습니다.

자꾸 흩어지는 파란 행복 귓불에 입맞춤하면 참 좋겠습니다.

후미진 곳에 고인 어둠 다 발라먹고

밀려오는 슬픔 더미에 하얀 수련 피우면 참 좋겠습니다.

늙은 정화수 그릇에 담긴 흰 기도에 주름살 지우고

물청빛 웃음 피면 참 좋겠습니다.

소나무 흰 눈 터는 소리 푸드득, 푸르러지면 참 좋겠습니다.

밤낮 등 구부리고 자는 새우잠의 갑옷을 벗겨 등을 펴 주면 참 좋겠습니다.

오금을 못 펴는 삶을 밀어내고 등을 따뜻하게 데우면 참 좋겠습니다.

온갖 더러움 흰 눈으로 삶고 두드리고 헹군 우주를, 빨랫줄에 널어 말리면 참 좋겠습니다.

저 흰 눈의 눈처럼 해맑은 웃음이

까르르 까르르 펄럭이면 참 좋겠습니다.

슬픔경전

7

　서숙 몇 알 쪼아먹은 부리는 시 한 수를 걸어두고 파닥파닥 어디론가 날아간다. 슬픔이 앉았던 자리 슬쩍 기쁨이 앉고. 기쁨이 진 자리에는 악하고 독하고 부정한 것들이 각을 다투어 달려든다. 여승처럼 합장하고 기도를 한다. 처연하고 가혹한 냄새가 기도에 풀풀 날아오른다. 쓸쓸한 바람 소리가 거리에 꽁꽁 얼어붙는다. 앞날처럼 늙은 시간이 주름주름 서럽다. 칼날 같은 서러움은 얼음판에 쩡쩡 금이 가도록 매섭게 춥다. 어미의 자격을 박탈시키며 무덤으로 간 아들들이 마당에 자박자박 걸어 들온다. 마당에 쌓인 눈 위에 아이들의 하얀 발자국이 이리저리 가로세로 새 발자국처럼 어지러이 찍혀 있다. 새가 되어 날아내린 아이들이다. 어미가 보고 싶어 이 겨울에 처마 밑까지 날아든 것이다. 모두 아니, 아무도 모르지만, 아이들의 어미인 자신은 그 새들이 자기 아들들이라는 것을 안다. 그렇지. 안다. 알고도 남음이 있다. 발갛게 언 맨발로 날아 날아 들어온 아이들 눈에서 떨어지던 눈물이 얼어붙는다. 미안하다. 미안하다. 미안하다. 키 작은 2월도 그렇게 모자란 시간을 살고 죽을 것이다. 저 발자국도 결국 어디론가 사라져버릴 것이다.

큰바람, 그럼에도 살아야 할 무렵

그렇게 차갑고 슬퍼서 아름다운 하얀 겨울이 끝으로 내몰릴 즈음이다. 아직은 이승을 하직하기 싫은 겨울이 찬바람을 끊임없이 몰고 와서 마지막 몸부림을 치고 있다. 거리마다 발바닥에 밟힌 눈이 번들거리고 있다. 추위는 아직도 마루 끝에 걸터앉아 있다. 아침을 먹고 아이들은 모두 학교에 간 시간. 막 아지의 죽을 주려는데 낡고 허름한 가사 적삼이 집으로 들어온다. 시주를 하러 오나? 달녀는 고방으로 들어가 시주 한 되를 퍼가지고 나온다. 낡은 바랑은 시주를 받을 생각도 않고 *어허 이 집안에 또 큰 바램이 닥치겠구먼.* 잎사귀와 줄기를 잘라낸 나무토막 같은 말을 꺼내놓는다. 목탁은 온다 간다 말도 없이 가버리고 목탁 소리가 마당에 떨어져 떼그르르 떼그르르 구른다. 달녀는 맨발로 무엇에 끌린 듯이 마루에서 내려와 마당을 지나 큰길로 뛰어가며 스님을 소리쳐 불러본다. 귀가 먹은 스님인지. 아니면 안 들은 척하는 건지 그도 아니면 못 들은 척하는 건지 알 수 없지만, 스님은 뒤도 안 돌아보고 부지런히 걸어서 논머리를 돌아가고 있다.

꿈? 낮잠 자다가 꿈을 꾼 것 같은 환상이 든다. 비틀비틀, 꿈은 분명 아니다. 머리를 한 대 쥐어박고는 흔적도 없이 사라진 낮도깨비. 시어머니가 안 좋아지려나. 아이를 둘이나 먼저 보낸 달녀는 스님의 말에 너무 놀라서 가슴이 덜컥 내려앉는다. 자꾸만 불길함이 자신을 꽁꽁 묶는다. 시어머니를 씻기고. 벽에 그린 명화 그림을 지우고. 석대미 언덕에 있는 보살 집으로 향한다. 그러잖아도 신년 신수도 한 번 보고 어머니가 언제나 다 나을지 답답해서 한번 가보려던 참이다. 보살은 추위 때문인지 눈 때문인지. 아니면 보살이라 자신이 올 걸 내다보고 있었던 건지. 어디 가지 않고 집에 있다. *오랜마이씨더. 얼릉 오소. 우쨴 일로 이 눈길에 왔니껴?* 새해도 됐고. 신수도 한 분 볼 겸. 집안일이 궁금해서 왔니더. 우리 집 올해 무탈하게 넘어가나 궁금해서요. 옆을 보니 금빛으로 번쩍이는 나체 부처님이 앉아있다. 입술을 붉게 칠하고 실눈을 뜬 채 가부좌를 틀고 앉아서 들어서는 달녀를 바라본다. 그동안 살이 더 붙었는지. 몸집 평수가 꽤 넓어 보인다. 얼굴에 살비듬이 붙어 번들번들 윤기가 흐르는 보살은 오랜만에 간 달녀를 반갑게 맞아준다. 신수를 보러 왔다는 말에 보살은 그 육중한 몸을 앉아서 질질 끌고 가서 산통을 가지고 와 상위에 올려놓는다. 산통이 있는 상 앞에 앉은 보살은 두 손으로 산통을 마구 흔든다. 한참을 흔든 산통을 내민다.

이 중에 깃대를 하나 뽑아보소. 여러 개 중에 하나의 깃대를 뽑는다. 또 뽑고 또 뽑고 식구 수대로 뽑은 깃대. 한참을 살피는 동안 계속 불안하다. 그러나 깃대를 다 살핀 보살은 별일 없이 무탈하단다. 자신도 모르게 안도를 폭 내쉰다. 그른데 잠깐 내수(內修) 얼굴에 시름기가 있는데 이게 머지? 눈을 동그랗게 뜨고 달녀를 뚫어지게 바라보던 보살은 *올해 3월하고 4월을 조심하소. 아 들도 물가에 못 가게 조심시키고요. 알았니껴? 야, 고맙니더. 그른데 우째 조심을 시키니껴? 물가에만 못 가게 하든 되니껴? 물가에도 내보내지 말고. 먼데 여행도 보내지 말고. 상갓집에도 보내지 말고. 두 달만 조심하든 되니더. 고맙니더. 시키는 대로 함씨더.* 다행이다 싶으면서도 뭔지 모를 불안이 자꾸 고인다. *저게 우리 아 들 할매는 은제쯤 날니껴? 할매는 죽을 때까짐 날 빙이 아이씨더. 저 빙은 할매가 죽어야 낫는 빙이씨더.* 야속하리만큼 매몰차게 죽을 때까지 낫는 병이 아니라고 한다. 그야 어쩔 수 없는 일. 설마 여기서 또 무슨 일이 있을까? 자신에게 위안을 건네며 집으로 온다.

날씨는 마지막 기승을 부리는지 돌쩌귀가 쩍쩍 얼어붙도록 춥다. 아이들을 조심시킬 일이 별다르게 있지도 않고 저 정도야 평소에도 조심을 시키는 일 아닌가. 아니지. 물가를 갔는지. 어디에서 노는지. 언제 아이들한테 관심이 있었던가. 그저 학교에 가는가 보다. 학교 끝나고 오는 거구나. 늘 건성 건성으로 대하지 않았는가. 소풍을 가도 한번 따라가 본 적 없다. 학교 행사가 있어도 한 번 가보지 못한 무책임하고 무성의한 어미가 아니었던가. 그래 상갓집에는 갈 일이 없다고 생각할 일이 아니다. 혹시 안 좋을 운수면 상갓집이 아이들을 불러들일 수도 있는 일 아닌가. 늘 내 감정 다스리기에 바빠 아이들을 허허벌판에 그냥 버려두지 않았던가. 올해는 아이들에게 관심을 가지고 당부를 입혀 주어야겠다. 매사에 조심하라는 당부를 입혀서 아무 탈 없이 자라도록 해줘야지. 나쁜 운수가 아이들에게 몰려오지 못하도록 미리 탄탄한 둑을 쌓아줘야지. 지나가던 가사 적삼의 말이 무용지물이 되도록 해야지. 행운의 여신이 불운의 여신을 물리치고 환하게 웃으면서 뛰어놀게 해 줘야지.

아이들을 불러 전에 없이 조심을 한 번씩 입혀준 지 일주일쯤 시간이 닳은 어느 일요일이다. 일어나야 할 사연이 늦잠을 자고 안 일어난다. 밤늦게까지 놀다가 늦잠을 자겠지. 잠을 푹 덮고 자고 있는 사연을 깨우려다가 어깨 위까지 잠을 끌어 덮어주고 그냥 둔다. 냇가에 가서 시어머니 물감 묻은 빨래를 씻어 와서 양잿물을 넣고 푹푹 삶아서 냇가로 다시 간다. 얼음 밑으로 흐르는 물은 손을 벌겋게 얼려 남의 손을 끼고 있는 것 같다. 빨래 삶은 물에 언 손을 담그면 손이 아려 못 견디고. 그냥 빨면 얼어서 못 견디고. 평생을 이렇게 담금질 된 손인데 오늘따라 유난히 더 시리고 아리다 못해 감각마저 무디다. 그렇게 빨래를 다 빨아서 왔는데도 어쩐 일인지 아직 사연이 보이지 않는다. 빨랫줄에 빨래를 널자 바람은 곧바로 달려와서 덜거덕덜거덕 빨래를 고드름처럼 얼려버린다. 덜거덕거리는 빨랫줄 바지랑대를 낮춘다. 심술 바람이 불어와 빨래를 걷어가 버릴 염려를 낮춘 것이다.

빨래를 널어두고 손을 겨드랑이 밑에 넣어 팔짱을 끼고 아이들 방으로 간다. 아직 사연인 깜깜한 밤중이다. 동생들이 다 이 추위에도 얼음판에 놀러 나가고 없는데 다른 때 같으면 동생들과 같이 갔을 사연이 자고 있다. *사연아 추운데 일나서 아직 밥이래도 먹고 또 자그라. 자는 것도 빈속에 자믄 힘들어.* 대답 대신 침묵이 돌아온다. *사연아!* 어깨를 흔들어 깨운다. 아이가 축 늘어진 느낌. 등줄기가 서늘하다. *사연아! 어데 아프나?* 또 대답 대신 침묵을 돌려보낸다. 이상한 느낌이 몸에 와닿아 아이 이마에 손을 얹는다. 싸늘한 냉골이다. 다시 흔들어도 침묵이어서 아이를 그러안는다. 축 늘어진다. 순간 자신의 몸에 있던 힘이 빠져나가며 자신의 몸이 더 축 늘어진다. 이게 도대체 무슨 일인가? 어제저녁까지만 해도 저녁만 조금 먹었을 뿐이지 멀쩡했다. 아니다. 그리고 보니 저녁도 조금 먹고 말도 없었다. 눈치를 못 챘을 뿐이다. 사연을 그대로 잠 속에 눕혀놓고 밖으로 나와 한숨에 달려 의원 댁엘 간다. 다행히도 의원이 집에 있다. 급한 사태를 설명하자 의원은 옷도 갈아입지 않고 입은 채로 마루를 내려서 급하게 나선다. 한걸음에 날아와 맥을 짚어본 의원은 아무 말도 없이 고개를 좌우로 흔든다. 무슨 병인지. 왜 이러는지. 이런 경우는 처음 봐서 무어라고 할 말이 없단다. 무슨 또 이런 쥐 뜯어 먹다 버린 감자 같은 일이 있단 말인가. 이건 아니다. 아니 아니 아니다. 아무 생각도 없이 얼굴을 두 손으로 움켜잡는다. 어쩌라고 도대체 무슨 이런 일이 있냐 말이다. 방으로 들어가 사연을 안고 다시 얼굴을 때린다. 손바닥의 마찰이 찰싹찰싹 소리가 나도록 때려도 아이는 반응을 하지 않는다. 그렇지만 숨은 여전히 콧속으로 들어가고 나가고 제 갈 길을 찾아 정확하게 드나들고 있다. 머릿속에 벼락같이 떠오르는 것이 있다. 어느 날 집으로 느닷없이 찾아온 낡고 허름한 가사 적삼이 뱉어놓고 간 말이 모기떼처럼 밀려든다. *어허 이 집안에 또 큰바람이 닥치겠구먼.* 시주는 받을 생각도 않고 목탁만 몇 번 두드리고는 그냥 훌쩍 가버리던 가사 적삼. 따라가면서 불러도 뒤도 안 돌아보고 가버린 가사 적삼.

벌떡 용수철 튕기듯이 몸을 튕겨 일어난다. 앞뒤 양옆 가릴 것 없이 보살 집으로 뛰어간다. 길바닥 가득히 보살의 말이 깔려 있어 걸음은 아무리 뛰어도 제자리다. *그른데 잠깐 내수(內修) 얼굴에 시름기가 있는데 이게 머지? 올해 3월과 4월을 조심하소. 아 들도 조심시키고요. 알았니껴?* 보살이 하던 말이 길가에서 이 겨울에 벌 소리처럼 앵앵거리면서 자꾸 귓속으로 들어온다. 사람이 있는지 없는지 모른다. 무작정 보살 집으로 달려간다. 온김이 달아 노크도 없이 미친 듯이 문을 열어젖힌다. 급작스런 행동에 눈이 휘둥 그레진 보살은 무슨 일이냐고 묻는다. *우리 사연이 쫌 고체 주소. 먼 양밥이래도 해 달란 말이씨더. 아 가 아무 이유 없이 저래 밤새 저래 될 이유가 없니더. 우쨌든동 우리 아 살래주소. 우째 쫌 해보 소.* 금방이라도 숨이 넘어갈 듯 다급한 말에 보살은 안경 위로 눈 을 치켜떠 넘기더니 좀 천천히 말해 보란다. 어젯밤에도 멀쩡하게 밥 잘 먹고 잠자리에 들었는데 밤사이에 이게 무슨 일이냐고 울음 으로 답한다. 보살은 태연하게 달녀를 쳐다본다. *귀신 빙이구먼. 그 집안에 사램이 죽어 나가든 짐승이 죽어 나가든 누군가는 죽어 나가야 돼. 죽은 조상이 춥고 배고프다 집에 엉켜 붙었어.* 반말로 단언을 홀쩍 집어 던진다. 아무 감각도 큰일이라는 표정도 없이 저 렇게 냉정할 수 있단 말인가? 목숨이 경각에 달려서 헐떡이며 뛰어 온 사람에게 너무 매정하단 생각이 든다. 그렇지만 부탁을 하러온 사람이 아무리 얼음장처럼 차가운들 어쩌겠는가? 달녀는 맘을 가 다듬고 또 간절한 말을 던진다.

　그래믄 방법이 있을 거 아이껴? 방법이 먼지 얼릉 길을 갈캐주 소. 방법이 있을 거 아이껴? 방법이 없어. 짐승이든 사램이든 죽어 나가는 게 방법이제. 사람이 죽어 나가는 거는 머고 짐승이 죽어 나가는 거는 머이껴? 알아듣도록 말해주소. 빙이 났으믄 고치는 약도 있을 꺼 아이껴? 부적을 쓴다든가. 방법이 있을 거 아이껴? 어려워. 말도 안 되니더. 부적도 안 되믄 우째란 말이이껴? 정 억

울하믄 굿이라도 해보든가. 굿도 작게 해서는 효험이 없어. 큰 굿을 해야 돼. 굿을 하든 그래믄 우리 사연이 일어난단 말 이제요? 그거야 해봐야 알제. 지끔 일난다 못 일난다 말할 수 없어. 짐승이 대신 죽을 수도 있고. 재수 없으믄 사램이 죽어. 그래이 알아서 굿을 하고 싶으믄 하고 하기 싫으믄 하지 말고. 알아서 해. 하고는 무심한 말을 부채처럼 펼쳐서 내뱉는다. 다시 다그쳐 묻는다. 그래믄 굿하는 데 돈이 울매나 드니껴? 큰 굿이래서 쌀 한 가마이는 들어야 돼. 그것도 아주 젤 적게 들어서. 굿한다고 낫는다는 장담은 못 하이 잘 생각해서 해. 그것도 얼릉 서둘러서 사흘 안에 해야 돼. 사흘을 넘기믄 해도 아무 소용 없어. 사흘이믄 사단이 나.

보살의 말은 화살처럼 날아들어 귀에 박힌다. 난감하다. 어둠이 떼로 몰려들어 낮을 동강 낸다. 살을 발라내는 칼바람이 분다. 보살의 말이 아무런 위로도 주지 않는다. 모래밭에서 바늘 찾는 일 같은 말을 헛바늘이 돋도록 내뱉는다. 하늘은 거칠고 암담한 날을 자신에게 던져준다. 수단과 방법을 가리지 말고 능란하게 풀어보라고 지시하는 숙제 같은 날. 해서 낫는다는 보장도 없고. 사흘 안에 해야 한다니. 당장에 쌀 한 가마니를 어디서 구한단 말인가. 문제가 있으면 분명 답도 있을 것이다. 답을 찾지 못할 뿐이지 분명 어딘가 정답이 숨어 있을 것이다. 삶이 있으면 죽음이란 것도 태어날 때 탯줄 어딘가에 숨어 있다. 죽음이란 말로 삶을 덮어버리는 것처럼. 무슨 수를 써서라도 아이를 고치고 봐야 한다. 집에는 올

가을까지 먹을 쌀도 모자라 잡곡과 감자를 섞어 먹어야만 할 형편이다. 올 한해 우리가 맹물만 먹고사는 한이 있더라도 사연이부터 고쳐놓고 봐야 한다. 사람이 살아야 밥을 먹을 것 아닌가! 한철 굶는다고 죽지는 않는다. 그렇지만 사연이는 사흘 안에 굿을 해야만 숨을 쉬고 살아갈 수 있다.

집으로 돌아오면서 마음을 단단히 굳힌다. 뛰면서 뛰면서 마음을 굳히고 또 굳힌다. 시멘트 굳히듯이 단단히. 얼마나 뛰었는지 겨울인데 옷이 땀에 젖었다. 사연이 방으로 들어가니 아이는 어느 나라를 여행하는 중인지 꿈쩍도 않고 그대로 잠만 잔다. 열도 없고 참으로 알 수 없는 일이다. 이 못난 어미가 보고 싶어 아프다고 거짓 행세를 해서 천 리 먼 길 달려서 어미를 찾아왔는데 어미와 함께 행복하게 살아야지 이게 무슨 일이란 말인가. 혼이 어디론가 날아가버려 도대체 자신이 누구인지조차 모를 지경이다. 남편은 집안일에 아예 관심 밖이다. 밥을 굶는지 누가 아픈지 아무 관심이 없다. 그래도 남편에게 말은 해야 되지 않는가. 하루가 길게도 길이를 늘려 저녁이 된다. 어디를 다녀오는지 남편은 어슬렁어슬렁 들어온다. 그 대단한 뼈대는 어디다 빼놓고. 몸은 문어같이 흐물거리고 눈은 썩은 동태눈처럼 빨갛게 하고 세상에 술 냄새를 모두 모아서 풀풀 뿜어댄다. 용하게도 집을 찾아 마당으로 들어온다. 마당은 마다하지 않고 남편을 매번 용서로 받아들인다. 술은 날마다 남편을 끌고 다닌다. *사연이 아파 다 죽어가니더. 멀쩡하던 게 왜*

다 죽어가. 그래다 말겠지. 죽어도 할 수 없고. 아무리 술이 시켜 내뱉는 말이지만 저 말이 작은아버지 입에서 나올 수 있는 말인가. 부모도 없는 가엾은 아이를, 작은아버지 작은엄마를 친부모로 생각하고 향수병까지 얻어 집으로 돌아온 아이를 어떻게 저런 악담을 내뱉는단 말인가. 남편이 사람 같아 보이지 않는다. 그렇지만 굿을 한다고 해도 집에서 해야 하기에 말없이 할 수는 없다. 죽어도 할 수 없다고? 잔인함이 피 대신 온몸을 돌고 있는 사람이다. 시어머니야 이제 아무것도 모르는 정신이 없는 사람이지만. 남편이 또 못하게 방해라도 하는 날엔 어쩔 것인가. 뱃속에 들어 있던 용기를 모두 꺼내서 남편에게 말을 던진다.

보살 집에 갔디이만 굿을 하라니더. 안 그러믄 사람이든 짐승이든 죽어 나갈 운이라고. 그런 매친 말이 어딨어. 굿 말만 꺼내봐라. 집구석 다 짜들어 치울 테이까. 굿해서 죽을 사람이 낫는다믄 빙원은 다 굶어 죽제. 에이 미련한 것들 같으니라고. 굿 말도 꺼내지 마. 집구석에 불 다 싸지르기 전에. 죽을 밍을 타고났으믄 죽고. 살 밍을 타고났으믄 살제. 먼 말도 안 되는 소리를 지껄여. 자다가 봉창 두드리는 소리를 해. 에이 미친 것들. 무식한 데는 약도 없다이. 아무 말도 못 하고 입을 다물고 만다. 저 사람이 사람인가. 저 사람 몸에도 피라는 게 있을까. 피 대신 악마가 흐르는 것은 아닐까. 기대하진 않았지만 그래도 저 정도로 잔혹할까? 몸 안에 냉혈이 흐르는 사람임을 또 한 번 실감한다. 사연은 이렇게 난리를 치고 있는데도 자기만의 세계에 갇혀서 도무지 눈을 뜰 생각을 않는다. 달녀는 답답하고 애처로움에 짓눌러서 미쳐버릴 지경이다. 어디가 어떻게 아픈지 알아야 할 것이 아닌가. 말도 안 하고 열도 없고 참말로 귀신이 달라붙은 것 같은 생각이 든다. 사람이 자물쇠를 만들 때 반드시 열쇠를 만들 듯이 병이 났으면 반드시 낫는 방법이 있을 것이다. 어찌하든 아이를 살리는 방법을 열쇠를 사야 한다. 어떤 대가를 치르더라도 아이를 고치는 방법을 사 와서 아이를 고쳐야만 한다. 지금 잠시 열쇠를 어디에다 두었는지 당황해서 생각이 안 날 뿐이다. 차분하게 열쇠를 어디에다 두었는지 생각해보고 그래도 생각이 안 나면 새로 깎으면 자물쇠를 열 것이다. 그래 차분하게 생각해보는 거야.

머리를 툭툭 손바닥으로 회전을 시켜본다. 이놈의 머리조차 회전하지 않아 답답함에 머리가 돌 것 같아 평안 아지매네로 간다. 언제나 괴로울 때만 찾아가는 평안 아지매. 평안 아지매는 사막에 오아시스 같은 존재다. 가뭄에 단비 같은 존재고. 그럼 나는 늘 이렇게 평안 아지매에게 도움만 받아도 된단 말인가? 그래도 어쩔 수 없다. 정신없이 아지매네 집으로 가서 숨도 안 쉬고 아지매한테 자초지종을 말한다. 숨도 안 쉬고 쏟아내는 달녀의 말을 다 들은 평안 아지매는 *내래 쌀을 꾸어 둘 테이 굿을 하라우. 미신이라고만 할 일이 아니라우 고도. 사램을 살리 놓고 봐야디이. 고도 동상은 아딕도 고 성딜을 못 버리디. 더리 탁한 마누레 얻어 가디고 살민*

서 그거도 모르니 딱하디딱해. 여름이 아범이래 우리 영감 말은
달 들으니끼니 가서 달래보다우. 야. 고딥 부려서 될 일이 따로 있
디. 아래 둑어가는 데 고딥이 다 머어가. 어서 가 보라우 내래 영
감한테 말해서 달래볼 테이 걱덩 말고 얼른 가보라우. 날래 가서래
굿할 준비 하라우 여름이 아범은 내가 알아서 설득시킬 테니 걱덩
말라우. 평안 아지매는 위안을 아끼지 않고 한 대접 떠준다. 위안
한 대접 받아 마시고 나니 조금 숨통이 트일 것 같다. 야, 아지매
참말로 고맙니더. 이래 맨날천날 아지매한테 아쉽고 힘든 소리만
해서 우쩨니껴? 참말로 염체가 없니더. 고맙다는 말밲에는 할 말
이 없니더.

하늘이 무너져도 솟아날 구멍은 있다고 했던가. 눈물이 나도록
고맙다. 고맙다는 말로는 표현이 다 되질 않는다. 그렇지만 달리
표현을 하는 방법을 몰라서 그냥 허겁지겁 집으로 온다. 사연은
저희 작은아버지나 작은엄마가 보기 싫은지도 모른다. 그래서 모
든 것을 보기 싫어서 일부러 두 눈을 감고 뜨지 않는지도 모른다.
시어머니 밥을 가지고 방으로 간다. 상을 들고 가는 팔이 후들후
들 떨린다. 힘내자. 힘내자. 내가 쓰러지면 사연은 죽어. 불쌍하고
가련한 사연이 내가 죽는 건 괜찮아도 아직 어린 사연이 죽으면 절
대로 안 돼. 힘내자. 힘내자. 자신에게 위로를 뿌리며 시어머니 방
앞 마루에 상을 놓고 방문을 연다. 오늘따라 이불까지 방바닥 가
득 펼쳐놓고 손바닥으로 누런 된장 색 물감으로 골고루도 색칠하

면서 히히 웃고 있다. 머리가 돌아버릴 것 같다. 이런 벌 받을 생각이지만 사연이 대신 시어머니를 데려가야지, 왜 어린아이를 자꾸만 데리고 가는지 이해를 할 수가 없다. 신과 멱살을 잡고 한 판 붙어서 담판을 짓고 싶다. 신이 죽든지 내가 죽든지 사연이만 살면 그렇게라도 싸우고 싶다. 시어머니의 목소리는 아직도 우렁우렁해 앞에 있는 복골산을 무너뜨리고도 넘을 만큼 정정하다.

이년아! 배고파 죽을다. 울매나 불쌍해 보이믄 지내가는 사람이 밥을 갖다 주고 가노. 나쁜 년! 천벌 받을 년. 말 한마디 않는데 눈도 안 보이는 시어머니가 어찌 며느리인 줄 알고 저리 말을 총알처럼 마구 쏘아대는지. 뒤쪽으로 가서 이불을 걷는 사이 용하게도 더듬더듬해서 문지방 옆에 있는 밥상을 찾는다. 미처 손을 닦아주기도 전에 손을 닦을 시간도 없이 어찌나 행동이 빠른지. 결국은 노란 물감을 움켜쥐었던 그 손으로 밥을 마구 퍼서 물감 반 밥 반 주먹밥을 만들어 입으로 가져가고 만다. 두 다리를 뻗고 펑펑 울고 싶다. 손을 펴서 닦으려고 한쪽 손을 잡으니 보물이라도 잡은 듯 꽉 움켜쥐어 손가락은 펴지지 않는다. 한쪽 손을 억지로 펴려는 순간 다른 한 손이 날렵하게 다가와 노란 물감 범벅이 된 손이 머리카락을 잡아당긴다. 정신이 없어 미처 수건을 못 쓰고 온 탓이다. 오늘따라 냄새는 밖으로 날아가지도 않고 들어앉아 있는지. 냄새가 코를 들 수 없을 만큼 몰려든다. 코로 마구 달려드는 냄새를 막기 위해 한 손을 코에 갖다 대는 사이. 시어머니 한 손이 머리카

락을 잡고 힘껏 흔들어대더니 벽으로 밀어버린다. 어이없이 벽에다 머리를 박는다. 땡땡땡 어디서 종소리가 희미하게 들려오더니 정신이 희미해진다. 한참을 정신을 빼버리고 있었는지. 정신을 차리고 보니 시어머니는 밥이고 반찬을 다 비우고 다시 이불을 펴놓고 그림을 그리고 있다. 어떻게 사람의 몸속에 저렇게 많은 양의 물감이 저장되어 있을까? 정신보다 냄새가 먼저 콧속으로 밀고 들어온다. 머리카락과 옷과 얼굴 전체에 물감이 다 묻어 범벅이다. 상을 들고 나가려 하지만 비틀거리는 사이 시어머니는 다시 상을 낚아챈다. 손힘이 얼마나 센지 상을 꽉 잡은 손은 상을 빼앗기지 않는다. 기어이 밥그릇이니 찬그릇이니 그릇이란 그릇은 모조리 방과 마룻바닥에 떨어져 버린다. 빈 그릇들을 주섬주섬 주워서 다시 포개놓고 상을 있는 힘을 다해 빼앗는다. 마루에 내다놓고 이불을 걷어낸다. 벽에도 떡칠해 놓았다. 젖은 수건으로 모두 닦아내고 옷을 벗겨 갈아입히고 마루에 나온다.

언제 와 있었는지 평안 아지매가 안쓰러워 죽겠다는 듯 혀를 차고 있다. *에구! 고생이 이만저만이 아니구먼. 더래 탁한 메느리한테 그리 모딜게 구더니 또 더래 고생을 시키는구먼. 더거더거 머리고 얼굴이고 옷이고 똥 덩어리구먼. 날래 가서 옷 갈아입고 머리도 감고 하라우. 이 추위에 쯧쯧. 못할 일이구먼. 고도 못 할 일이야.* 평안 아지매는 똥 냄새가 풀풀 날아다니는 밥상을 들고 와서 부엌에 들여놓는다. 어서 물을 데워서 머리를 감으라면서 아지매는 그 똥 묻은 밥상을 다 치워준다. 아지매의 위로를 입고 목욕을 하고 옷을 갈아입고 나니 앞산 그림자가 건너왔다 건너가고 없다. 냄새도 독해서 못 견디겠는지 어디로 자리를 옮겨가기 시작한다. 냄새가 어디론가 조금씩 떠나가서 그나마 다행이다. 한바탕 일을 치르고 나자 힘은 어디로 다 빠져나가고 없다. 사연이는 아무것도 모르고. 아니 세상 모든 걸 잊고 싶어서 눈만 감고 있다. 밤에는 시어머니에게 가지 않는다. 사연이 옆에서 밤을 보낸다. 밤새도록 차도는 없고. 그대로 그대로 숨만 고요하게 내쉬고 들이쉰다. 아이를 위해 해줄 거라곤 아이를 안고 아이 얼굴에 눈물이 고이도록 울어준 것밖에 없다.

아침은 어김없이 빛을 물어 나른다. 어젯밤에 못 갔으니 걸레 수건을 몇 개 더 가지고 세숫대야에 물을 떠서 간다. 수건을 쓰고 물을 들고 가는데 세상이 빙빙 돈다. 어제 있었던 사건이 또 한 수를 가르쳐준 셈이다. 물감 작업부터 끝내고 밥상을 가져가라고 방법을 알려준 것이다. 화려한 물감으로 도배를 한 냄새는 방에서만 풀풀 날아다니며 밖으로 나갈 줄 모른다. 문을 열고 냄새부터 밖으로 내보낸다. 물감을 닦아내고 벽에 그려진 벽화도 지운다. 시어머니를 씻긴 다음 다시 부엌으로 와서 밥상을 가지고 간다. 허적허적 땅 위를 밟는 건지 붕붕 떠서 가는 건지 종잡을 수 없다. 억지로 정신을 붙잡아 밥상을 들고 가자 밤새 새로운 착한 영혼이 다녀갔는지. *누구이껴? 고맙니더. 날 밥도 이래 주고 누구이껴? 에구.*

우리 메느리년은 날 밥도 굶기는데. 누가 이래 날 밥도 주고 하는 지 고맙니더. 눈이 안 보이는 시어머니는 사람 인기척이 나자 어떻게 밥상이 온 줄 아는지 밥상이 온 줄 알고 착한 말을 내놓는다. 손 씻고 나이 기부이 좋니껴? 그름요. 그름요. 고맙그러 날 씻게 주고 방도 치와주고. 밥을 주는데 울매나 고맙니껴? 이리 주소. 내가 내 손으로 밥을 떠먹을 테이 걱정하지 마시고 이리 밥이나 주소. 너무도 아무렇지 않게 하는 행동에 기가 막힌다. 자신에게 골탕 먹이려고 그러나 싶을 만큼 저렇게 멀쩡하다. 또 언제 돌변할지 모르는 변덕. 저 변덕 병을 누가 알겠는가. 오늘은 고분고분 순한 양처럼 말을 잘 듣는다. 그러고 보니 아까 씻을 때도 손에 쥔 오물을 빼내고 씻기는데도 순순히 순한 양이 되어 가만히 있었다. 배가 고픈 것인지. 정신이 제대로 돌아온 것인지 모르지만. 어쨌거나 수월하게 씻기고 방을 치우고 밥을 먹는다.

밥을 먹는 사이 한쪽 벽면이 어두워 미처 보지 못했던 곳이 보인다. 맙소사! 서랍에 가득하던 종이와 천 조각을 꺼내서 물감하고 버무려서 벽에다 골고루도 붙여놓았다. 마치 종이 찢어 붙이기를 전시해 놓은 듯 벽에 빼곡하게 붙여놓았다. 그러고 나머지는 당신이 입던 치마를 꺼내 치마에다 싸서 보물처럼 묶어 놓고 있다. 기가 막혀 할 말을 잃어버린다. 벽에 붙은 종이와 헝겊을 뜯는다. 다른 때 같으면 난리가 한바탕 나야 하는데 뜯거나 말거나 밥만 처연하게 먹고 있는 저 불쌍. 눈물이 주르르 흘러 앞섶을 다 적신다.

자신도 모르게 훌쩍거렸나 보다. 여보소. 왜 우니껴? 우지 마소. 내 같은 사램도 사니더. 시상을 살다 보믄 빌의빌 일도 다 있니더. 그르려니 하민서 참고 사소. 그래다보믄 복이 오니더. 날 보소. 이래도 살잖니껴. 얼릉 죽지도 못하고 이래 살아도 사니더. 힘들어도 쪼매 참고 살민서 좋은 날을 기다려 보소. 좋은 날이 올게씨더. 배 고픈데 이리와서 밥 한 술 뜨소. 내 혼자 다 못 먹니더. 얼릉 일로 오소. 멀쩡멀쩡 너무나 멀쩡한 시어머니. 그렇게 멀쩡하던 시어머니는 서너 술에 밥을 다 퍼먹고는 방바닥을 더듬거린다. 방바닥을 더듬다 아무것도 잡히지 않자 갑자기 말끝이 선다. 도둑이여. 도둑놈이다! 시어머니는 갑자기 도둑이 들었다며 소리를 지른다. 불과 몇 분 사이에 몇 년을 산 것처럼 세상에 자신을 가두고 허우적거리고 있다.

  답답하고 끝이 보이지 않는 하루 한 달 일 년 도무지 어디가 숫자 끝인지 알 수 없는 나날들이다. 이 망할 놈의 상실된 시간도 지나갈까? 이 시간을 문장으로 기록하라면 어떻게 할까? 사랑 때문에 울어서는 안 된다고 할까? 사랑 때문에 울었다는 기록을 수십 아니 수백 년 후에 누군가의 독백으로 비칠지라도 시어머니의 흔적 속에 잠시 몸과 마음을 담고 허름한 책방 속에 누군가 끼워놓아 누렇게 말라비틀어진 잎사귀 같은 고독한 삶을 살아야 한다고 생각하며 견뎌야만 하는 것일까? 삶은 왜 이리 추운가? 삶은 왜 이리 짜고 맵고 떫고 시기만 하고 달달한 맛을 좀처럼 내지 못하는 것인가? 심장 온도도 싸늘하고 눈물 온도도 싸늘하기만 한 이 시베리아 벌판 같은 추위만 사는 곳이 진정 삶이란 말인가? 그렇게 살다 저렇게 정신을 놓아버리고 누구의 정신인지도 모르고 살다가 이슬처럼 사라져야 하는 것이 진정한 삶이란 말인가? 도대체 왜 인간이란 동물을 만들어 이렇게 고통의 바다에 빠트리는 것인지? 시어머니를 보고 있으니 쓸쓸한 생각에 아무것도 할 수 없다. 멍하게 앉아 있다. **도둑이여 도둑놈이다!**란 소리가 귓가에 빙빙 돌며 하루가 기운다. 생각이 기울고 햇빛이 기울고 그림자도 기울고 허청허청 마음조차도 빛을 따라 기운다. 적막으로 기울고 어둠으로 기울고 도둑이란 말이 이렇게 무섭지 않고 한겨울 얼음 밑 도랑 물 흐르는 소리처럼 들리긴 처음이다.

슬픔경전

8

도둑이 내 재산 다 홈채 간다. 거게 누구 없니껴? 도둑이써더. 도둑이여! 소리소리지르며 벽에 붙은 종이와 헝겊 부스러기를 만지지도 못하게 난리 친다. 어찌 저리 힘이 넘치고 정신이 멀쩡한 것인지 이건 모순이다. 도둑이라고 소리를 지르는 정신은 정상적인 생각이 아닌가? 그렇담 무엇이 비정상이어서 저런 지경이 된단 말인가? 진정 병원에 가서도 고칠 수 없단 말인가? 남편이 원망스럽다. 병원에 모시고 갈 생각은 전혀 하지 않는다. 아니 병원에 가보지도 않고 못 고치는 병이라 단언을 하는 것 같다. 그런데 자신이 무얼 어떻게 해 본다는 말인가. 안타깝고 가슴 아프고 딱하고 불쌍하고 가슴 시린 이루 말로 다 할 수 없는 심정이지만 달리 어찌할 방법이 없음에 답답하기만 하다.

재산 마루에 있니더. 밥 다 잡수믄 또 방에 들여놓아 드릴 테이

걱정하지 말고 얼릉 진지나 잡수소. 말을 가만히 귀를 쫑긋 세우고 듣더니 아기처럼 히히 웃는다. *밥! 밥! 날 밥 준다꼬요? 그래믄 밥 주니껴? 밥 먹고 나믄 내 재산 다 날 줄 거제요?'* 야, 드림씨더. 또 어떤 변덕 신(神)이 달려와 시어머니 몸에 붙을지 모르기에 변덕 신이 오기 전에 간신히 달랜다. 재빨리 벽에 붙여놓은 종이와 천 조각을 모두 뜯어서 이불에다 싼다. 이불 보퉁이를 마루에 내놓고 걸레로 벽을 닦아낸다. 벽에 말라붙은 물감은 냄새를 풍기며 떨어져 나오기를 거부하고 있다. 거부하는 만큼 팔 힘을 주어 닦아낸다. 다시 이불 보퉁이를 마당에 내려놓고. 걸레를 거랑물에 가서 빨아온다. 맨손으로 빨자니 손이 얼어 터질 것 같다. 빨아온 걸레로 다시 벽을 닦는다. 그렇게 한바탕 전쟁을 벌이느라 오전을 다 써버리고 점심이 많이 늦었다.

사연이는 물 한 모금도 안 마시고 누워 있다. 아무 생각도 없지만 그래도 어쩌겠는가. 산 입에 거미줄 치게 할 수는 없지 않은가. 다시 시어머니 밥상을 봐서 시어머니 방으로 밥상을 가지고 간다. 밥상을 앞에 놓자마자 달려들어서 손으로 마구 입속으로 구겨 넣는다. 슬픔이 밥상 위에 소나기처럼 쏟아진다. 단 몇 분도 안 걸려 다 먹어치운다. 반찬이고 밥이고 국물까지 모두 마신다. 손으로 더듬거려 먹는 밥인데도 아이가 태어나자마자 본능으로 어미의 젖을 빨 듯이 어찌 저렇게 보이지 않는 눈으로 다 먹어치우는지. 인생이 덧없고 서글프다는 생각을 하는 사이 생각을 자르며 시어머니가 말을 들이민다. 고맙니더. 밥 잘 머었니더. 우리 메느리 년 없을 때 또 날 밥 쫌 주소. 그래고 내 재산을 우리 메느리가 후배갈 지도 모르니더. 자나 깨나 그게 걱정이씨더. 우리 메느리는 일본 눔이 보내서 왔니더. 저렇게 시시때때로 감정마저도 잘려 나간 듯하다. 처절하도록 무너져 버릴 것 같은 자신에게 말한다. 미안해. 미안해. 미안해. 날마다 이렇게 냄새를 먹이고. 머리채를 잡히며 물감을 밤낮으로 치우느라 손이 다 얼어버리게 만들어서 정말 미안해. 자신 스스로에게 자꾸만 다독인다. 코를 들지 못할 만큼의 역겨운 냄새. 매일같이 밤잠을 설치면서 그림을 지워야 하는 고된 일. 그렇게 하지 않고는 자꾸만 지쳐서 용기를 잃어가는 자신이 두렵다. 너무 깜깜하면 차라리 하얀 법이다. 자꾸만 자꾸만 자신을 다독이고. 다독이고. 다독이고. 많이 많이 다독인다. 지쳐서 시어머니가 하는 말도 듣기 싫다.

　방문을 닫아버리고 이불 모퉁이를 들고 마당으로 내려온다. 시어머니는 별이 놀라서 떨어질 만큼 큰소리를 지른다. 방문 창호지를 손으로 모두 다 찢어버리며 소리소리지른다. 도둑이라고. 도둑이 자기 재산 다 훔쳐 갔다고. 안 그래도 큰 목소리를 목청을 있는 대로 키운다. 어쩌면 안 보여서 바깥출입을 못 하는 게 다행이란 생각이 든다. 또 기운을 시어머니 방에 다 빼놓고 온다. 사연은 아무런 미동도 없고. 평안 아지매가 사연이 옆에 앉아 있다. 고도고도 고생 많다우. 누구래 저래 고생하는 걸 알간. 에구 벌써 몇 년을 저러고 있는데 누구 하나 도와두는 사람도 없고. 탐 딱 하구먼 그래. 이렇게 고생하는 것도 모르고 통 덩신을 못 타리는구먼. 우리 영감이래 고도 여름이 아범한테 말했다우. 대답은 안 하디만 고래도 묵인할 것 같으니 어서 서둘러 둔비하라우. 내가 도와둘 거이 먼지 고도 말하라우. 일할 동안 도와둘 테니 날래 일 시닥하라우. 고맙니더. 참말로 고맙니더. 눈물이 또 주르르 말없이 흐른다. 어쨌든 내 몸이 부서져도 사연인 살려야 한다. 쌀을 씻으면서 쌀쌀 쌀 쌀 속에 기도를 넣는다. 쌀을 문지를 때마다 우리 사연이 살려 줘야 되니더. 예수님. 부처님. 하나님. 누구라도 좋으니 우리 사연이 불쌍한 아 살려주소. 부모 사랑도 모르고 자란 저 아이 불쌍히 여기시고 살려주소. 기도를 간절한 기도를 쌀알 속으로 집어넣고 떡시루에 찐다. 다행히 보살이 한복과 다른 것들은 자신이 준비해 줄 테니 떡만 집에서 하란다. 평안 아지매가 도와주는 바람에 한숨을 쉰다.

　굿은 이튿날 저녁에 하기로 날을 잡는다. 집안을 잡신이 얼씬 못하도록 돌아가면서 검불 하나 없이 깨끗이 치운다. 사연을 보았지만 그대로 자고 있다. 거랑에 나가서 찬물로 목욕을 한다. 찔레 넝쿨이 있는 큰 거랑에 넝쿨 뒤로 가서 깨끗이 씻고 온다. 찔레 넝쿨이래야. 잎 다 보내고 줄기만 앙크랗게 남아 자식을 보낸 자신의 마음과 닮았다는 생각을 한다. 아무리 추워도 이 정도 정성은 들여야 사연이 나을 것 같아서 스스로 찬물로 목욕을 한 것이다. 밤이 되자 온몸이 어슬어슬 춥고 열이 나고 머리가 아프다. 밤새 떨며 앓다가 아침을 맞는다. 평안 아지매가 아침 일찍 오신다. 밥도 못 하고 일어나지도 못하고 있는 달녀를 보자 아지매는 이거 줄초상 나게 생겼다며 걱정을 장타래로 늘어놓는다. 아지매가 아침밥을 해서 아이들을 먹이고. 시어머니 뒷수발도 한다. 죄스럽다. 그 험한 일을 남에게 맡겨서 달녀는 비록 몸이 아파서 누워 있지만 아픈 것보다 더 힘들다. 시어머니 그 험한 수발을 평안 아지매가 하는 게 가시방석에 앉은 듯 불편하다. 그래도 자신이 아파서 정신을 못 차리니 어쩌겠는가. 한참을 지나자 평안 아지매는 어디서 났는지 약을 달여서 들고 들어온다. 쓰디쓴 약이지만 정성에 눈물이 나서 달게 마신다. 열 감기에 최고라며 평안 아지매네 집에 비상약을 다려 온 것이다. 평안 아지매는 세상에 고생이 이만저만이 아니라며 딸처럼 가슴 아파한다.

약을 마신 덕인지 점심때쯤 되자 열도 내리고 아프던 머리도 좀 가라앉는 듯하다. 큰일을 앞두고 있다. 사연이 목숨이 경각에 달린 일이다. 자신이 죽더라도 사연을 살려야 한다는 일념으로 아직 성치 않은 몸이지만 누워 있을 수가 없어서 오후에 자리를 털고 일어난다. 온몸이 두들겨 맞은 듯이 안 아픈 곳이 없다. 그래도 사연일 위해서 일하다가 쓰러져도 해야 한다. 이를 물고 몸에게 당부를 한다. 조금만 참아줘. 미안해. 미안해. 몸아 정말 미안해. 아픔을 모두 내가 걷어내줄게. 사연일 위해 좀 참아주렴. 최면을 걸고 몸을 일으킨다. 해가 다 넘어가고 어스름이 깔릴 무렵 보살이 온다. 보살 외에 다른 사람이 3명 따라온다. 과일과 한복 그리고 굿을 하는데 필요한 모든 것들을 가지고 온다. 깨끗하게 치워놓은 것이 마음에 들었던지 보살이 한마디 한다. 오늘 *굿발 잘 받을 것 같은 영감이 드는구만.* 보살의 얼굴에 밝은 햇살이 수북이 내려앉는다. 보살은 부지런히 마당에 상을 펴고 떡과 과일을 모두 손수 진설한다. 같이 따라온 여인들이 과일을 정성껏 담아주면 보살이 제 자리를 찾아 두 손으로 정성껏 진설하는 모습이 무언지는 모르지만 믿음이 간다. 진설이 끝나자 멍석을 펴고 굿 마당을 만든다. 보살은 하얀 옷과 하얀 고깔을 쓰고 하얀 버선을 하얀 고무신을 신는다. 함지박에 쌀을 담고 그 위에다 대나무를 꺾어서 세운다. 방울을 흔들며 굿을 시작한다. 신장(神將)들의 이름을 하나하나 불러들인다.

한 자루에 향 사르고
정성스레 불 밝혀서
청정수를 길어다가
정화수로 받들어서
신령 전에 올리오니
공덕으로 받으소서
신령님의 크신 원력 어디든지 내리시고

과거 현재 미래세에 남김없이 두루 펴서 세세생생 길이길이 이어
지게 하옵시니

신령님의 광대 원력

영원토록 없었나니

크나크신 슬기로서

밝은 지혜 내리시어

청명한 맘 일게 하고

명기 총기 내리시어

마음속에 원하는 바

성취하게 하옵소서

신령님 전 외운 공덕

온 천하에 두루 펴서

곧은 마음

깊은 마음

넓은 마음

높은 마음

마음의 움직임이

걸림 없게 내리소서

부드러운 나의 마음

복덕으로 이어지고

적극적인 나의 행동 실천으로 정진하고

아름다운 나의 언어 선업으로 이어지네

천하 영웅 관운장

소거 백마 대신장(옥황상제님을 호위하는 근위대 신장)

천상옥경 천존 신장

천상옥경 태를 신장

천상옥경 태산 노군 신장

천상태음 신장

천생태양신장

8만 4천 제대신장(칠성님들이 관장하는 신장)

산채육성 제대신장(삼태성군들이 관장하는 신장)

천지조화 풍우신장(비바람등을 관장하는 신장)

악귀 잡귀 검무 신장(악귀나 잡귀를 물리쳐주는 신장)

우레 주래 벼락 신장(천둥 우레 벼락을 관장하는 신장)

사신구능 작두 신장(작두를 타게 하여 위력을 보이는 신장 악귀를 물
리치는 신장)

육종 육갑 둔갑 신장(술수를 잘 부리는 신장)

오방신장(하늘 당의 오방을 지키는 신장)

사해 조정 용궁 신장(용궁에 있는 신장)

산신 군웅 신장(산에 있는 신장)

이십팔수 제위신장(별자리를 관장하는 신장)

천지신명 통달 신장
중생 구제 팔양 신장
귀신 착수 인황 신장
천황 신장 지황 신장
옴 급급 여률령 사바하

천지신명들이시여 이 집 자손 일으키소.
약을 쓰믄 약발 받고.
정신 차려 눈을 뜨고.
굳은 몸을 풀어주소.
얼음 삭고 눈 삭듯이
몸에 가시 저로 집어
씻은 듯이 낫게 하고.
옥등에 불 켠 듯이
물로 씻고 불로 비춰
이 가정에 희망 주소.
눴던 몸을 일으키서
펄떡펄떡 뛰게 하소.
악귀 잡귀 물리치고
소원 성취 하여 주소.

주문을 마친 보살은 화롯불에다 검은 바탕에 금과 주사로 기묘한 문양과 글씨를 써넣은 천들을 태운다. 보살의 눈빛이 매섭게 떤다. 바닥 바구니 속에서 무언가가 보살의 손끝에 달려 올라온다. 주둥이를 색동 실로 묶은 닭이다. 벼슬을 맨드라미처럼 머리에 달고 눈을 노랗게 똘방거리는 장닭이다. 보살은 살기에 가득 찬 눈빛으로 한 손에 칼을 쥔다. 푸드덕거리는 닭의 목을 단칼에 댕그랑 잘라버린다. 아침마다 인간에게 시간을 알려주던 닭은 꼬끼오라는 마지막 유언 한마디도 못 한 채 목은 목이 가야 할 길로 몸뚱이는 몸뚱이가 가야 할 길로 닭똥 같은 눈물 한 방울도 못 흘리고 댕강 목이 잘리고 만다. 두 동강 난 닭을 털도 안 뽑고 화로에 던진다. 털 타는 냄새가 상위로 푸드덕푸드덕 홰를 치며 날아오른다.

닭 냄새가 홰를 치는 동안 방울은 춤을 추기 시작한다. 방울 소리 12개가 서로 부딪치며 딸랑딸랑 허공에 날아다니기 시작한다. 방울 자루는 놋쇠로 만들어졌다. 놋쇠 자루 끝부분에 4개의 둥근 고리가 달려 있다. 고리에는 오방색 천이 달려서 함께 너울너울 춤을 추고 있다. 모두 속이 빈 소리다. 한참 추던 춤을 내려놓는다. 달녀에게 대나무 가지를 가지고 와서 잡으란다. 죽 먹을 힘도 없지만, 대나무 가지를 간신히 잡았다. 대나무는 달녀를 끌고 샘가로 갔다가 미나리꽝으로 갔다가 뒤꼍으로 갔다가 앞마당 둑으로 온 사방 끌고 다닌다. 대나무에 한참을 끌려다니자 보살 한 명이 와서 대나무를 데려간다. 그때야 대나무를 따라서 마당으로 걸어온다. 거짓말 같은 진짜가 현실로 이루어지고 있다. 조금 있자 징을 두드리며 주문을 외던 보살이 눈물을 철철 흘리며 남자아기 목소리를 낸다. 마당 바닥에 아기처럼 퍽 문질러 발버둥을 치며 울기 시작한다.

엄마 배고파 죽겠어. 그래고 이쁜 옷도 사줘. 응 엄마. 그래고 사연이 누나 델꼬 갈래. 심심해 누나랑 놀고 싶어 델꼬 가고 싶어. 남자아이 목소리로 보살이 말을 한다. 미안하다. 미안해. 아들아 미안해. 보살 한 명이 젓가락으로 떡을 집어서 보살에게 먹인다. 엄마 맛있다. 또 줘. 보살은 또 집어서 먹인다. 꼬깜도 줘. 곶감을 집어 입속에 넣어준다. 아이가 먹듯이 곶감을 오물오물 씹어 먹는다. 맛있다. 엄마 인제 배불러 그른데 추워. 함께 온 보조를 맡은 보살은 준비해온 저고리를 준다. 보살은 저고리를 받더니 남자아기 소리를 내면서 웃는다. 어, 이쁘다. 어, 신난다. 엄마 고마워. 인제 안 춥겠다. 인제 사연이 누나랑 갈래. 또 다른 보살이 보살을 잡으며 말한다. 안 된다. 안 돼. 사연이는 안 돼. 심심 하믄 형아랑 둘이서 놀아. 사연이는 절대로 안 돼. 보살의 손은 땅을 치고 보살의 발은 발버둥을 치면서 앉아서 엉엉 운다. 이어서 애원을 한다. 미안하다. 미안해. 오늘은 맛있는 거 마이 먹그라. 그래고 옷도 줬으이 이만 집으로 가라. 남자아이 목소리를 내면서 보살은 떼를 쓴다. 싫어. 싫어. 누나 델꼬 갈래. 누나가 좋단 말이야. 누나랑 같이 갈래. 보살은 또다시 달랜다. 그래믄 까자 줄께. 남자아이 목소리를 내면서 보살은 말을 잇는다. *진짜로 먼 까잔데? 야 신난다. 까자 주소.* 보살은 과자 봉지를 뜯어 남자아이가 몸속에 들어온 보살에게 준다.

보살은 과자를 받아서 껍데기를 벗기고 입에 넣어 아이들이 좋아하는 표정을 지으면서 먹는다. 서너 개를 다 먹어치우던 보살은 *아이 까자만 주지 말고 사탕도 주소.* 보조하는 보살은 사탕 봉지를 뜯는다. 사탕을 꺼내서 남자아이가 몸속에 들어온 보살에게 준다. *그래그래. 사탕 여게 있다. 맛있는 사탕 다 주마.* 사탕을 받아든 보살은 사탕 껍데기를 입으로 물어뜯어 깐다. 알맹이를 입에 넣은 보살은 *좋아. 신난다. 맛있다.* 사내아이 목소리를 내면서 아이처럼 경중경중 뛰면서 좋아한다. 사탕을 오도둑오도둑 씹어 먹는다. 그 모습을 보면서 온몸에 소름이 돋는다. 봄이가 사탕을 먹던 모습과 너무 똑같지 않은가. 사탕을 주면 성질이 급해서 꼭 입에 넣고는 빨아서 먹는 법이 없다. 와작와작 씹어 먹는 보살의 모습이 꼭 봄이가 환생한 듯 느껴진다.

온몸에 소름이 돋아 서 있는데 보조 보살이 옆에 와서 절을 하란다. 공손하게 세상에서 제일 간절하고 공손하게 절을 한다. 계속해서 절을 하고. 또 하고. 얼마나 절을 하고 나자 보살은 술을 부어서 올리란다. 술을 부어주자 남자아이 목소리 내는 보살이 홀짝 마셔버린다. 이건 또 뭔가? 어린아이가 무슨 술이야. 속으로 어리둥절한 생각을 하는 데 속을 보기라도 하듯이 *엄마 내가 형아들하*

고 다니다가 엄마가 보고 싶으믄 술을 먹고 엄마 보고 싶은 걸 잊었어. 그래서 술 잘 먹는다. 술 더 줘. 아이 목소리로 보살은 말을 내뱉는다. 손에 빈 잔을 들고 달녀에게로 내민다. 한 잔을 또 따른다. 술을 한 번에 홀짝 입에 털어 넣더니 옆으로 다가와 달녀의 목을 그러안는다. *엄마, 엄마가 보고 싶어 죽을 것 같니더. 그래고 너무 추워요. 지붕이 바램에 다 날아가고 입을 옷도 없어요. 먹을 것도 없어요. 그래이 사연이 누나랑 같이 살래요.*

전율이 온몸을 감싼다. 보살의 손을 떼어내려 해도 얼마나 힘이 센지 떨어지지 않는다. 얼마나 꼭 안는지 숨이 막힐 것 같다. 다른 보살이 와서 자신의 목을 안은 보살을 떼어놓는다. *이쁜 옷하고 이불하고 주께. 엄마 목 놓고 옷 봐. 그래고 이불도 사 왔어 한 분 구경 안 할래.* 다른 보살이 아이를 달래듯 말을 하자 거짓말처럼 조였던 손을 스르르 푼다. *아싸! 참말이제요? 공갈 아이제요? 내 꺼 옷하고 이불하고 사 왔제요?* 보살은 엄마가 말하듯 우유처럼 부드러운 말을 한다. *그름 그름 진짜제. 이것 쫌 봐. 이릏게 이뿐 옷하고 이불하고 여게 있잖아. 이게 전부 다 니 꺼야.* 보살의 말에 신이 붙은 듯 보살은 남자아이 목소리로 말을 한다. 감았던 목을 놓고는 옷을 보더니 옆으로 미뤄 놓고 이불을 펼친다. 이불을 펼치고 그 위에 아이가 눕는다. *아이 따뜻하다. 참말로 따시네. 인제는 날이 암만 추와도 안 춥겠다. 한 분 덮어봐야지.* 이불을 깔고 누워서 말을 마친 아이는 좋아서 어쩌지 못하는 표정으로 이불을 덮고

드러눕는다.

아이 따뜻하다. 엄마 고맙니더. 인제는 안 춥겠니더. 아이 따뜻해. 이불을 둘둘 감고 꼭 아이들이 장난을 치듯이 장난을 친다. 아이 놀음이 끝나가자 다른 보살이 가서 아이로 둔갑한 보살에게 달랜다. *인제 그만 놀고 이불 개야지.* 하며 부드럽게 달래자 보살은 *알았니더.* 대답과 동시에 말았던 이불을 걷어내고 일어난다. 보살의 얼굴이 꼭 어린아이 같다. 보살은 달녀를 보고 또 술을 따르란다. 술을 따르고 절을 한다. 그리고 아들에게 할 말을 다 하란다. 무슨 말을 해야 할지 생각이 안 난다. 현실에 아이가 온 것 같은 착각을 일으킨다. 무슨 말을 해 잘 있으면 됐지. 생각을 북어 찢듯이 북북 찢으며 보살이 말한다. 왜 아이를 불렀는지 이유가 있을 것 아니냐며 서늘하게 눈빛을 번뜩인다. 그때야 굿을 하게 된 참동기를 깨닫는다. 달녀는 옷매무새를 다시 한번 만지고 난 뒤에 절을 두 번 하고 말을 잇는다. *어미가 미안하구나. 미안하고 또 미안하구나. 그렇게 배가 고픈 줄도 모르고. 어미만 잘 먹고 살았다. 옷이 없는지도 모르고. 이불이 없이 자는 것도 몰랐다. 정말 미안하구나. 미련한 어미를 용서해라. 어미는 니가 살아 있는 줄도 모르고. 죽었으이 아무것도 필요 없다고 믿고 살았다. 죽어서도 먹어야 하고. 옷이 필요하고. 추우면 이불을 덮어야 하는지 몰랐다. 참으로 미안하구나. 인제라도 알아서 다행이다. 어미가 옷도 이불도 해줄 수 있어서 다행이야. 고맙구나. 미련한 어미를 일깨워줘*

서. 그른데 어미가 니한테 한 가지만 부탁하마. 너희 누나는 불쌍한 사램이다. 누나는 데리고 가지 말아다오. 어미를 도와줘야 해. 그래고 어미 옆에서 살게 해줘. 보고 싶고 함께 살고 싶더라도. 어미가 이래 두 손 모아 빌고 빌고 또 비마. 사연이 누나만은 안 된다. 차린 음식 마이 먹고. 옷하고 이불하고 모두 가져가고. 사연이 누나는 어미 옆에서 살 수 있게 해주믄 안 되겠나? 이 어미 소원이니 사연이 누나만은 어미 옆에 두거라.

어느새 참말로 아들이 사연이를 데리고 가거나 하는 것처럼 눈물 범벅이 되어 절을 하면서 빌고 있다. 어지럽다. 비틀비틀 하늘에 별이 비틀거리며 땅으로 마구 쏟아진다. 깜깜하다. 갑자기 다음은 기억이 꺼진다. 꿈을 꾼다. 아니 꿈이 아닌 현실인지도 모를 꿈이다. 아들이 보고 싶어 아들의 무덤으로 간다. 누군지는 모르지만, 안내를 받으며 간다. 아들의 무덤이 다 파헤쳐졌다. 화들짝 놀라서 다시 흙으로 덮고 돌을 얹어놓고 큰물을 건너 집으로 온다. 아지를 데리고 건너며 꼴을 먹이던 곳에 다다랐다. 바랭이풀이 가득한 곳이다. 달녀가 가까이 오니 아지가 풀을 먹지 않고 멀뚱멀뚱 자신을 쳐다본다. *아지야 너 바랭이 참 좋아하잖아. 먹어야지. 얼릉 다른 소가 먹기 전에 아지 니가 뜯어먹어.* 말을 마치고 보니 소등에 등에가 떼로 몰려온다. 꼬리로 이리저리 쫓는데도 등에는 마구마구 아지에게로 모여든다. 달녀가 마구 쫓아주어도 소용없다. 새까맣게 달려든 등에를 쫓아내느라 아지는 바랭이 먹을 생각을 않는다. *왜 그래? 아지야 어데 아퍼?* 아지의 눈을 들여다본다. 그 크고 선하고 잘생긴 눈. 자신만 보면 껌뻑껌뻑 웃으며 위안을 주던 눈에 하얀 눈물 한줄기가 주르륵 흐른다. 헛바늘이 돋았나 하고 혀를 보니 혀는 이상이 없다. 아지의 콧잔등을 쓰다듬어 준다. *배가 불러? 왜 그래? 아지야.* 등에는 내가 *쫓아줄 테이까 얼릉 바랭이 뜯어먹어.* 아지는 눈에 눈물을 주르르 흘리더니 갑자기 풀썩 주저앉는다. 눈을 허옇게 뜨고 숨을 안 쉰다. 아지 머리를 잡고 마구 흔들었지만 아지는 일어나지 않는다. *아지야 안 돼. 안 돼. 안 된단 말이야!* 소리를 지르며 아지를 일으키려고 옆으로 가다가 그만 넘어졌다.

깜짝 놀라 깨어나 눈을 뜨고 살펴보니 방 안이다. 아직 밤중인지 낮인지 깜깜하다. 달녀는 벌떡 일어난다. 그럼 굿을 한 것이 아니고 꿈이란 말인가. 깜짝 놀라 밖으로 뛰어나가 사연이를 보러 간다. 사연인 그대로 자고 있다. 꿈을 꾼 것이다. 아지에게로 가본다. 혹시나 아직도 누워서 자고 있다. 모든 게 꿈이다. 그렇다면 아직 굿을 하는 날이 내일이란 말인가! 허탈감이 봄날 꽃가루 날리듯이 날아든다. 한 시간이라도 빨리 굿을 해서 사연일 일어나게 해야 하는데 지금까지 잠만 자고 있었단 말인가. 다시 방으로 들어가 눈을 감는다. 누군가 흔드는 바람에 눈을 뜬다, 평안 아지매다. 평안 아지매가 부축을 해준다. 간신히 일어나 앉는다. *고도 몸 둠 괜찮아졌네? 야, 괜찮니더. 그른데 이래 일찍 우째 오싰니껴? 걱덩이*

돼서래 오디 않았네. 시어머니 때문에 너무 힘들어서 딘이 다 빠뎌서 그렇디. 몸보신 돔 해야 갔구먼. 도금 더 누워 있으라우. 내래 시어머니 밥 드리고 다 티웠으이 누워서 돔 쉬라우. 이거 돔 먹고. 죽을 끓여서 들고 왔다. 무슨 일인지 어리둥절하다. 이게 꿈인지 생시인지 도무지 알 수가 없다. 평안 아지매한테 자초지종을 묻는다. 어제 쓰러진 이야기며 굿한 이야기도 해준다. 그렇다면 굿을 하다가 쓰러졌고 그 굿이 끝나고 뒷설거지를 아지매가 다 했단 말인가. 평안 아지매한테 미안하고 죄스러워 얼굴을 들지 못하겠다.

참말로 미안니더. 그래고 말할 수 없이 고맙니더. 또 눈물이 빗물처럼 흐른다. 야래야래 울보구만. 내가 남도 아인데 왜 새삼스룹게. 울디 말라우. 고도 얼른 덩신 타려서 일어나야디. 그래야 아이들하고 시어머니하고 돌보디. 고도 아무 생각 말고 날래 일어날 생각이나 하라우. 죽을 먹고는 얼마를 잤는지. 며칠이 지났는지. 밖에서 무슨 웅성거리는 소리가 나서 눈을 뜬다. 언뜻 아침에 가보이 눈을 허옇게 뜨고 죽었어. 말이 들린다. 용수철처럼 튕겨 일어서 밖으로 나간다. 도대체 누가 죽어 죽길. 동네 사람들이 모여서 있다. 무슨 일이냐고 물으니 아무도 대답을 않는다. 사연이 방으로 뛰어 들어간다. 사연인 아직 숨을 쉬면서 잠을 자고 있는데 도대체 누가 죽었단 말인가. 밖으로 다시 뛰어나와 사람들을 밀치고 보니 사람들이 둘러서 있는 가운데 아지가 누워 있다. 불쌍한 아지가 나를 보지 못해 눈을 감지 못한 채 죽어 있다. 내가 죽인 것이

나 다를 바 없는데. 한편으로 사연이 아닌 것에 가슴을 쓸어내린다. 땅바닥에 누워서 눈을 치뜨고 죽어 있는 아지는 죽었다고 믿기가 어렵다. 얼른 가까이 가서 아지를 흔들어본다. 반응이 없다. 입에 거품을 북적북적 게워놓고 죽어 있다. 세상에 이런 일이 어디 있단 말인가. 이것도 꿈이 아닌지 꿈이면 좋겠다.

슬픔경전

9

이 집에 아기 때 와서 지금까지 자신이랑 함께 살지 않았는가. 자신이 키운 아지를 자신이 죽였다는 죄책감 때문에 아지에게 한 마디 말도 못 한다. 멀쩡하던 아지를 굿을 해서 죽인 것이다. 아지는 사연이를 대신해서 저세상으로 간 것이다. 억장이 무너지고 고통이 심장을 눌러 숨을 쉴 수가 없다. 비가 오나 눈이 오나 바람이 부나 쉬지 않고 꼴을 베다 먹이고 함께 이야기를 나누고 의지하며 살아온 아지 아닌가? 그런 아지를 굿을 해서 죽인 것이다. 낙심이 되어 마루 끝에 걸터앉는다. 세상은 어처구니없이 빙글빙글 돌고 있다. 불안에 불안이 미안에 미안이 눈처럼 쌓인다. 불안과 미안을 털어내며 일어서서 사연이 있는 방으로 다시 들어가 본다. 사연은 그대로 누워 눈도 뜨지 않는다. 눈두덩이 연보랏빛이 피고 있다. 아이 옆에 눕는다.

사연아! 인제 눈 떠봐. 엄마가 보고 싶어 집에 왔는데 왜 눈을 감고 엄마를 안 봐. 얼릉 일나서 밥 먹고 핵교 가야제. 아이를 꼭 그러안는다. 자신도 모르게 잠이 든다. 꿈속으로 걸어 들어간다. 사연이 눈을 뜨고 엄마 밥 좀 달라며 조른다. 활짝 웃으면서 평소와 똑같이 어미를 졸졸 따라다니고 재잘재잘 웃는다. 동생들과 장난을 친다. 꿈속에서도 제발 꿈이 아니길 빈다. 꿈을 깨고 나니 잠이 꿈을 만든 것이다. 꿈이 밉다, 현실이길 바랐는데 꿈이다, 지금 현실도 꿈이다. 자리를 눕혀놓고 몸을 일으켜 밖으로 나간다. 뒷간 가는 길에 마구간이 힐끔 쳐다본다. 마구간은 주인을 잃고 우두커니 넋을 잃고 있다. 평안 아지매한테 물으니 동네 사람들에게 끌려갔단다. 동네가 아지를 잡아서 먹는단다. 말도 안 되는, 소가 웃는 소리를 하고 있다. 마구간이 주저앉아 울다 일어서서 넋을 잃고 운다. 한없이 쏟아내는 마구간의 짠물이 눈물이라고 느껴질 뿐이다. 여물통에 여물도 주인을 기다리고 있다. 아지에게 끼워주었던 코뚜레만 덩그러니 부뚜막에서 자신을 쳐다보고 있다. 코뚜레를 주웠다. 아지의 코 냄새가 난다. 코 냄새 같은 눈물 냄새가 난다. 손은 코뚜레를 가지고 와서 방 안에 소중히 걸어둔다.

비몽사몽 현실인지 꿈인지 모를 시간이 사흘이나 흘렀나 보다. 꿈속으로 여행을 하고. 아지에게 풀을 뜯기고. 함께 이야기를 나누고. 해 저물도록 함께 지내면서 아지의 살을 키우고. 눈을 키우고 다리를 키우면서 즐거웠다. 그런데 지금은 꿈속으로 여행을 하고.

아지에게 풀을 뜯기고 함께 이야기를 나누고. 해 저물도록 함께 지내면서 아지의 살을 키우고. 눈을 키우고 다리를 키우면서 지냈던 어제 꿈속이 아니다. 살아도 어제의 삶이 아니고. 숨을 쉬어도 어제의 숨이 아니고. 내 몸마저도 어제의 그 몸이 아니다. 햇살도 나무 그늘도 공기도 이제 어제 것은 아무것도 없다. 아지가 어제를 버리면서 모든 것을 다 가지고 가고. 오늘은 낯선 것들만 새로이 날아든다. 비가 오면 함께 비를 맞고. 눈이 오면 눈을 맞고. 태풍이 와도 괴로움도 슬픔도 외로움 속에서도 함께 새파란 풀을 뜯으면서 견디던 아지. 겨울마저 가슴을 까맣게 태우는 날이다. 관객 없는 극단처럼 텅 비어서 슬픈 텅 비어서 아픈. 모든 것들이 다 빠져나가고 텅 빈 오늘 슬픔과 아픔이 가득한 날.

그동안 평안 아지매가 모든 살림을 맡아서 해주며 아이들과 시어머니 수발까지 해주었단다. 정신을 차리자. 정신 차리고 아이들을 돌보고 시어머니 수발을 해야 하지 않는가. 마음을 추스르기로 작정하자 꿈에 보았던 봄이가 보고 싶어진다. 몇 년을 안 가 본 봄이에게 다녀올 마음으로 봄이에게로 간다. 비츠럭비츠럭 물을 건너 무덤에 가니 무덤이 파헤쳐져 있다. 무슨 짐승이 그랬는지 잔돌로 잘 눌러놓은 아이의 무덤을 다 파놓았다. 원래 봉분도 없는 무덤이라 파기가 쉬웠겠지만, 가슴이 서늘하다. 이래서 봄이가 지붕이 바람에 날아갔다고 말했구나. 언 땅을 팔 수가 없어 옆에 있는 바위들을 몇 개 주워서 덮어주고 돌아온다. 집에 오니 평안 아지매가 시어머니 옷을 빨아서 빨랫줄에 널고 있다. 죄스러운 생각이 울컥 올라온다. *인제 아지매는 가셔도 되더. 참말로 고맙더. 이 신세를 우째 갚아야 할지 모르겠더.* 신세는 먼 신세. 고도 몸이나 달 투스리라우야. 아프믄 큰닐 난다우. 그간 얼마나 힘들었간. 달 먹고 몸 달 투스리고 하라우. 밥해 놓았으니 있다가 밥도 먹고. 고마운 말을 한 섬 쏟아놓고 평안 아지매는 집으로 발걸음을 옮긴다. 평안 아지매의 뒷모습에 천사표 꼬리가 달려 있다. 아지매를 배웅하기 위해 밖으로 나온다. 천사표 꼬리가 보이지 않도록 쳐다보고 있다가 부엌으로 간다. 떡과 과일과 먹을 것들이 그릇에 담겨 있다. 뭐지? 그럼 굿을 했나. 꿈이 아니고 실제 상황이었나. 어렴풋이 떠오르는 게 꿈이 아니고 현실이었다는 것이 머리에 필름처럼 돌아간다. 집 안을 이곳저곳 살핀다. 빨랫줄에는 시어머니의 물감을 닦아내는 수건과 걸레들이 속옷 가랑이가 빨랫줄에 널려 살얼음을 얼리고 있다. 얼른 시어머니 방에 가봐야겠다는 생각이 든다. 시어머니는 이 추위에 문을 열어놓은 채로 누웠다. 문을 닫아주고 다시 돌아서서 발길을 사연이에게로 돌린다. 사연이 누워 있다. 방으로 들어간다.

사연아! 이게 꿈인가 생시인가. 사연이 붙었던 눈까풀을 분리하며 쳐다본다. *엄마!* 사연의 몸이 자신의 품으로 와락 달려들어 안긴다. *괜찮아?* 힘없는 고개가 끄덕끄덕한다. 자신도 모르게 두 손을 모은다. *하나님. 부처님. 예수님 고맙더. 참말 고맙고 고맙고*

또 고맙니더. 사연은 멀뚱히 기도하는 어미 손을 쳐다본다. 손은 사연의 얼굴을 만져본다. 이상이 없다. 열도 없다. 말도 한다. 그러면 된 것이다. 이 눈물 많은 눈은 또 뜨끈한 짠물 한 줄기를 흘려보낸다. *엄마! 왜 울어요? 또 먼일 있어? 아이다, 아이래. 일은 먼일. 니가 일났는데 아무 일도 없어. 어데 아픈데 없제? 아무릏지도 않제? 야. 아무릏지도 않니더. 근데 엄마요. 우리 아지 잘 있어요? 갑자기 자다가 나무다리 긁는 소리를 왜 하노? 아이요. 그냥 아지가 궁금해서요. 그냥 왜 아지를 묻고 그래? 진짜는요. 엄마 꿈을 꿨는데 아지가 막 울민서 지한테 잘 있으라고. 이빨을 다 내놓고 웃으민서. 잘 있으라고 하민서 고삐를 풀고 마구간을 걸어 나가는 걸 봤어요. 막 뛰서 따라갔는데 금방 뛰서 어데론가 가뿌래서 아무리 찾아도 못 찾고. 큰거랑을 건너오다가 거랑에 돌다리를 헛디뎠어. 물에 풍덩 빠재서 깜짝 놀래서 깼거든요. 그래 하도 꿈이 이상해서 궁금해서 물어봤니더. 그른 꿈을 꿨구나. 괜찮아 괜찮아. 아무 일도 없어 아지가 너를 살렸구나. 엄마, 그게 먼 말이니껴? 아이다. 일어났으이 엄마가 죽 가져올게 먹자.*

아이에게 가슴 아픈 말을 해주기 싫어서 일어난다. 부엌으로 사연의 죽을 끓이러 나오는 길에 마구간에 먼저 들려본다. 아지가 눈을 껌뻑이며 서 있다. 솥에서 죽을 퍼 주려고 솥을 열어본다. 솥 밑바닥에 가라앉은 당겨와 섞인 여물이 조금 있다. 그걸 퍼서 여물통에 넣으려고 보니 여물통에도 아지가 먹다 남긴 여물이 얼어

붙어 있다. 다시 퍼서 데워서 먹여야겠다고 다시 솥에다 붙는다. **아지야 일나서 먹그라.** 아지는 일어나지 않는다. 소여물통 위로 마구간으로 눈을 더듬는다. 아무것도 보이지 않는다. 다시 눈을 비빈다. 희끄무레한 마구간에 아지가 안 보인다. 눈이 아지의 오줌처럼 뜨끈한 눈물을 주르르 싼다. 눈이 커서 슬픈 아지. 날마다 눈을 껌뻑이면서 푸른 풀밭에서 고독하고 외롭게 큰 눈으로 세상 근심과 아픔을 시끄럽고 가난한 날들을 바라보던 눈은 이렇게 억울하게 감기고 말았구나. 그동안 생각의 풀을 뜯고. 여물을 먹여 키운 너의 살을 쇠고기란 이름으로. 너의 뼈를 사골이란 이름으로. 꼬리라는 이름으로. 족이라는 이름으로. 소머리라는 이름으로. 너의 피까지 사람들은 선지라는 이름을 붙여서 가마솥에 펄펄 우거지를 넣고 끓여서 자신들의 배를 채우겠지. 가마솥에 둥둥 떠서 식은 기름기가 너의 생각인 줄 아는 사람은 없을 거야. 기름기가 너의 아픔이라는 것을 아는 사람은 없을 거야. 너가 없는 지금 생각의 풀만 뜯으면서 있는 내가 죽이도록 밉다. 눈이 커서 슬픈 아지야. 함께했던 시간을 지우고 원망해라, 나를 죽이도록 증오해라. 그렇지만 아지야. 다음 생엔 꼭 좋은 환경 좋은 곳에서 소로 태어나지 말고 훨훨 자유로운 새로 태어나거라. 언제나 노래하며 지저귈 수 있는 곳에서 태어나 지저귀며 살거라.

조용히 일어선다. 힘이 다 빠진 다리가 부엌으로 간다. 불을 때서 죽을 끓인다. 삭정이가 타닥타닥 타들어가면서 눈물을 태우고 있다. 죽을 쟁반에 받쳐서 아이에게로 가져가려 하니 지금 아지처럼 사연이 없는 것 같은 환상이 다녀간다. 다리가 휘청하는 걸 겨우 마음이 잡아챈다. 한달음에 사연이 방으로 간다. 후유 아이의 눈이 누워서 엄마를 쳐다본다. 죽을 본 사연의 입은 얼마나 허기가 졌었는지 단숨에 죽을 다 먹어치운다. 다녀간 건 환상이라 다행이다. *맛있어? 응, 엄마. 참 맛있니더.* 그래그래 그러면 된 거야. 죽이 맛있으면 다 나은 거야. 코끝이 찡 매운 고추 먹은 것처럼 맵다. *고맙다, 고마워. 이렇게 일어나줘서 참말 고맙다.* 엄마의 말이 무슨 말인지 사연은 말뜻을 몰라 빤히 쳐다본다. 며칠을 누워 있던 아이 같지가 않다. 말도 잘하고 눈도 초롱초롱하고 얼굴색도 좋다. 달녀는 속으로 생각한다. 귀신 병이란 게 이렇게 멀쩡한 거구나. 앞뒤를 퍼즐 조각처럼 맞춰본다. 잘 맞아 들어간다. 아지에게는 정말 미안하지만 사연이 대신 아지가 저세상으로 가고 꿈속에 일들이 현실로 나타나고. 참으로 알 수 없는 신비의 세상을 다녀온 느낌이다. 아니다. 지금 사연이 멀쩡한 것도 꼭 꿈일 것 같다. 달녀의 머리에는 불안이 한쪽 구석에 쭈그리고 앉아 있다. 꿈이라도 좋다. 죽어가던 아이가 이렇게 멀쩡하게 죽 한 그릇을 비웠지 않는가. 아지가 죽은 것이 미안하고 가슴이 아프지만 대신 사연이 이렇게 멀쩡하니 꿈이 아니길 마음속으로 빌고 또 빈다.

혼(魂)을 흔드는 댓잎

방울 소리는 소리만 날아다닌다

무거운 소리,

모시 적삼 훨훨 춤추며 하얀 영혼을 위로하고 아기 혼(魂) 살결 위로

포동포동 흘러내리는 달빛울음

이승 뒤뜰 대밭서 차고 푸른 휘파람 소리 난다

작두날 번뜩이며

시퍼런 메아리로 떠도는 대나무들의 몸짓

암호를 전송하는 청청한 마디들

철철 우는 아기 울음소리의 댓잎들이다

먼 산사 처마 끝에 매달린

새끼 목어 울음소리 맑게 달래지고 있다

여의주 하나 손에 쥔 채

죽음 놀고 있는 아기는 저승으로

누나가 오기를 기다린다

춤사위에 업장 풀어내며

나부끼는 모시 적삼 한복이 운다

바람에 빈 들녘이 흔들린다

달빛이 쏟아지는 처연한 몸짓 사이

신 아기야

넌 푸른 안개 몸을 가린 서천 꽃밭이다

살 주는 살살꽃

뼈 준 뼈살꽃

피 준 피살꽃

영혼 되살아나는 도환생꽃

이 꽃밭은 저승 이승 연결해 준다는 기별인데

생불꽃 불망꽃 울음꽃 웃음꽃 … 자정꽃

이 저승 오가는 섣달그믐 황금 마차를 탈 걸 그랬다

어찌 되었건 이렇게 시들어서 살아날 것 같지 않던 사연은 다시 싱싱하게 살아난다. 이런 것을 사람들은 신의 가호라고 하겠지. 그렇게 사연은 건강하게 뛰어놀고 다시 엄마를 돕고 아주 착한 딸이 되어준다. 그렇지만 또 아침마다 일어나면 하던 습관대로 아지의 죽을 끓이기 위해 마구간 부엌으로 먼저 가는 습관이란 무서운 병을 이기지 못한다. 불을 때고 여물을 끓여서 죽을 주려고 보면 없어지는 아지. 마음이 텅 빈 것 같아 미쳐버릴 지경이다. 평안 아지매네로 달려간다. 이야기를 다 들은 아지매는 *왜 아이 그러겠니? 그 많은 날을 다식처럼 키웠는데.* 아무리 딤승이라지만 왜 안 그러겠어. 그렇디만 어카겠니. 아이래 살았으니 하나는 양보해야디. 힘들겠디만 깨끗이 잊으라우. 아이래 살았으니 얼마나 다행이니. 고도 가슴 아파도 이데 와서 어카겠니. 힘들어도 고도 잊고. 어서 덩신 타리고 기운 내야디. 시어머니 수발해야디. 내래 넘 딱해서 볼 수도 없다우. 어띠 그리도 허리 펼 날이 없는디 탐으로 따하디 딱해. 아지매는 언제나 심정을 헤아리고 위로를 심어준다. 그렇게 아지가 잊혀지지 않을 때마다 평안 아지매를 찾아가 위안을 얻어 오곤 한다. 모든 것들은 세월이 약이란 걸 알지만. 이 또한 지나갈 일이란 걸 알지만. 아지와 함께했던 날들의 추억이 온 마을 전체에 널려있어 쉽게 잊혀지지 않는다.

계절은 또다시 봄을 낳고. 풀을 키우고. 물소리를 키우고. 새소리를 키우고. 벌 나비를 낳아 키운다. 바랭이 가득한 큰길을 걸어가도 눈물이 나고. 빛이 너무 고와도 눈물이 난다. 아지의 꼴을 하러 다닐 때 시누이들이 얹은 돌이 무거워 힘들어할 때도 자신이 너무도 힘들어 견디지 못할 때도 아지와 이야기를 나누며 모질고 힘든 일을 함께 견뎌준 아지. 자신이 굿을 택하지 않았으면 아지가 살 수도 있었을지도 모른다. 생각이 거기까지 다다르자 자신의 몸이 부르르 떨린다. 견딜 수가 없다. 지천으로 깔린 것들마다에 아지가 함께 있다. 그 큰 눈을 껌뻑이며 멀쩡하게 꼬리로 이리저리 등에를 잡으면서 자신의 눈 속으로 걸어 들어오며 괴롭힌다. 밤이면 꿈속에 나타나서 눈물을 흘리는 아지. 밤낮으로 눈앞에 나타나서 견딜 수가 없어 보살 집엘 찾아간다. 눈을 게슴츠레하고 뜨고 묵묵하게 말을 듣고 있던 보살은 일어서더니 부적통을 꺼내서 부적을 쓰기 시작한다. 붉은 글씨로 두 장을 써 주면서 베갯속에다 넣어두란다. 글자도 아니고 그림도 아닌 어정쩡한 부적을 받아들고 와서 베갯속에 넣는다. 효과를 믿는 것은 아니지만 사연이 일어난 것으로 보면 안 믿을 거도 아니란 생각이 들지만, 이것마저 아지에게 못 할 짓을 한 것 같아 견딜 수가 없다. 베개를 베고 누울 수가 없어 베개 속에 넣었던 부적을 꺼내서 아지의 여물통 옆에 가서 태워버린다.

미안해. 아지야! 내게 못 할 짓을 하는구나. 저승사자가 아지, 너와 사연을 바꿔치기해서 데리고 간 것 같구나. 파렴치범. 미안하다. 미안해. 정말 미안해 부디 내 같은 나쁜 사람을 잊고 다음 생에는 소가 아닌 자유를 가진 목소리 고운 새로 태어나그라. 좋은 환경에 즐겁게 노래하고 우주를 날아댕기민서 구경도 할 수 있는 그런 곳으로 환생하그라. 내가 해줄 수 있는 일이 기껏 말로 이렇게 빌어줄 일밖에 없다. 이렇게 가혹한 일이 어데 있어. 내 스스로 니한테 빌 자격도 없제 그릏제. 미안하다 미안해 정말정말 미안해. 미안하다는 말을 죽을 때까짐 해도 모자라겠지. 니를 생각할 자격도 없는 내가 나를 위해 평생을 함께해준 니한테 파렴치범 같구나. 내 평생 짊어지고 갈 멍에다. 부디 나를 용서하지 마라. 부적을 태우고 아지에게 용서받지 못할 뻔한 용서를 구하고. 여물통에

아지가 먹다 남은 여물을 모두 퍼내고 여물통을 깨끗이 씻는다. 가마솥도 씻어낸다. 때다 남은 땔감들도 모두 안 부엌으로 옮긴다. 수챗물 웅덩이에는 수챗물마저 다 말라버렸다.

이제 곧 파리와 날 벌레들이 모여들어 아지의 떠나감을 슬퍼하며 애앵애앵 울 것이다. 수챗물 웅덩이를 흙으로 막아버린다. 마구간 문도 못을 박아버린다. 다시는 그쪽을 안 볼 생각으로. 그렇게 아지에 대한 마음도 도려내어 마구간에 가두어 놓고 못을 박아버린다. 모질어지자. 모질어지자. 모질어져서 잊자. 자신에게 다짐을 건다.

도저히 잊기 어려워 위로의 조문을 짓는다.

눈이 부시게 슬픈 아지야
내 삶은 때로는 불행 때로는 행복했겠제.
삶이 한낱 꿈에 불과하다지만 아지야 니는 소로 태어나 사람에게 아무 이유 없이 죽임을 당하는구나! 아지야! 그래도 살아서 좋았다고 말할래?
아니믄 소로 태어나 너무 슬픈 삶을 살았다고 말할래?
아지야! 니는 꽃봉오리에서 피기 직전에 보이는 꽃잎의 봉긋한 처녀 젖멍울 같은 신비 같은 감정을 한 분이라도 가져본 적 있나?
꽃이 막 피어나 새초롬한 빗방울을 머금은 꽃향기를 맡아본 적 있나?

새벽에 불어오는 알싸한 바람의 달달한 맛에 행복해본 적 있나? 아지야 니가 엄마 곁을 떠나 우리 집에 와서 저물녘 가물가물 기어오르는 땅거미를 보고 서럽고 슬프고 외롭고 엄마 생각이 나서 눈물을 주르르 흘릴 때 나는 니한테 아무것도 해주지 못하고 니 얼굴만 쓰다듬고 뒤돌아서 내 설움을 니한테 섞어서 많이도 많이도 울었던 지난날이 벌써 과거가 되고 이제 곧 잊혀지겠제. 울매나 사램들이 미왔겠노. 붉은 울음으로 온 하늘을 물들이는 노을을 보고 붉은 울음을 철철 흘리는 줄 알민서도 눈물을 닦아주지도 못한 이 미련한 나를 원망하그라. 질겅질겅 나를 되새김질해라. 어느 하루 니한테 눈부시게 해준 날이 없었다. 내 삶에 허덕이느라 니한테 니가 좋아하는 바랭이도 많이 못 먹이고 니와 놀아주지도 못하고 그래그래 시간만 흘러 여게까지 왔는데 미안쿠나 미안쿠나 정말 참말 진짜로 미안쿠나! 지금 삶이 아무리 힘들지만 니 죽음보다 더 힘들지는 않겠제. 이 모든 불행을 누리며 사는 것이 나을까? 니맨치 차라리 캄캄한 어둠으로 추락해 고요히 고요히 잠드는 편이 나을까? 이 세상에 태어난 이상 이 모든 걸 누리민서 살아야 하는데 후회만 가득하고 마지막 가는 니한테조차 부끄럽구나. 아지야! 과거 불안한 과거 때문에 지금 니 영혼이 어느 북망산천 능선을 넘고 있는지는 모르제만 부디, 제발 망치지 말고 눈부시게 살아야 한다. 니는 슬프도록 아름다왔고 죄 한 톨 짓지 않 했으니 천국이 있다믄 제1등 천국에 갈 것이다. 너의 엄마 역시도 거

기서 만날지도 모르제. 아지야! 부디 니가 원하는 곳으로 훨훨 날
아가 이 지옥 같은 곳은 잊그라. 인제 진짜 잘. 가. 그. 라.

다시 몽환 속

시간은 여위고 푸르름은 살이 찌는 달. 바람은 푸른 그늘을 마
구 흔들어 갈갈갈 찢는다. 양떼구름마저 초목에 그늘을 늘이며 양
떼 같은 울음을 편애한다. 숫돌을 가는 왜낫 같은 계절이다. 숫돌
은 하루도 쉬지 않고 햇살을 벼리고. 별빛을 벼리고. 달빛을 벼리
며 자신의 몸이 다 닳도록 벼리고 벼리고 벼리며 시간을 쓰고 있
다. 밤하늘은 싱싱하고 낮 하늘은 시들어간다. 강물은 거식증에
걸려 몸을 불린다. 개들의 하품에서 곰팡이가 자라고 그늘은 컹컹
바람 뼈다귀를 물어뜯는다. 6월이 푸르름을 먹고 팔랑팔랑 자라더
니 더위의 고삐를 끌어당긴다. 겨울에 한 굿 난리굿 덕분에 사연은
다시 건강하게 일어난다. 여름이 경기(驚氣)는 그동안 침을 못 맞혀
서인지 또다시 발작을 시작한다. 다시 치료를 시작하면 나을 병인
지 안 나을 병인지 애를 태우며 걱정을 눈덩이처럼 쌓아 올리며 여
름이 몸을 떠나지 않는다. 혹시 저 경기(驚氣)도 귀신 병이 아닐까?
미신적인 생각이 달녀의 머릿속으로 슬쩍 걸어 들어온다.

시어머니 병시중에 여름을 어떻게 견딜지 6월이 겨우 한 발짝을 들여놓았는데 날씨는 한여름 못지않은 더위를 몰고 와서 걱정을 부려놓는다. 시어머니는 이제 미움도 분노도 노여움도 생각할 여유조차 냄새 속에 다 묻히고 만다. 사연의 굿을 위해 빌린 쌀 한 가마를 갚기 위해 별을 이고 나가서 별을 지고 집으로 들어오도록 일을 한다. 그 고마움을 꼭 갚아야 한다는 다부진 마음을 먹고. 한편 남편이란 사람은 집에서 난리를 치고 굿을 하는 게 마뜩잖다. 굿을 해서 병을 고친다는 멍청한 생각을 하는 아내가 한심스럽고. 바보 같고. 미련곰탱이 같다. 그러나 평안 아재가 그러면 안 된다고 하도 간곡하게 부탁하는지라 모른 채 눈감아 버리자고 생각한다. 삶 자체가 희망이 꺾인 그때부터 지금까지 온전히 자신의 정신으로 살아본 적이 없다. 그냥 하루하루 목숨이 붙어 있으면 사는 것이고 끊어지면 죽는 것. 그렇게 사는 것이다. 아니 저절로 살아지는 것이다. 죽음이란 것도 어쩌면 몽환 속으로 걸어 들어가는 일인지도 모른다.

그래도 살아야 할 이유가 실 파람처럼 끈을 이어주는 것은 아들 계절이다. 우리나라 최고의 국립대학교에 들어간 아들을 살아가는 낙으로 여긴다. 방학이 되어 아들이 집에만 오면 할 일이 천지에 거미줄처럼 널렸는데도 거들떠보지도 않고 밥만 먹으면 아들을 데리고 지역의 내력과 앞으로 아들이 졸업을 하고 나라를 위해 어떤 일을 해야 하는지를 가르쳐야 한다며 아들을 데리고 나간다.

아무리 최고의 지식인이고 머리가 탁월하고 모든 것이 뛰어나더라도 애국정신이 없으면 그 모든 지식과 머리와 탁월하게 뛰어난 모든 것들도 아무짝에도 쓸모가 없다며 매일같이 아들을 데리고 애국정신 교육을 가르친다며 다닌다. 아들 계절은 아버지 말에 조금도 토를 다는 법 없이 묵묵히 따라나선다. 아니 즐기는 듯하다. 바빠서 발을 동동 구르며 끼니를 굶어가며 일을 하는 아내에겐 아무 관심이 없다. 달녀도 내심 아들이 자랑스럽고 대견스럽기는 하다. 남편보다 더하면 더했지 덜하지는 않은 터다. 계절은 아버지 뒤를 털렁털렁 따라간다. 가슴이 너덜거리도록 다 낡은 옷이지만 아버지의 눈에는 어떤 비싼 옷보다 빛나 보인다. 달녀도 저희 아버지보다 훌쩍 크고 저희 아버지보다 훌쩍 잘생기고 저희 아버지보다 훌쩍 더 궁리가 넓게 말하는 것을 보면 흐뭇하다. 저희 아버지의 옷차림은 조금도 애처로워 보이지 않지만, 아들의 옷차림을 보면 마음이 짠해 온다. 조금만 더 참고 살면 아들이 졸업만 하면 세상이 바뀔 것 같은 생각에 그때는 좋은 옷도 입고 좋은 음식도 먹을 수 있다는 희망에 짠한 마음을 접어둔다.

아부지 어데로 가시니껴? 오늘은 태장이란 동네로 간다. 이 영주 땅은 선비촌일 뿐 아이라 옛날부텀 양반가들이 주류를 이루어 살고 있다. 역사적으로 연구해야 할 곳이 천지 삐까리로 널린 곳이다. 그래이 니가 책임지고 이 지역 선조들의 얼과 혼을 잘 읽어내서 기록하고 남게야 한다. 알아들었나? 야. 무뚝뚝하기가 바위보

다 더 무거운 태석도 아들을 데리고 다닐 때만큼은 어떤 아버지보다 자상하고 부드러운 아버지. 아들인 계절은 아버지의 두 얼굴을 보면서 매일같이 놀란다. 도대체 어머니에게는 1년에 열 마디도 하는 걸 본 적이 없어 바위보다 더 입이 무거운 아버지로만 여기고 살았는데 신통방통하단 생각을 한다. 어머니와 대화를 안 한 건 어머니에 대한 사랑이 없어서인가? 그 생각도 맞지만 돌이켜 생각해보면 할머니에게나 자신들에게까지도 부드러운 말로 어떤 말이든 해준 적이 없었다. 공부하라는 말이나 무엇을 하라는 말 하지 말라는 말조차도 단 한 번도 들어본 기억이 없다. 몸만 있고 말은 없는 그림자 같은 사람이다. 그런 아버지가 자신에게 부드러운 말을 거미가 뱃속에 든 거미줄을 자아내듯 줄줄 자아내며 자신을 데리고 다닌다. 계절은 마치 다른 사람과 함께 다니는 것 같은 착각을 하기도 한다. 참으로 신기한 일이다. 누가 봐도 다른 사람 같다. 어찌했든 저찌했든 자신이 대학교에 간 뒤부터 벙어리였던 아버지는 말을 하기 시작했으니 이건 기적인지도 모른다.

아버지의 발자국을 묵묵히, 오히려 아버지가 자신에게 했던 것처럼 아무 말 없이 따라간 곳은 태장이란 곳이다. 생명 존중의 장태 문화를 간직한 태승지인 태장에 들어선다. 입구부터 보랏빛 향과 희디흰 향이 흐드러지게 날리며 도라지꽃이 별처럼 청보라와 하얀 웃음을 웃고 있다. *태장이란 동네는 임금의 태(胎)를 묻어서 태장이란 이름이 붙었다.* 아버지의 간단명료한 말을 받으며 마을 어귀에 들어선다. 6백 살 가까이 산 느티나무 한 그루가 마을 입구 터줏대감으로 버티고 서서 푸른 손을 흔들며 환영한다. 느티나무에 있던 새소리와 벌레울음을 바람이 우수수 흔들어 떨어뜨린다. 햇살과 푸른 그늘들도 흔들린다. 함께 모여 서로서로 다정스럽게 이야기를 하던 동네 사람들은 흔들리는 그늘에 몸이 파랗게 젖는다. 새들의 부리까지 푸른 피를 돌리는 여름에 푸르고 풋풋한 그늘을 펼쳐놓았다. 길손도 쉬어가고. 새들도 쉬어가게 하고. 바람도 쉬어가게 하는 느티나무. 고령을 자랑하듯 몸 곳곳에 태장의 삶 한 페이지 한 페이지를 고스란히 기록해 진흙으로 깁스를 해서 단단히 봉인해 두었다. 비바람의 수장과 땡볕의 수장과 태풍의 수장과 강추위의 수장이 서로의 감정을 조율한 탓에 늘 조용조용 삶을 수평으로 잡아주고 있다.

귀를 느티나무 몸에 갖다 대고 숨소리를 들어본다. 새들과 벌레들의 울음이 빼곡하게 들어차 숨을 고르고 있다. 마을 앞에는 윤슬을 반짝이며 물을 흘려보내고 있는 태장천교가 아직도 왕의 피 묻은 태를 씻고 있다. 왕의 태를 씻은 냇물은 차가운 소리를 내며 어디론지 달려가고 다음 물줄기가 달려와 또 태를 씻고 있다. 흰 구름은 하늘의 배를 가르고 몽시르르 몽시르르 부드럽고 달콤하고 고운 자태로 자꾸만 태어나고 있다. 파란 하늘에서 태어난 아기 구름은 금방 자라서 어른 구름이 된다. 농약을 칠 때면 농약을 탄 농약 통에서 놀던 그 구름이 지금은 또 이 동네로 동행하고 있다.

한여름 땡볕에서 농약을 칠 때. 큰 고무통에 물을 가득 채운 다음 농약을 병뚜껑에 부어서 물에 풀면 농약은 구름이 되어 하얗게 하얗게 퍼져 나간다. 물속에서 하나 불지도 않고 헤엄을 치며 물속으로 퍼져 나가는 농약은 하늘에 구름처럼 몽글몽글 물속을 하얗게 변신시키는 마술 구름이다. 예쁜 마술을 펼치는 모습이다. 고무통에 얼굴을 처박고 들여다보면 자신도 마술을 부리며 고무통에 얼굴이 빠져서 그림 한구석을 차지하고 출렁거리고 있다. 계절은 뭉게구름보다 더 몽실몽실한 웃음을 웃는다. 태어나서 처음으로.

길가 밭둑에 쌓아놓은 거름더미에서 벌레들이 우글거린다. 저 벌레들도 한때는 사람이었다. 풀이었다. 돌이었다. 구름이었다. 다시 벌레가 되어 거름더미서 우글거리는 건지도 몰라. 사람의 사체가 썩으면 구더기가 우글거리며 파먹고 사람의 살을 파먹은 그것들도 시체가 되어 흙이 되고. 돌이 되고. 혼들은 바람이 되고. 구름이 되고. 안개가 되어 어딘가로 정처 없이 떠돌아다니다 인연에 의해 다시 또 그 무엇인가가 되겠지. 세상이 먹이사슬로 탯줄처럼 얽혀 있어. 돌이 나무가 바람이 꽃이 한때 나였을 거란 생각을 하며 부질없는 웃음을 뱉어내던 지난 어느 여름 방학이 달려온다. 그 사이를 열고 꿈에도 무서운 뱀 뱀 뱀 무시무시한 살무사 한 마리. 슬슬슬슬 무엇을 하려고 기어오는지 옆으로 기어 나온다. 계절은 멀찍 물러서서 손가락으로 얼굴을 가리고 손가락 사이로 뱀을 쳐다본다. 살무사는 개구리 한 마리 움츠리고 있는 곳으로 발소리도 없이 간다. 발가락 하나도 없는 놈이라 배로 스르르스르르 배밀이를 해서 간다. 눈 속엔 독을 가득 채워 번뜩이고 주둥이는 두 갈래로 찢어져 날름거리는 저 붉은 혓바닥을 밖으로 꺼낸다. 허공을 향해 날름거리기를 몇 번인가 하더니 길가에 움츠리고 앉아 있는 개구리를 한입에 낚아채 씹지도 않고 통째로 삼켜버린다. 개굴! 비명 한 마디 못 지르고. 그 길고 무시무시한 뱀 터널 속으로 끌려들어 가고 있다. 개구리는 산 채 꿈틀꿈틀 뱀의 몸뚱이 속에서 꼬리 쪽으로 걸어가고 있다. 정신없이 이놈이 어떻게 할 것인지 궁금증 삼매경에 들어있는데 마침 아버지가 다가온다.

멀 그래 정신 빠진 사램맨치 보고 있노? 계절은 짧은 말로 응답한다. 아버지의 말이 바람처럼 다가온다. 무슨 바람이 불어 이렇게 따뜻한 말이 아버지 입에서 나오는지. 풀잎에서 나오는 초록이 너무 짙어 어질어질할 지경이다. *뱀요.* 짧게 손가락질한다. 아버지는 아무 말도 없이 옆으로 간다. 큰 돌멩이 두어 개가 아버지 손에 멱살 잡혀 온다. 돌멩이는 뱀의 대가리를 행해 힘껏 날아간다. 피잉 바람은 정확하게 돌을 날려보낸다. 무방비 상태로 먹이를 먹던 살무사는 날아드는 돌에 직통으로 맞는다. 머리가 절반 정도 부서졌다. 수도꼭지에서 호수가 꿈틀거리듯 뱀은 계속해서 몸뚱이를 꿈틀거린다. 수도꼭지에 달린 고무호스처럼 꿈틀거림을 멈추지 않는다. 아버지 손에 잡혀 있던 다른 돌멩이가 겁도 없이 한 번 더 살무사의 대가리에 날아내린다. 살무사 머리는 절굿공이에 찧은 듯

납작해진다. 그 독한 헛바닥을 위협이라도 주려는 듯 빼물고. 긴 몸부림이 억울하다는 듯 몇 번 더 완강하게 구불텅구불텅 한다. 더 이상의 몸부림칠 기력이 없는지. 꿈틀거림이 닳아서 희미해진다. 얼마 후 고요해진다. 아버지는 길가에 있는 뱀 길이보다 조금 더 긴 막대기를 주워온다. 계절은 태어나서 처음으로 부정이란 걸 느끼며 갑자기 변한 아버지가 불안해지기 시작한다.

슬픔경전

10

　막대기는 어깨에 살무사를 반으로 접어 척 걸친다. 겁도 없이 살무사를 걸치고 걸어간 막대기는 길갓집 어느 낯모르는 돼지우리에 뱀을 휘익 던져 넣는다. 돼지들은 모두 뱀에게 달려오더니 뭉툭한 콧구멍을 씰룩거린다. 꿀룽꿀룽 코로 냄새를 맡는다. 혓바닥을 내밀어 뱀을 잘라 입속으로 집어넣는다. 그 긴 몸뚱이는 고무호스처럼 스르르 돼지 입속으로 들어간다. 씹지도 않고 뱀이 개구리를 통째로 삼키듯 뱀을 씹지도 않고 통째로 삼켜버린다. 돼지의 뱃속에서는 뱀이 뱀의 뱃속에서 개구리가 개굴개굴 꿈틀꿈틀 서로의 목숨을 보존하기 위해 안간힘을 뺄 것이다. 혹 뱀의 독이 돼지 창자에라도 퍼지지 않을까? 뱀의 몸속에 있던 개구리가 돼지의 몸속에 알을 낳아 올챙이를 부화시키지는 않을까? 그래서 돼지고기를 먹을 때 뱀의 독이 꿈틀대고 개구리 울음이 들리지는 않을까? 막연한 생각을 펼쳐서 읽고 있다. 그 마음을 알아채기라도 한 듯 또 아버지가 근엄한 말씀 한마디를 뱀을 막대기에 걸어서 돼지에게 던져주듯이 길게 던져준다.

아버지는 돼지와 뱀은 상극이다. 뱀은 돼지의 삼겹살을 뚫지 못한다. 그래서 우리가 고사를 지낼 때 돼지머리를 쓰는 이유가 거게 있다. 사람들은 뱀을 사악한 것으로 단정한다. 그 사악한 뱀도 돼지 삼겹살을 뚫지는 못하고 잡아먹힌다. 그래서 악귀와 잡귀를 물래치고 액운을 막아주고 먼일이든 걸림돌 없이 잘되게 해준다는 믿음 때문에 돼지머리를 고사상에 올래고 고사를 지낸다. 그것도 히죽이 코를 하늘로 쳐들고 웃고 있는 눔이라야 되지 알았나? 잘 생각해보그라. 우리가 돼지꿈을 꿈을 꾸믄 부자가 되는 꿈이라고 좋아하는 이유다. 또 용 코에 걸렸다는 말을 들어봤나? 그 말은 용은 자기가 완벽하게 잘생겼다고 생각한단다. 그른데 자신의 코가 돼지코를 닮아서 자신을 망쳤다고 생각한단다. 그래서 어뜬 일이 잘 안 풀리고 걸리믄 사람들은 용 코에 걸랬다는 말을 하는 거다. 계절은 고개를 끄덕인다. 아니, 자신의 아버지가 맞는지 얼떨떨하다. 지금 이렇게 자상하게 자신의 앞에 서서 돼지에 대해서 풍속에 대해서 자상스럽게 설명을 하는 이 사람이 자신의 아버지가 맞는지? 아니면 꿈을 꾸고 있는지?

계절은 자신의 살을 한 번 꼬집어본다. 분명 꿈은 아닌 현실이고 자신의 아버지도 맞다. 서로 먹고 먹히는 삶. 돼지를 먹는 인간은 개구리의 삶도 뱀의 삶도 통째로 먹는 것이다. 그렇게 죽은 사람의 몸뚱이는 또다시 곤충이나 날것들의 밥이 되고. 흙이 되고. 돌이 되고. 그렇담 자신의 전생들은 모두 돌 속에 갇히거나 새나 곤충이나 벌레였을지도 모른다는 생각을 잇는다. 우리의 영혼 속으로 축적되는 모든 생명체의 발자국 소리가 웅성거리는 착각이 든다. 잠시 나름대로의 생명이란 것을 생각하고 있는 틈새를 비집고 아버지의 설명이 다시 시작된다. *지끔부텀 내 말 단디 들어라. 야, 알았니더. 고약한 늠들. 나무 나라에 기어들어 와서 우리글을 못 쓰게 하고. 저 나라 글을 익히게 하고. 나무 나라 동네 이름도 저 맴대로 바꾸고. 심지어 창씨 개명까지 요구하고. 가시나들을 공출해서 델꼬 가서 위안부란 이름을 붙여서 미친 짓들을 일삼고. 그 잔학무도한 일들을 우째 일일이 다 말을 하노. 니 위할매도 개울가에서 그렇게 납치당했다 하드구나. 안죽도 기빌이 없는 거 보믄 죽었는 동. 살았는 동 한 치 앞도 내다볼 수 없다. 살벌한 속에서도 우리 선조들은 계속 포기하지 않고 저항했단다. 이순신은 자신의 목심을 떤재서 나라를 구했다. 나라가 어려울 때 충신이 나오는 뱁이제. 그때 충신들이 몸을 떤재서 나라를 구했제.*

니 할매가 왜 저래 이상한 사램이 됐는지 아나? 본래 니 할배가 살아 기실직에는 동네서 인심 좋기로 소무이 자자했다. 그른데 니 할배가 일본 늠들이 하도 사램들을 못 살게 괴롭해서 그늠들 죽애고. 니 할배도 같이 죽고 나서부텀 니 할매가 저래 딴 사램맨치 빈

해 부렸다. 나도 니 할매를 보믄 낯선 사람 같다. 다 이누무 시월이 일본 눔들이 우리 삶을 다 뺏아버린 게제. 그래이 내가 니 보고 애국 정시이 없으믄 삶도 아무꺼도 아니라고 그래는 거다. 사램은 까딱 잘못 생각하믄 누구나 내 하나가 우째 나라를 구해 생각하기 쉽제만 내 하나래도 나라를 위해 일해이지. 모두가 그래 생각하믄 이 나라는 끄떡없을 거다. 왜눔들은 우리나라 산에 산정기가 가득 고인 걸 알고 인재들이 마이 태어나는 걸 두려워한 나머지 산맥마다 쇠말뚝을 박을 만큼 악랄한 짓들을 일삼은 걸 잊어서는 안 된다. 인간을 상대로 생체 실험을 하고. 총살을 시캐고. 영혼까지 가차 없이 짓밟았다. 분노에 떨고만 있을 때가 아이다 말이다. 안죽도 저눔들은 호시탐탐 나무 땅을 통째로 삼킬라고 독 오른 살무사맨치로 혓바닥을 내두루고 있단 말이다. 인간은 언젠가 한 분은 죽는다. 그 목심을 나라를 위해 살다 가믄 그보다 더 영광스런 일은 없을 게다. 니 똑똑히 들어둬라. 니만이래도 두 눈 부릅뜨고 나라를 지캐내야 한데이. 해방! 해방! 하는데 무슨 누무 해방이여. 모두 일본 앞잽이가 돼서 지배 뚜드리기 바쁜 사램이 우글거래는데. 식민사관에 젖어 정치를 하는 눔들. 지 배 두들게고 생색내기 바쁘제. 누구도 해방을 위해 앞장서서 목심 내놓고 말하는 정신 바로 박힌 눔들이 없어, 니 똑바로 듣거라. 니라도 나라를 위해 목심을 버렐 각오로 공부하그라. 나는 그냥저냥 목숨 부지만 하고 있재 살고 있다는 생각은 안한다. 니 할배가 돌아가신 뒤 니 할매나 나나 모두 딴 정신으로 사는 것 같다.

　서글픔이 잔뜩 묻은 목소리로 쉬지 않고 말을 잇는다. 계절은 *아부지 물 한 모금 잡숫고 말씀하소.* 잠시 말을 부러뜨린다. 토란 잎에 어제 내린 빗방울이 염주 알이 되어서 뽀르르 또르르 뽀르르 또르르 맑은 음색으로 굴러다닌다. 한나절이 투명하게 굴러가고 있다. 계절은 손으로 토란잎을 툭 쳐서 물방울 염주 알을 땅바닥에 굴려버린다. 염주 알이 땅바닥으로 굴러떨어지자 동그란 모습이 흔적도 없이 공중분해 되어버린다. 토란잎을 꺾어 동그랗게 말아서 옆에 흐르는 개울물을 담아 아버지에게 건넨다. 무뚝뚝이 아버지는 아들이 건네는 토란 바가지 물을 받아 마신다. *어이 시원타.* 속이 타던 중이었던지 아버지 입은 냉수를 단숨에 들이켠다. 그리고는 아직도 감정을 꺾지 못하고 또 얘기를 시작한다. *일제강점이란 말 우리를 스스로 비하시캐는 말을 후손한테 물래주믄 안 된다. 저항하고 저항하고 또 저항해서 니 자슥들한테는 오롯이 우리나라를 물래조야제. 저눔들의 간섭과 행패가 없는 나라 말이다. 조상들이 목심으로 저항해서 나라를 건져놓아야 조상 노릇을 하는 정신 바로 박힌 사램이 된단다.* 계절은 아버지가 다른 사람 같아 꼭 낯선 사람과 대화를 하고 있다는 착각이 든다. 말을 하는 것도 못 보았고 아버지가 저런 사고가 있다는 것도 도무지 너무 낯설어 이 상황을 어찌 받아들여야 할지 계절은 입이 마른다.

　이 정신 빠진 눔아! 먼 생각을 그래 해 애비 말은 안 듣고. 계절

은 자신이 아버지 생각을 하는 걸 눈치챈 것 같아 아버지께 잠시 미안했다. 목소리엔 노기를 묻히더니 주먹이 아들 머리에 콩콩 꿀밤을 먹인다. 지송하이더. 아부지요 갈채주소. 이눔아 우리가 가마이 손 놓고 있으믄 누가 우리나라 구해주는 동 아나? 그래믄 우리는 영원히 그눔들의 간섭에서 못 벗어나. 우리가 끊임없이 목심을 바쳐 저항해야 된다. 안 그래믄 우리 스스로 일제에 노예가 되고 말아. 우리 선조들은 내중에 후손에게 할 말이 없다. 후손들이 여게저게 이 나라 저 나라로 옮게 댕기지 못하게 할라믄 목심을 담보로 저항해 나라 주권을 찾아야 일본눔들의 간섭에서 벗어나제. 우리글도 배우고 우리말도 배우고 맴 놓고 농사도 지어 먹고 하는 거제. 그게 다 절로 되는 게 아이고 목심을 팔아야 우리가 먹고사는 걸 잠시도 잊으믄 안 되느니라. 니 할배도 나름대로 목심을 버래서 애국을 한 거 맹심하그라. 또다시 흥분을 감추지 못해 목소리 키가 점점 커진다. 그것뿐이 아이야. 우리나라 사램이 정신을 바짝 채래야 돼. 소위 지식층이라는 눔들이 왜눔들 말을 그대로 다 쓰고 갈채고 있어 에이. 아부지 설마요. 이눔아! 이해 안 가믄 내가 한분 및 가지만 대보까? 한분 말씀해보소. 오냐. 이눔아. 니눔도 지끔 우리나라 최고 대핵을 댕긴다는 눔이 왜눔들 말투성이야. 무식하기 짝이 없는 눔 같으니라고. 땡볕이 내리쬐는 말을 하고는 일본말을 숨도 안 쉬고 읊기 시작한다.

가께우동-가락국수 곤색-진남색, 감색 기스-상처, 흠 노가다-막

노동 다대기-다진 양념 단도리-준비, 단속 데모도-허드레 일꾼 뗑
깡-생떼, 억지 뗑뗑이가라-물방울무늬, 점박이 무늬 똔똔-본전 마
호병-보온병 멕기-도금 모찌-찹쌀떡 분빠이-분배, 나눔 사라-접시
소데나시-민소매 소라색-하늘색 시다-보조원 시보리-물수건 아나
고-붕장어 아다리-적중, 단수 야끼만두-군만두 에리-옷깃 엥꼬-바
닥남 오뎅-생선묵 와사비-고추냉이 양념 요지-이쑤시개 우라-안감
우와기-저고리, 상의 유도리-융통성, 여유 이빠이-가득 짬뽕-뒤섞
음 찌라시-선전지, 광고 쪽지 후까시-부풀이, 부풀머리, 힘 히야시-
차게 함 가봉-시침질 가처분-임시처분 각서-다짐 글, 약정서 추산
견출지-찾음표 계단-층계 계주-이어달리기 고수부지-둔치, 강턱 고
지-알림, 통지 고참-선임자 공임-품삯 구좌-계좌 기라성-빛나는 별
기중-상중 기합-혼내기, 벌주기 납기-내는 날, 기한 노임-품삯 대
금-값, 돈 매립-메움 매물-팔 물건, 팔 것 매상고-판매액 매점(買
占)-사재기 매점(賣店)-가게 명도-내어줌, 넘겨줌, 비워줌 부지-터, 대
지 사물함-개인 물건함, 개인 보관함 생애-일생, 평생 세대-가구, 집
세면-세수 수당-덤삯, 별급(別給) 수순-차례, 질서, 절차 수취인-받
는이 승강장-타는 곳 시말서-경위서 식상-싫증남 18번-장기, 애창
곡(일본 가부끼 문화의 18번째) 역할-소임, 구실, 할 일 오지-두메, 산
골 육교-구름다리 이서-뒷보증, 인상-올림 입구-들머리 입장-처지,
태도, 조건 잔고-잔액, 나머지 전향적-적극적, 발전적, 진취적 절취
선-자르는 선 조견표-보기표, 환산표 지분-몫 차출-뽑아냄 체념-포

기 촌지-돈 봉투 회람-돌려보기 등등 우리말 아인 게 끝이 없제만 우리가 흔히 쓰는 예 및 가지마이다. 다 말할라믄 끝이 읎다. 이래도 안 쓴다고 말할 수 있나? 말과 글을 *빼앗기믄* 혼을 *빼앗기고.* 혼을 *빼앗기믄* 나라를 *뺏기는* 건 당연한 일이다 알겠나? 맹심하란 말이다.

계절이 고개가 저절로 땅으로 숙여진다. 이렇게 깊숙하게 파고들어 우리말처럼 예사롭게 쓰이고 있었단 말인가? 갑자기 목덜미가 뻐근해진다. *아부지 민목이 없니더. 부끄릅니더. 무신 말씀인지 알 것 같니더.* 계절은 속으로 우리나라 최고의 대학이란 자부심이 목을 짓눌러 갑자기 부끄러워져 고개가 축 처진다. 아버지께서 단번에 숨도 쉬지 않고 나열한 말들. 우리는 모두 아무렇지도 않게 아무 감각도 없이 사용하고 있다. 관공서에서까지 그대로 사용하고 있음에 수치스러움이 확 오른다. 계절은 생각한다. 자신은 아무 생각도 없이 오로지 수학 공식을 외고 풀고, 국어 낱말 뜻풀이와 줄거리 파악 외우고 답습하기 여념이 없던. 정신은 빼놓고 기계가 되어 움직였던 그동안의 배움이 한심하다는 생각이 든다. 한편 농사만 알고 평생을 사시는 아버지가 어떻게 저런 애국심으로 가득 차 있는지 그는 다시 한번 놀란다. 그림자처럼 있는지 없는지조차 느끼지 못하고 살아온 아버지가 오늘 새삼스럽게 다시 보인다.

이 고장 영주는 이런 쓸개 빠진 사람들에게 쓸개를 다시 집어넣어 주고 애국심을 길러주고 나라를 지키는 버팀목 고장이다. 물

한 컵도 뱀을 주믄 독을 맨들고, 소를 주면 우유를 맨들고, 벌을 주면 꿀을 맨든다. 인간의 그릇도 마찬가지다. 어뜬 정신을 가졌느냐에 따라 지식이 독이 될 수도 있고, 약이 될 수도 있는 뱁이다. 그래 아무 생각 없이 흐리멍텅하게 지식만 그저 구겨 머릿속에 처넣으면 뭐 하노. 아무 소용 없는 일인 기다. 알았나? 아버지 얼굴이 야무진 색으로 일그러지더니 또 다음 말을 술술 풀어낸다. 니 할배가 왜 돌아가시는지 아나? 모르니더. 내 아까 쪼매 말했으이 자세이 말해주마. 잘 들어보그라. 본래 니 할배는 이다덕(多德)이란 함자를 썼다. 한문을 갈챈다고 동네에서는 훈장 어른이라 불렸다. 한시에 능하고 재산도 많은 만석꾼 집안이었다. 사램들에게 베풀기를 좋아해 온 동네가 다 내한테까지 꾸뻑 했제. 니 할매도 원래는 저릏지 않앴다. 사램들이 미친년이라 놀리는 미친년에게도 머슴을 시키지 않고 니 할매가 직접 상에 음식을 채래서 마루에 앉아서 묵고 가도록 해주었단 말이다. 동네 머슴들이 밥을 굶어 배가 고프믄 전수 우리 집에 와서 배를 채우고 가기도 했제. 그래 이 소문은 근처 이 동네 저 동네 온 사방 창궐하고 있었다. 머슴들 조차도 모두 우리 집에서 일하기를 원했단다.

흑창이라는 머슴이 있었는데 저 두레골 부잣집에서 머슴 하다 쫓게나믄 또 다른 집에 가고 하는 떠돌이 머슴이었어. 하도 키도 오종종하고 마르고 낯도 새까맣게 생게서 동네 아 들까짐 매일 놀랬대. 니 할배는 소문을 듣고 딱하게 여겼제. 그릏지만 나무집에 있는 머슴을 델꼬 오는 건 도리가 아이라민서 기다렀단다. 그르던 차에 조재기 정상 어른네 집에 있다 쫓기나 갈 곳이 없어진 흑차이를 우리 집에 델꼬 왔단다. 및 달 지내자 이 마을 아 들도 또 흑차이를 따라댕기민서 놀래기 시작했대. 흑차이 총각 소죽 끓이게. 흑차이 총각 똥통 퍼내게. 소리를 지르고 졸졸 따라 댕기민서 돌빼이를 던지고 흙을 퍼붓고. 죽은 뱀을 떤재민서 놀래댔대. 보다 못한 니 할배는 어느 날 놀리는 아 들을 집으로 부르게 했대. 그 래곤 집에서 만든 호박엿을 내주민서 흑차이 총각이 아 들한테 직접 호박엿을 메기게 했대. 및 분 그른 일이 있고부터 아 들은 그 총각을 놀래지 않았대. 도로 꾸벅꾸벅 인사를 하민서 다녔대. 나 가 서른이 넘도록 키 작고 못생겼다는 이유로 품값도 안 주민서 일만 시키 먹고 내쫓아 늘 떠돌이 머슴 노릇을 했제. 니 할배는 흑차이 칭찬을 입에 달고 살았대. 흑차이는 키는 작재만 힘이 좋아 남 열 목 일을 하고 심성도 곱고 버릴게 없다고. 머슴이지만 글공부를 갈채 주싰제. 언문도 가르채고 한문도 가르챘제. 친자식 매로 대해주이 흑차이는 꾀를 안 부래고 죽기 살기로 일을 해서 진짜로 남 열 배를 한다고 니 할매가 늘 말씀하싰제. 그래 일을 잘하이 동네서 다들 흑차이를 오라고 서로 데려갈라 했대. 그래도 흑차이는 눈도 꿈뻑 안 하고 우리 집 일을 하민서 살았제. 니 할배는 흑차이를 중신을 해서 인물 좋은 처녀랑 혼인을 하고 집도 장만해 주새서 잘 살았제. 그 색시는 시집 어른 모시듯 니 할배와 할매한테 잘했제. 그뿐 아이고 동네에 어려운 일이나 억울한 일이 생기믄 모두 니 할배가 다 해결해주싰대. 니 할배는 거품매로 끓어오르는 분노를 삭히민서 왜눔들이 나무 땅을 깔고 앉아 미친눔 매로 날뛰는 이때 우리 민족끼리라도 단결하고 정신 바짝 채래야 산다민서 한문 틈틈이 아 들을 모아 한글도 가르치곤 했제. 그래고 논밭도 왜눔한테 공출 바치는 게 억울해서 모두 동네 사람한테 공짜로 땅을 내주고. 농사가 잘되는 해는 안 되는 해를 위해 곳간에 비축해 두라민서 동네의 공익을 위해 늘 애쓰싰제.

그래이 왜눔들의 번득이는 눈깔에 걸려드는 건 시간문제였제. 누가 그토록 자세하게 알고 왜눔들한테 밀고를 했는지. 왜눔들이 집으로 찾아와서 엄포를 놓고 협박을 쏘며 서당으로 쓰고 있는 별채를 폐쇄시켰제. 그래자 니 할배는 사램들을 안채로 모아서 한글을 가르치곤 하싰제. 그것마저도 귀신같이 알고 단속을 나와서 결국은 못 가르치게 되었고 니 할배는 늘 감시 대상이 되었제. 니 할배는 늘 우리나라 사램이 우리글을 못 배우고 우리말을 못 쓰게 하민서 얼을 다 빼가는 눔들이라민서 한글을 못 가르치는 것을 늘 비통해하싰단다. 그래던 어느 날 먼 생각을 했는지 니 할배는 니 할매한테 집 안 단속 잘하고 아 잘 키우라는 뜬금없는 말을 내뱉고는 장터에 간다고 가신 두에 암만 기다래도 안 오자 식구들은 초조한 나날을 흘래고 있었제. 1주일이나 지내서 니 할배는 안 오시고 지서에서 순사 둘이 오디이 집을 당장 비우라고 했고 무신 영문인지 이유나 알아야 할 것 아이냐고 따졌지만 아무 말도 못 듣고.

그날 적에 장터에 사는 니 할배 친구 두성 어른이란 분이 오셔서 소식을 전해주싰다. 그 자리에서 니 할매는 기절을 하셨제. 니 할배가 돌아가신 걸 전해들은 거제. 내중에 니 할배 친구인 두성 어른한테 들은 말로는 니 할배가 장터에 왜눔 간부들을 불러 모았대. 밍분은 그동안 미안해 술 한잔 대접하고 내년부텀은 잘 협조하겠다. 다짐 장소로 위장을 하고 그 술에다 미리 준비한 비상을 타서 순사하고 왜눔 간부 등 열둘과 니 할배까짐 열시 밍이 모두 술에 탄 비상을 마세고 죽었다나 봐. 모도 왜눔이고 우리나라 사램은 니 할배 합해서 세 밍밖에 없었대. 당연히 니 할배를 범인으로 찍었고. 왜눔들은 독한 조센징 눔이라민서 니 할배 시신을 물에 던제뿌래서 시신도 못 찾고 말았제. 한때 뼈대 있고 쟁쟁한 가문인 우리 집안은 하루 아직에 몰락했단다. 재산을 강제로 다 뺏앗고. 쫓아내는 바램에 하루 아직에 거리에 나앉는 신세가 되었제. 그때부텀 니 할매는 정신이 정상이 아니었제. 지끔 니 할매는 본정신이 아이다. 말투도 달라짔고 행동도 딴 사램맨치로 행동해 나도 가심이 씨리다. 제일 큰 피해자는 엄마잖니껴? 엄마가 먼 죄가 있다고 할매는 엄마만 못 살게 딸딸 볶아대니껴?

아버지는 잠시 먼 곳을 바라본다. 옛일이 달려오는지 하늘을 쳐다보더니 다시 구름과자 한 개비를 꺼내 입술에 물린다. 연기는 목련처럼 움츠렸던 날개를 펼쳐 퍼덕이며 공중으로 공중으로 훨훨훨

휠 잘도 날아간다. 연기 몇 모금을 입에 넣어 입을 헹구어낸다. 후
~ 빈 입김을 불어낸 아버지는 분노를 구름과자로 헹궈내서 조금
안정이 되는지 다시 말을 잇기 시작한다. 부자로 살든 우리 집은
하루아직에 모든 걸 뺏기고 오갈 데도 없는 거렁배이가 됐제. 그
때는 나도 나이가 어렸다. 니 고모 다싯 밍하고 니 할매 식구 전부
당장 거리로 나앉아야 했다. 그른데 다행히도 그동안 니 할배가
베풀어놓은 게 헛일이 아니었다. 아무 조건 없이 살 집을 내주고
멀 꺼도 십시일반 모아서 주곤 했제. 그릏지만 그건 니 할배가 있
을 때 논밭을 일궈서 나온 것들이라 왜눔들한테 농토를 빼앗긴 뒤
부텀 농사를 지으믄 그눔들이 전부 다 가주가뿌래고 식량도 안 되
었으이 모아 주는 것도 한계가 있있제. 자신들 입에 풀칠하기도 모
도 다 바빴제. 니나 내나 다 입에 풀칠하기도 어릅게 됐제. 사는
게 골물에 빠졌제. 니 할매하고 나는 그때부텀 들로 산으로 댕기
민서 나물을 뜯어 먹고. 송구를 꺾어 먹고. 그릏게 살 수 뱎에 없
었제. 산 입에 거미줄 칠 수는 없는 노릇 아니라. 그래 살다 보이
니 할매는 성질이 이상케 빈해버맀제. 본정신으로 니 어메한테 그
래는 게 아이다.

　아버지는 잠시 먼 산을 보고 병아리가 물 한 모금을 입에 물고
하늘을 쳐다보듯이 잠시 눈동자를 하늘로 옮겨 하늘을 쳐다본다.
햇빛에 저절로 감긴 눈까풀이 파르르 나뭇잎처럼 떨린다. 계절은
그 나이를 먹도록 자신의 아버지 눈까풀을 그렇게 자세히 본 적이

한 번도 없다. 아버지는 쌍꺼풀이 지고 크고 잘생긴 눈이 아니라 작고 가느다란 눈꺼풀에 야무지다는 느낌을 받는다. 아버지의 떨리는 눈꺼풀을 보자 계절은 입이 달라붙어 아무 말도 할 수 없다. 꼭 그 일이 지금 눈앞에서 본 것처럼 환하게 떠오른다. 분노로 치를 떨고 있는 아버지의 저 모습을 한 번도 구경한 적이 없었기 때문에 할 말을 잊고 만다. *나쁜 누무 새끼들.* 계절은 자신도 모르게 입술에서 말이 뛰어나와 중얼거린다. 지금까지 아무것도 모르고 일본말들을 써온 자신의 입술을 바늘로 촘촘 감침질해버리고 싶다. 무슨 일이든 모르면 무식하구나. 계절은 일본이 우리나라를 괴롭힌다는 것. 우리나라의 인권을 빼앗고. 농촌 사람들까지 영혼을 짓밟고. 삶을 짓밟은 것에 분노가 성난 파도처럼 휘몰아쳐 주먹을 불끈 쥔다. 엄마가 힘든 것도 할머니가 아버지가 저리된 것 모두가 그 일본의 잔인무도한 짓들 때문이었구나.

꼭 큰 걸 해야만 애국이 아이다. 작은 일부텀 애국은 시작이 되는 것이고 나로부텀 애국이 시작되는 것이야. 아버지는 분이 좀 가라앉는지 차분하게 말 줄기를 조금씩 조금씩 입안에서 꺼낸다. 다시 구름과자를 피워 문다. 연기를 하늘로 후루루 후루루 마술사가 비둘기를 날려 보내듯 날려 보낸다. 그동안 써먹었던 일본말들이 모두 익사체로 떠오른다. 계절은 주먹을 불끈 쥔다. 다음 학기가 시작되면 가장 먼저 학교에서 일본어 추방하기 운동부터 벌여야겠다고 다짐을 한다. 우리 선조들이 나라를 지키기 위해 개인의

삶을 희생시켜 가면서 잃어버린 목숨과 노고와 힘들었던 시간들을 헛되지 않게 해야 되겠다고 생각하며 하늘을 쳐다본다. 뭉게구름이 뭉실이 뭉실이 어디론가 흘러가고 있다. 하늘을 쳐다보는 게 이렇게 부끄러워 본 적이 없다. 하늘이 부끄럽지도 않나. 핀잔이 자신의 얼굴 위로 소나기처럼 쏟아진다. 과연 이런 이렇게 안일하고 무심하고 부끄러움도 모르고 우리나라 최고 대학을 다닌다고 당당하게 말할 수 있는가. 부끄러움이 온몸을 덮친다. 내딛는 길 위에 부끄러움이 비듬처럼 수수수 떨어진다. 지난 시간들을 빗자루로 쓸어 담아서 폐기 처분 해버리고 싶다. 내 생각은 도대체 무슨 생각을 정의하면서 공부를 하고 있었는가? 어리석기 짝이 없는 생각을 머릿속에 담고 애써 배우고 답습한 낡은 지성. 자신에게 걷잡을 수 없는 자책감이 팽창한다. 허허한 껍질 같은 생각이 회오리바람으로 휘돌아 감긴다. 회오리바람 사이로 봄 햇살을 가득 바구니에 담고 손녀의 손을 잡은 할머니가 지나간다. 눈 밝은 바람이 우우 몰려들어 우울한 지난 시간을 탁본 떠서 들이밀고 있다. 눈 밝은 바람에 밀려 길 위를 돌아다니는 인간의 엄청난 무지 앞에 무력감이 빗줄기로 쏟아진다.

명문대학교 다닌다는 자신의 이름이 물 끓는 화로에 덴 것처럼 화끈화끈 달아오르기 시작한다. 부끄러움이 마구마구 덤벼들어 멱살을 잡아 숨을 쉴 수가 없다. 명을 다하지 못하고 죽은 무덤에서 나온 유령처럼 찬란한 슬픔. 무성한 푸르름이 수의처럼 자신을 싸안는다. 자신의 가정, 그러니까 할머니와 아버지가 어머니를 괴롭히는 분노를 삭일 수 없어 이 집이 싫었다. 동생들의 죽음이 견딜 수 없어 죽을 것 같았다. 하늘 아래 아무것도 지탱할 것 하나 없을 때 언제나 지신의 버팀목이 되어주고 희망과 용기를 주었던 공부가 돌처럼 굳는 순간이다. 갑자기 돌머리가 된 기분이다. 자신의 손으로 자신이 증오했던 만큼 증오의 목을 비틀고 싶다. 봄빛들이 얼굴을 찡그리며 땅으로 내리꽂힌다. 나무들은 젓가락처럼 나란히 서서 자신에게 무릎 꿇을 것을 권하는 것 같다. 강물은 출렁이는 거울이 되어 자신의 얼굴을 비추라는 듯 말갛게 눈뜨고. 생살을 드러낸 지식의 뼈들. 봄빛은 무성함의 밧줄을 던져 이 세상을 푸른 왕국으로 만든다. 어리석은 말을 감추고. 현실만 보고 역사를 보지 못한 눈알을 감추고. 듣지 못한 귀를 닫고. 모두 감추고 닫아걸어버린 채 오로지 푸른 왕국을 만들어가고 있다. 자폐증이 고삐를 매어 자신의 목덜미를 끌고 간다. 자폐증 앓는 밤을 마신 계절은 모든 길을 폐쇄시킨다. 지난 시간들이 어디론가 달음박질치는 자신의 비겁한 발자국 소리마저 자폐증이 삼켜버린다. 푸른 향기가 멀리 떠난 동생 봄이처럼 싱싱하게 눈앞에 다가온다. 막막함이 돼지 꼬리 같이 돌돌 말린다.

저지대 구릉서 고지대꼭대기로 애써 올라가려고 발버둥을 쳤다. 거의 정상이 보인다 싶었는데 그것이 허령이었던 것이다. 자신의 삶이 모두 부실 공사로 무너진다. 산꼭대기서 사이렌이 자신을 유혹하고 있다는 생각이 몰려온다. 그렇지 않고서야 이렇게 환상 같은 시간일 수 없다. 지난 시간을 뒤적거릴수록 더 큰 절망감이 빨갛게 밑줄을 긋고 있다. 지금, 이 순간을 고정시키고 다시 뒤돌아보아야 한다. 자꾸만 낭떠러지로 빠져드는 길. 우묵한 마른 샘 같은 길. 인생이 다 낡아 너덜너덜 넝마가 되었다. 수챗물은 날파리들을 불러 모으고 있다. 무릎을 꿇고 살아온 시간에게 사죄한다. 1등은 반대쪽에서 보면 꼴찌라는 뜻인 줄 이제야 깨닫는다. 그렇다. 동그라미를 그려보면 처음과 마지막이 맞닿는 이유. 이 무성하고 싱싱한 초록이 반쪽이었다. 아무도 모르는 나 혼자의 우울한 날이 몸뚱이를 휘돌아다니면서 슬픔을 만지작거리고 있다. 계절은 일기장에 시 한 수를 써본다.

반쪽초록

일본 그늘에 초록이 늙고 있다.
반은 오른쪽에서 반은 왼쪽에서

젊음을 늙히는 초록비는 용 코를 닮았다.
6월 관절이 고비대궁 부러지듯 뚝뚝 부러진다.
잘린 발목이나 한쪽 팔 머리통이 무덤 속에서 밖을 내다본다.

날개 춤사위 바람 지저귐 벌레 눈웃음이 안부를 전하고
초록그늘 주섬주섬 주워 싸는 봄빛을 쪼아 먹는 부리.

계절이 위독하다.
허공엔 헛일들만 바글거리고 관심은 모두 외출 중
무감각은 신발을 끌고 허무 톱날은 봄날을 자른다.
욕심 갉아먹는 풀벌레 앞니가 붉다.

허기는 어둠 다 마시고도 배가 고프다.
갓난 초록이나 늙은 초록의 합집합이다.
계절이 서서히 말라가고 있다.
神들은 이쪽과 저쪽의 합집합을 찾지 않고
나뭇가지에 반쪽초록만 붙였다 떼었다를 반복하고 있다.

슬픔경전

11

지난 일들을 모두 지우개로 지워버리고 싶다. 머리를 좀 식히지
않으면 자신에게 부끄러워 견딜 수 없다. 아부지, 무신 말씀인 동
알았니더. 앞으로는 아부지 말씀 새게들을 테이까 또 다른 마을
얘기해주소. 그래. 그럼 니가 태어난 곳부텀 알래주마. 니가 태어
난 곳 좌석리 1번지로 들어가지. 좌석이란 동네는 坐石이라고 쓴
다. 좌석의 유래는 옛날 마귀할매가 소백산에 산삼을 캐로 갔다가
가락지를 잃어버렸단다. 암만 찾아도 가락지를 찾지 못하자 화가
난 마귀할매는 큰 바우를 발로 걷어차서 굴래버렸단다. 큰 바우는
육중한 몸을 구르고 굴러 지끔의 자리인 원좌석에 앉았단다. 지끔
도 그 바우는 밭 가운데 자리 잡고 있제. 그래서 바우가 앉은 동
네를 원좌석 아랫동네를 아랫좌석 그 웃동네를 웃좌석이라 불렀
단다. 그 돌은 장정들 여덟 밍이 앉아서 쉴 수 있을 만큼 큰 바우

고 잘생긴 바우란다. 지끔도 삼신할매하고 마귀할매하고 싸운다는 말이 전해온다.

삼신할매하고 마귀할매하고 싸와서 삼신할매가 지고 마귀할매가 이기는 해는 마귀할매가 홍역을 마을에 볍씨 부래듯기 뿌랬단다. 그래서 홍역이 손님으로 찾아온 해는 울매나 많은 어린 아들을 돌무덤으로 끌고 갔는지 어린아이 울음소리가 동네에서 잦아들도록 끌고 가뿌랜단다. 어린 돌무덤엔 어린 울음이 칡꽃으로 피어나 붉게 붉게 울민서 어미를 찾았제. 어떤 영혼은 새가 되고. 어떤 영혼은 뱀이 되고. 소무이 무성했단다. 그건 헛소무이 아이고 하루가 멀다고 마귀할매가 어린 목심 줄을 잘라가믄 부모는 아이를 가마이에 넣거나 자루에 넣어 지게에 지고 산으로 가제. 봉분도 없이 납작하게 돌로 미를 만들고 그 안에 눕혀 놓고 왔단다. 어린것이 보고 싶어 부모들이 미를 찾아가는 길목에는 뱀이 나와서 길을 막고. 새들이 날아와 앉아서 날아가지 않고. 나비가 날아와서 어깨에 앉기도 하는 것을 보고. 그 언나가 죽어서 뱀으로 새로 나비로 태어난 거 같다민서 서로서로 울울불불 상상력을 피곤 했제. 그르다가 도저히 안 되겠다고 생각한 사람들은 어느 날부텀 그 바우에 떡을 해놓고 빌기 시작했제. 피를 피로 씻는 게 아이라 피를 물로 씻을라는 지혜로운 사람들의 맴으로 마귀할매를 달랬던 거야.

아버지의 말에 계절에게 긴장이 달려온다. 자신도 모르게 침을 꼴깍 넘기고 아버지께 궁금 넝쿨을 던진다. 그래믄 아부지, 떡 해놓고 빌고부텀은 괜찮았니껴? 홍역이 잦아들었니껴? 태석은 고개를 살래살래 흔든다. 아이다. 그래도 홍역은 다 잡아갔어. 그래서 집집마다 아 가 있으믄 전수 새끼줄에다 문종이 고추 숯 소깝가지를 꺾어서 대문에 금줄을 쳐놓았단다. 마귀할매가 못 들어오게 하기 위해서제. 정성이 부족해서 그릏다민서 동네 사램들은 합동으로 제를 올리민서 애걸복걸했단다. 이 오지에 약이란 없으이. 아픈 죽을 수뱆에 없었제. 정성이 지극한 덕분인지. 한 동네에 밫 밍씩 델꼬 가든 일이 합동 제를 지낸 이후에는 없었어. 간혹 하나씩 델꼬 가기는 했제만 밫 밍씩 델꼬 가는 거에 비하믄 아무꺼도 아이었제. 그 바우엔 아픈 영혼을 다독이민서 흐르는 물 소리 바램 소리 칠기꽃 향기 새들이 사램의 영혼이 되기 위하여 기도를 나르는 곳이다. 사램들의 영혼을 빼앗기지 않으려는 기도가 드나드는 곳이제. 그곳을 사램들은 서낭당이라 이름 지었다. 동네 사램 누구든 살다가 힘들거나 어려운 일이 생기믄 고달프믄 영혼을 잠시 내래놓고 쉬어가는 곳이제.

니가 태어난 터도 궁금하제. 니가 태어난 터는 예전부텀 산정기가 줄줄 뻗어 마을로 내래온다고 시님들이 입을 모으던 곳이란다. 지나가든 시님도 여기서 큰 인물이 태어나겠다고 침을 튀깄제 그도 그를 것이 앞산이 복골이고 뒷산이 용마름이니 그를 수뱆에 더 있나? 우리나라를 구할 인물이래도 나올란동? 늘 명당자리엔 절이

들어서듯 독점이란 뒷산 꼭대기에도 절 한 채가 들어섰제. 이쪽에서 유일하게 들어선 절이고 그 절밖에 없어서 독절이라고 부르던 게 시간이 흐르민서 독점으로 변했단다. 시상 어데가 아름답다고 해도 여게맨치 아름다운 곳이 없니이라. 좌청룡 우백호 배산임수 지형에 시상 어디에도 이런 비경은 보기 드물 거다. 아버지의 굳었던 얼굴이 해맑게 펴지고 있다.

이 좋은 곳에 절을 세우고. 첨에는 시님 밲에 드나드는 사람이 없었제. 그야말로 절간이었제. 간혹 목탁 소리가 굴러 동네까짐 내래오는 날엔 시주를 가장 많이 주는 건 너희 할매셨데. 너희 할매는 좋다는 곳은 어데든 다 가서 빌었제. 부석사 절에도 열심히 댕기셨어. 집에 멀 식량이 없어도 절에는 시주를 할 정도로 지극한 정성을 쌓았다. 그 덕에 너희가 태어났다고 믿는 분이란다. 니 엄마가 지끔까짐 한 달에 한 분씩 꼴두새빅에 일나서 제물을 이고 석대미를 가고 매달 초하룻날이믄 부석사에 댕기오는 것도 아마 우리 집안에 이어오는 정성을 들애야 자식이 잘된다는 너희 할매로부텀 전수받은 믿음이 밑바탕에 있어서 일거다. 아 그릏니껴. 그래믄 조재기는요? 조재기는 조바우란 바우가 하나 큰 미루낭구 곁에 덩그마니 앉아 있는 거 봤제? 야, 저희 어랬을 때 거게 큰물에 디가서 목감하고는 그 바우 우에 앉아 옷도 말라 입고 했니더. 그래. 늘 풍년이 들어 멀 게 많던 곳이라 새들도 마이 찾아오던 곳이다.

어느 해 흉년이 들자 새들이 먹을 게 없어서 조대흙을 파먹고 똥을 누었단다. 그 똥이 굳어서 바우가 되었다는 전설에서 바우 이름을 鳥바우라고 지었대. 그 곁에 큰 미루 낭구 전설은 이룬다. 미루 낭구 는 늘 미루는 버릇이 있었데. 오늘 할 일을 내일 또 내일 계속해서 미루었데. 아무리 미루지 말고 오늘 할 일은 오늘 하라고 해도 말을 안 듣자 화가 난 산신령이 죽을 때까짐 손을 들고 벌받으라고 해서 늘 손을 들고 벌을 받고 있단다. 그래도 철딱서니 없이 미루 낭구 이 퍼리들은 파르르 파르르 팔을 우로 들고서도 노래를 부르제. 이 미 루 낭구는 물러 터져서 재목으로도 못 쓰고 땔감으로도 못 쓴다고 핀잔을 받으민서도 햇살이 내래앉으믄 좋다고 반짝반짝 웃으민서 목 감하는 아들 벌거숭이 몸을 불래들애고 매미 울음을 불래들애고 한여름 땡볕에 지친 농기구와 지게를 불래들애고 낮잠을 불래들앤 단다. 장날에는 장 보로 갔던 사람들을 불러 앉해 놓고 장 소문을 듣제. 아무 쓸모없는 것의 쓸모는 아주 많았어. 쓸모없는 덕분에 톱 날도 도끼날도 거들떠보지 않아서 오래 살민서 동네를 지켰제. 거미 들도 줄을 쳐 놓고 살고 구름도 잠시 낭구가재이에 앉아 쉬었다 가 고. 한겨울 삭풍들도 그 낭구 속에 숨었다 가지러. 등 굽은 낭구가 선산을 지킨다는 말 인제 이해가 가나? 야.

계절은 대답은 건성이고 아버지에 대해 놀라고 있는 중이다. 도 저히 자신이 알던 무뚝뚝 무관심 무지한 사람과는 거리가 먼 사 람, 이 사람이 아버지가 맞는지 생각이 엉킨다. 아버지는 아들이 잘 듣는지 안 듣는지 무슨 생각을 하는지 확인도 않고 몇 마지기나 되는 말을 이어간다. 그래이 내보다 쪼매이 못났다고 무시하고 깔보고 하믄 안 된다는 지혜서를 맹글고 있는 거제. 니도 좋은 대핵교 댕긴다고 우쭐대지 마라. 모난 돌이 정 맞는다고 늘 부족한 듯 겸손하고. 등 굽은 듯 낮추고. 그릏게 살아야 사램답게 살다가 죽는 거야. 재산이 많다고 다이아몬드관에 디가는 것도 아이고. 지끔 부자라고 영원히 부자가 될 수도 없다. 그저 부지러이 배우고 익해고 지성과 지혜를 쌓아서 은제 어데서나 꼭 필요한 사램. 다른 사램으로 하여금 위로가 되는 사램. 휴식이 되는 사램으로 살아가는 것이 사램 답게 사는 것이제. 누구하고 싸우지도 말그라. 싸운다는 건 똑같다는 말이야. 아무리 니가 잘하고 상대가 잘못이 크다고 하드래도 싸우면 결국 똑같은 사람인 것이야. 잘하고 못한 게 분명히 있는데 우째서요? 상대가 잘못해서 싸우는데 우째서 똑같애요? 그 말씀은 아인 것 같니더.

봐라. 니 간장 종지에다 국대집을 집어널 수 있나? 에이 아부지는, 말도 안 되는 말씀을 하시고 그래시니껴? 아부지는 간장 종지에 대집을 널 수 있니껴? 그래 절대로 못 하제? 그래믄 국대집에 간장 종지를 집어널 수는 수 있나? 아부지 아무리 그래도 대핵생인데 그른 말도 안 되는 걸 물어보시니껴. 국대집에 간장 종지를 넣는 건 시 살 먹은 어린애도 할시더. 그래? 그래믄 국대집이 크나? 간장 종지가 크나? 참말로 아부지 이상하이더. 그건 삼척동자도 아는 말을 하고 그러니껴. 그래도 감이 안 오나? 계절은 아버지가 이상하다는 듯 멍하니 쳐다본다. 그래이까 그릇이 하나라도 크든 작은 그릇을 싸안을 수 있어 안 싸우지만, 싸우는 건 똑같다는 말이다 알았나? 休자를 보그라. 낭구 곁에 사람이 앉아서 쉴 수 있게 해주지 않나. 낭구도 저른데 하물며 사람으로 태어나서 낭구만도 못해서야 쓰나. 공부를 마이 하는 것도 중요하제만 곁에 사람에게 휴식을 줄 수 있는 사람이 되어야 한다.

계절은 아버지의 돌발적인 말에 감탄을 뿌리면서 고개를 끄떡인다. 아부지 알았니더. 아버지 말씀을 들을수록 부끄럽다는 생각이 든다. 옆에 쥐구멍이라도 있으면 틀어박히고 싶다. 저렇게 단순한 원리를 자신은 한 번도 곰곰 생각해 본 적이 없기 때문이다. 자기는 대학을 다니고 한문 공부도 많이 했지만 생각지 못한 것을 보통학교만 졸업한 아버지가 어찌 저런 생각을 하는지. 처음으로 아버지의 지식이 도대체 어디까지인지 두렵기도 하고 아버지가 존경스럽기도 하다. 계절은 문득 저런 아버지가 엄마한테 하는 무관심과 엄마를 무시하고 집안에까지 여자를 끌어들이는 그 여자 문제 등이 도무지 일치가 되지 않는다. 도무지 그런 일들은 다 무엇이란 말인가? 알 수 없는 헷갈림으로 지난 일들이 미궁으로 빠진다. 항상 말이 없고. 집안일에 관심도 없고. 그림자처럼 밖으로만 나돌아다니는 아버지. 자신의 엄마하고 대화하는 걸 손에 꼽을 정도로밖에 못 보았다. 아니 어머니에게 화를 내거나 하는 말 빼고는 다정한 말이나 행동이나 눈빛 한 줄기도 보지 못했다.

그런 사이에서 자신들이 태어난 것도 신기하다는 생각이 들 정도다. 그런 아버지가. 이렇게 생각이 꽉 찬 아버지가. 왜 자신의 어머니나 자신들에게, 좀 더 정확하게 말한다면 집안일 전체에 그리도 무심하게 방치해두고 살았는지 도무지 납득이 가질 않는다. 계절은 지금부터 아버지의 실체를 벗겨보고 싶다는 생각이 들어 다부진 마음을 먹고 아버지께 물음 한송이를 내민다. *아부지 머 여쭤볼 게 있니더? 그래 머로? 물어보그라. 머든지. 아부지하고 할매는 엄마한테 왜 그릏게 매정하게 대하시니껴? 엄마는 오직 식구들 뒷바라지하고 일만 할라고 시집온 사램 같니더. 그래서 속상하고 불쌍해 죽겠니더. 다른 집 여자들도 다 그래 산다. 아부지 다른 집 여자들 다 그래 살지 않니더. 우리 엄마맨치 불쌍하게 고상만 하고 일만 하고. 대집도 못 받고. 그른 여자는 이 시상에 없니더. 그래지 말고 엄마한테 그래는 이유를 말해줘보소. 이눔이 인제 컸다고 별걸 다 알라고 하네. 됐다. 고만 시끄럽다. 그래도 아부지! 자식이 부모 일 아는 게 머 그래 나쁘다고 그래시니껴. 지도 인제 대핵생이씨더. 그래고 지는 아부지가 이유를 말하지 않으시믄 이 집에서 엄마를 데리고 나갈라니더. 더 이상 엄마를 이 집 종처럼 부리는 아부지와 할매를 용서할 수가 없니더.* 태석은 이런 걸 물어보고 자신에게 협박을 할 정도로 큰 아들이 대견스러운지 아들을 힐끗 쳐다본다. 언제 이렇게 컸는지. 자세히 보니 제법 어른 티가 난다. 키도 훤칠하게 크고. 어느새 아들이 이리 컸나. 세월의 무상함이 느껴진다.

아부지 그 이유를 한 분 말씀해 보소. 아들이 보채자 마지못해 하는 표정을 짓는다. 그래 궁금하나? 아부지 안 궁금한 걸 머 하로 물어보니껴. 쓸데없이. 참 시월이 빠르구나. 벌써 니가 대핵생이 니. 니 에미가 우리 집에 시집온지도 참말로 오래되었구나. 처음에 시집올 때 얼굴이사 참 고왔제. 니 위갓집 집안에는 인물이 출중한 집안이다. 그래이 니 할매는 말끝마둥 인물값한다고 더 미와하 시제. 그래믄 아부지는 왜 그렇게 무심하이껴? 내사 본래 성질이 그릏기도 하제만 니 할매한테 대한 반항심이 더 많았제. 그냥 아무 생각 없이 살았단다. 그래믄 머 하로 결혼해서 엄마만 불행하게 만들었니껴? 본새 나는 결혼하고 싶은 사램이 따로 있었다. 니 할매가 강제로 니 엄마를 델꼬 왔제. 니 할배도 안 기시는데 혼자 우리 6남매를 키우는 니 할매가 불쌍하기도 하고 싫기도 했제만 선택의 여지가 없었다. 그른 게 어딨니껴? 결혼은 아부지가 하는 거제 말도 안 되니더. 그렇게 말도 안 되는 삶을 살았다, 나는. 계절은 의외라는 듯 아버지를 처다본다. 태석은 앞산을 멍하니 처다보더니 구름과자 한 개비를 꺼내 문다. 연기를 한 모금 뿜어 하늘로 날려 보내자 계란처럼 뭉쳤다 새처럼 날개를 펼치며 날아오르는 모습이 너무 멋진 한 폭 그림이다. 그런 아버지의 모습에서 쓸쓸함이 묻어난다. 손으로 구름을 잡고 싶다는 충동을 느낀다. 계절은 꾹 참는다.

태석은 새 서너 마리를 그렇게 허공으로 날려 보낸 뒤 다시 말을 잇는다. 내가 보통핵교 때 일이다. 그때는 옆 짝꿍을 남자는 여자하고 여자는 남자하고 앉혔단다. 조끄만 낭구 책상에 칼로 파서 금을 그 놓고 그 선을 넘어오지 못하게 서로를 경계했제. 땅따먹기 놀이도 하고. 총 놀이도 하고. 낭구 칼로 편을 갈라 싸우기도 하민서 놀았단다. 아마도 이런 운명적인 게 숙명으로 굳은 게 아이까 하는 생각도 해본다. 한 책상에 반으로 금을 그 놓고 서로 보초를 서민서 경계를 하민서도 서로 싫지는 않으니까 숙명 아인가 하고 혼자 생각해본단다. 암튼 그 여학생하고 짝꿍이 되고부텀 나는 니 할배 말씀맨치로 늘 양보가 좋은 줄 알았다. 니 할배는 늘 내한테 양보만을 갈채주싰단다. 사내는 무조건 양보하고 살아야 한다고. 그릏제만 나는 책상에 금을 칼로 깊게 파서 그었제. 그릏제만 양보라는 니 할배 말이 생각나서 그 아이 쪽이 더 넓도록 그 줬어. 첨에는 그냥 말없이 공책도 필통도 놓고 쓰디이 얼매 지난 후부텀은 처음에 있든 금까지만 자기가 쓴다는 거야. 그래서 참 맴이 넓은 여자애구나 했제. 한 달이 지내고 두 달이 지내고 시험을 쳤제. 이 아비는 늘 1등을 했고 우등상을 한 분도 못 탄 적이 없었다. 그 짝꿍 아이 이름은 옥출이었다. 천옥출. 옥출이는 시험 전날 눈까리 사탕 하나를 주민서 내한테 부탁이 있다고 했어. 그 부탁은 시험 답안지를 보이달라는 거였제. 나는 어릅지 않은 일이라고 생각했제만 그게 정당한 일은 아니었기에 거절을 했제. 옥출이는 공부를 아주 못하는 책도 재우 읽는 아이였다. 그릏지만 얼굴은 참 고왔다. 맴씨도 고왔고. 그래도 시험 답을 보이줄 수는 없어서 거절했제. 그 아이는 평균 20점도 안 되게 맞았어. 매일 나머지 공부를 하고 통시 소지를 하고 했어. 그릏지만 그 아이는 나를 원망하지는 않았어. 말없이 나머지 공부를 하고 뒤 깐 소지를 했제. 그른데 말이다. 왜 자꾸 옥출이만 보믄 미안한 맴이 드는지 알 수가 없었어.

옥출이네 집은 농사를 마이 지어 꽤 넉넉한 편이었다. 멀 걸 마 이 싸와서 내게 나누어주기도 하곤 했제. 겨울이믄 매일 고구마를 가져왔어. 얇게 썰어서 난로에 꾸서 나를 챙게주었어. 짝꿍이라는 이유 때문에. 쫀드기도 얻어먹고. 호박엿도 얻어먹고. 주로 나는 얻어먹는 편이었고. 옥출이는 주는 편이어. 눈이 오는 날이믄 눈 을 머리에 하얗게 뒤집어쓰믄서 운동장에서 눈싸움을 했제. 핵교 에서 염소를 길렀는데 봄에 염소 풀을 뜯으러 갈 땐 꼭 옥출이랑 같이 가곤 했지. 옥출이는 손재주도 좋았다. 산에 가믄 칠기 이퍼 리로 모자도 잘 맹글고. 제비꽃을 따서 가락지도 맹글 줄 알고. 칠 기 꽃으로 머리띠도 맹글어서 동무들한테 주었단다. 참으로 손재 주가 많았제. 공부만 빼고 나머지는 전부 다 잘했어. 노래도 잘 불 렀다. 소풍을 가믄 제일 먼저 불려 나와 노래를 부르고. 저 오빠한 테 배웠다믄서 하모니카도 곧잘 불었어. 우리는 핵교가 끝나고도 갱변으로 가서 옥출인 하모니카를 불고 나는 까투리 복상 이퍼리를 따서 풀피리를 불고 공기도 하고 그렇게 놀았단다. 아부지가 공기를요?

계절은 눈이 똥그랗게 커지면서 아버지를 쳐다보면서 묻는다. 아버지는 자신이 아들이 아니고 오래된 친구라도 되는 듯 아무렇지도 않게 이야기를 이어갔다. 그래 옥출이가 갈채줘서 공기도 잘했제. 그래 또 시간은 흐르고. 시험 때가 다가왔어. 옥출이는 다시는 시험 답안지를 보이달란 말을 하지 않았다. 이분에는 내가 자청해서 보이준다고 하고 보이주었지. 그래서요? 그래믄 짝꿍끼리 점수가 똑같았겠네요? 아이다. 본다고 해놓고는 안 봤어. 전에하고 똑같이 평균이 30점을 넘지 못했제. 우리는 6학년을 올라갔제. 짝꿍이 안 되었어. 6학년 돼서 같이 앉지는 안 했제만 옥출이는 전에매로 멀 걸 내게 날라다주었고. 노는 시간이믄 그림자매로 내 곁을 지켰제. 미술 시간에 내가 크레용을 안 가져가믄 자기 크레용을 빌래주었고. 공부가 끝나고 핵교 느티낭구 아래서 어두워지기 전까지 놀았제. 특빌하게 무슨 놀거리가 있는 것도 아이었다. 철봉을 넘다가. 그네를 타다가. 시소도 타고. 공기도 하고.

어뜬 날은 핵교 앞 논에서 숨바꼭질도 하민서 놀다가 집으로 가곤 했단다. 옥출이네 집은 우리 집을 지나 석대미 쪽으로 더 올라가야 있었어. 그곳도 동네 이름은 독점인데 싯 집이 따로 떨어져 있는 외진 곳이었제. 어른들은 모두 알고 지내는 사이제만 니 할매는 뼈대 있는 양반집에서 아무나 하고 어울리믄 안 된다고 옥출이와는 어울리지 못하게 했제. 그릏지만 나는 아무 상관이 없었단다. 그래는 니 할매가 맴에 안 들었어. 6학년 졸업 때까짐은 핵교를 같이 댕기기는 동안 우리는 정이 들었던 모양이다. 그릏제만 졸업을 하고는 만내는 게 쉽지 않았어. 졸업을 하고도 누가 먼저랄 것도 없이 계속 만내고 싶어 니 할매 눈을 피해서 만내느라 주로 저녁에 마이 만냈단다. 밤은 시상 달빛을 다 우리한테만 날라주었제. 어찌나 환하든지. 밤에 달이 뜨는 건 나와 옥출이를 위해 뜬다고 생각했어. 우리는 늘 약속을 달빛에 걸어두었제. 오소리가 내려와도 컹컹 짖는 개소리도 새들 노랫소리도 들으민서 우리는 밤마다 공용 우물가에 앉아서 노래도 부르고 하모니카도 불민서 놀았어. 우리는 매일 만낼 수 있었다. 옥출이는 노래를 부르민서 좋아했제.

달도 밝고 낭랑한데 산보를 가니
곱고도 이쁜 처녀 앞을 향하네.
달빛에 손을 씻고 악수를 하니
당신은 남자고
나는 여자요
당신은 죽어서 나비가 되고
이내 몸은 죽어서
화초가 된다.

우리는 전해 내려오는 노래를 부르민서 같이 손을 잡고 춤을 추기도 했었다. 달빛은 한낮의 소란스러움을 다 묻어주고 우리 무릎에 앉아 같이 놀았다. 논두렁에 풀벌레 노래가 바람에 파랗게 흔들렸다. 시냇물에 물수제비를 뜨기도 하고 놀았제. 잔잔한 강물에 조약돌메이를 던지민서 물속에 달을 조각내기도 했제. 돌메이에 맞아 깨진 달빛은 다시 아무릏지도 않게 물살에 떠내래가지도 않고 우리를 비춰주었다. 다음 날은 서낭당 당낭구 뒤에서 놀았제. 우리를 위해 사램들의 눈을 가래주기도 하고. 성근 낭구가지 사이로 달빛을 불러주는 당낭구가 그릏게 편안할 수가 없었다. 주먹만 한 빌이 서낭당 낭구가지에 총총 걸래서 온 시상에 있는 빌빌 이야기를 다 쏘곤거래주곤 했제. 참 즐겁고 편안한 시간은 옥출이와 같이하는 시간이었단다. 겨울이 되믄 옥출이는 긴 엿가락을 가져와서 엿치기를 했제. 엿치기 니도 알제? 엿을 탁 부러뜨려서 구멍이 크게 난 사램이 이기는 거야. 그른데 이상하게 엿치기에서 나는 단 한 분도 옥출이를 이긴 적이 없었다. 엿을 집에서 맹근거라 구멍도 작제만 옥출이는 어떤 엿이 구멍이 큰 동 알고 있었던 것 같다. 그래도 재미있었다.

옥출이는 오재미도 잘했다. 그 덕분에 나도 오재미를 배와서 같이 하기도 했제. 오재미는 옥출이가 직접 헝겊을 잘라 그 안에 팥을 넣고 맹글었는데 똥그랗게 예뻤제. 그른데 나는 그 오재미 양쪽가를 보믄 꼭 닭 똥구멍이 생각났어. 혼자 킬킬 웃으믄 옥출이는 왜 웃냐고 종주목을 댔제. 꼭 닭 똥구멍 같아서 웃는다. 했더니 그래 맞다. 꼭 닭 똥구멍 같네. 우리 둘은 멀 대단한 걸 본 듯 깔깔대고 웃었제. 옥출이는 오재미 달인이었다. 오재미를 공중에 높이 띄워놓고 가래이 한 짝을 들고 그 가래이 이짝 저짝으로 손을 넣어 치고받고. 손등과 손바닥으로 자유자재로 뒤집기도 하고. 등어리로 올래기도 하고. 공중으로 높게 띄워놓고 손바닥을 앞뒤로 치고 니 개를 한꺼번에 공중으로 올래서 땅에 떨어뜨리지도 않고 주고받으며 노래까짐 불렀제. 시상에 희망이 먼지도 모르고 살았던 깜깜한 시상에서 내한테 희망이었제. 오재미를 하민서 옥출이는 1절 2절을 잘도 불러대민서 놀았제. 너희 할배가 일본 눔들한테 끌래가고 난 뒤부터 나는 너희 할매가 웃는 모습을 본 적이 없다. 감정이 없는 목석같다는 생각을 했제. 그래다가 옥출이를 알았고 같이 공부했고 오재미를 하민서 부르는 노래는 내게 경이롭게까지 들랬어. 노랫말은 이랬다.

보보 보름달
보름달이 솟았네.
진주 뒷동산에 모여 노는 오랑캐
숙자 해자 민자야
날이 밝으믄
이 동산에 모여서

시구리 작작 쿵작작

노래하며 놀다가

날이 밝으리

날이 밝으리.

보보 보름달

보름달이 솟았네

진주 뒷동산에 모여 노는 오랑캐

가짜 가짜 내몰고

진짜 모여서

이 동산에 모여서

시동산에 놀다가

날이 밝으리

날이 밝으리.

시구리 작작 쿵작작

옥출이는 공부 빼고는 모두 잘했단다. 그렇게 잘 지내든 어느 날 당낭구 뒤에서 만나기로 한 날이었다. 옥출이 우쩬 일이지 늦게 나왔어. 혼자 기다리고 있는데 울매나 무섭던지. 나는 멀꺼데이가 하늘로 다 뽑해 올라가는 줄 알았제. 쪼그리고 앉아 무릎에다 얼굴을 묻고 울매나 떨었는지 모른다. 추워서 떤 게 아이고 무서워지니까 더 춥더라. 울매나 무서윘는지 옥출이 오는 줄도 몰랬단다.

어깨를 흔드는 바램에 고개를 들고 보니 옥출이였어. 옥출이는 낯이 왜 백지장맨치 하얗냐고 물었제. 나는 대답을 더듬었제. 어 어니가 말까짐 더듬는 걸 보이 먼 일 있구나. 먼 일 있나? 얼릉 말해 보라고 자꾸 캐물었다. 내가 아이라고. 아무 일도 없었다고 해도 자꾸 강요를 했제. 공갈하지 마레이. 니 낯에 딱 쓰애 있다. 먼 일 이 있었데이. 하고 속을 다 열어본 것맨치 말했다. 속을 다 들킨 것 같애서 나는 있었던 얘기를 다 해줬디이 옥출이는 모간지를 젖히고 미친 여자맨치로 웃었다.

나는 자존심도 상하고 화도 나서 휙 돌아서 당낭구 밑을 내려왔제. 옥출이 뛰어서 내 뒤를 따라왔다. 따라오지 마레이. 하고 소리를 지르민서 뛰왔제. 나한테 할 말 있다고 내 뒤를 따라오는 말에 할 말이 머 있노? 하민서 무시했제. 꼭 내가 알아야 할 게 있어서 그릏다고 했제. 꼭 할 말이란 말이 귓전에 걸래서 나는 걸음을 멈추었제. 그래고는 할 말 빨리 하라고 다그쳤제. 옥출은 숨 쪼매 쉬고 말 하게. 너무 족치지 마라. 우선 내가 수수께끼 하나 낼게 맞혀 봐래이. 웃기지도 않는 그 말에 나는 웃음이 빵 터져서 웃고 말았제. 그래 웃으이까 참 니 멋있데이. 하민서 옥출이도 파랗게 웃는데 그 웃음이 어린아이가 까르르 웃는 티 하나 안 묻은 맑고 깨끗해서 눈이 부시는 그른 모습이드라. 참 해맑은 연초록 웃음이였제. 그 수수께끼가 뭔데요. 아참. 그 수수께끼? 옥출이 홍시 두 개를 문종이에 싸가지고 와서는 뜬금없이 여게서 숟가락을 찾아보란

거야. 문종이를 다 뒤져도 숟가락 같은 것도 없었제. 아무리 찾아도 못 찾았제. 옥출은 한 개를 내게 주민서 다 먹고 나믄 찾을 수 있다민서 먹으라고 했제. 홍시가 울매나 달든지 나는 다 먹었제.

그른데 나는 홍시 속에 씨를 땅에 뱉어버리는데 옥출은 홍시를 먹으민서 씨를 손바닥에 뱉아놓는 거야. 씨를 내게 내밀민서 숟가락을 찾아보라는 거야. 말도 안 되는 소리지만 씨를 뒤집어 찾아봤제. 아무리 보아도 숟가락은 없었제. 옥출은 씨를 꼭 깨물어 반 짝으로 쪼개는 거야. 그른데 그 속에 글쎄 아기 앞니맨치 뽀얀 숟가락이 납작 누 있더구나. 울매나 신기했든지. 감탄스러웠제. 우리는 서로를 보민서 또 한참을 웃었제. 신기했어. 한참을 웃고 난 뒤에 옥출은 정색을 하디이 니 귀신 같은 게 있다고 생각하나? 묻더구나. 글쎄 이릏게 내 멀꺼데이를 다 뽑아 올리는 걸 보믄 있겠제. 하는 내 말을 받아서는 옥출이 말했제. 없데이. 다 가짜다. 다 사램이 맹글어 놓은 거다. 니가 우째 그래 잘 아노? 하고 물었다. 옥출은 말했다. 봐라. 우리 할매랑 할배랑 절에 가서 살잖나. 그릏게 절에 다 갔다 바치민서도 어느 날 아부지 친구분들끼리 모이서 막걸리 한 잔 잡숫고 부르는 노래를 내가 들었다 아이라. 그게 먼 노랜데? 잘 들거라. 내가 한 분 불러볼게 알았제. 알았다고. 먼 노래 길래 가짜라고 하는지 내 들어보믄 안다고 했제. 그래 들어봐라. 말만 절에 댕겼제. 다 겉으로만 댕기고 속으로는 다를 맴이제.

슬픔경전

12

배꼽이 빠져 달아나믄 나 책임 안 진다. 나는 들을 때 배꼽이 빠지게 웃었다.

으흠으흠 목소리를 가다듬은 옥출의 노래는 달빛을 타고 하늘로 전송됐다.

중들이 모여 사는 한적한 절간에
개고기 올려놓고 염불을 시작하네
앞다리는 내 것 뒷다리는 네 것
불알은 주지 것
쿵따리 사바사바 쿵따리 사바
쿵쿵 따리 사바사바 쿵쿵따리 사바

중들이 모여 사는 한적한 절간에

색시들 불러놓고 술잔이 돌아가네

이 여자는 내 것 저 여자는 네 것

미색은 주지 것

쿵따리 사바사바 쿵따리 사바

쿵쿵따리 사바사바 쿵쿵따리 사바

중들이 모여 사는 한적한 절간에

소원 성취 촛불 켜고 기도를 시작하네

대 못 잇는 대갓집 젊고 예쁜 마나님

아기 배어 집에 가네

쿵따리 사바사바 쿵따리 사바

쿵쿵따리 사바사바 쿵쿵따리 사바

흐트러짐도 없이 두 손을 마주 잡고 몸을 흔들어 가민서 3절까
짐 불렀제. 그 노래에 나는 넋이 나갔다. 너희 할매한테 들은 걸로
는 시님이야말로 맴을 다 내래놓고 수도를 하는 神 같은 사램이라
했다. 이슬만 먹고 살고. 남을 위해 살고. 안 이루어지는 소원이
없다고 귀가 따굽도록 부처님 시님 이야기를 들었던 나로서는 그
가사가 누군가 시님을 모함하기 위해 지었다는 생각밖에 들지 않
았제. 옥출이 보고 그 노래 어데 가서 부르지 말라고 했다. 왜 그

래냐고 도로 반문을 했제. 시님을 욕되게 하믄 벌받는다고 말해줬제. 옥출이는 도로 내보고 우째 하나만 알고 둘은 모르냐고 말했다. 자기 집에 어른들이 모여서 절 애기 하는 거 마이 들었는데 시님들도 당파 싸움하고 나쁜 짓 하기도 하고 똑같은 사램이라민서 그래서 자기 할배 할매는 절에 사다시피 하고. 아부지는 이른 노래를 부르민서도 아무릏지도 않고. 전부 다 싫다고 하드라. 자기 아부지는 절을 억수로 싫어한대. 그래서 아부지 몰래 절에 갔다오고 그런데. 나는 머릿속이 짚검불맫치 엉컸단다. 그릏지만 옥출이 부른 노래는 입속에서 계속 맴돌아서 그날 이후로 나도 이 노래를 부르곤 했제.

아버지는 말 줄기를 끊고 하늘을 올려다본다. 쉼표 하나를 하늘로 후 불어 올리고 다시 말을 잇는다. 아들에게 어디까지 과거 연인의 자랑을 하려는 건지 그렇지만 해달라고 조른 건 자신이라 계절은 묵묵히 더 듣기로 한다. 아들이 더 듣고 싶은지 아닌지는 상관없이 아버지는 이야기를 이어간다. 계절은 아버지가 엄마에게 무관심했던 죄책감이 들어 자신에게 이런 말을 하는 게 아닌가? 하고 끝까지 들어보기로 한다. 그날부텀 나는 모든 게 미신이란 생각이 머릿속에 꽉 찼다. 서낭당을 지나가도 한 개도 안 무서웠다. 밤이 되어 어둠이 시상을 다 삼캐고, 암만 캄캄해도 무서운 생각은 사라졌제. 그때나 지끔이나 시간은 너무도 빨리 획획 지나가버리제. 밤마다 옥출과 만내는 건 우째믄 너무 당연했다. 요새 말하는 사랑이니 머니 하는 말들도 하지 않았제. 그냥 이심전심으로 맴을 알아주고. 뚝배기 겉은 사랑이제. 요즘 사랑은 양은그릇이제. 금방 달았다가 금방 식어버래는. 그게 먼 썩어빠질 사랑이야 불장난이제. 우리는 및 년을 늘 만내서 노래도 부르고 주로 옥출이 불렀제만. 달빛과 빌 빛을 초대해서 놀곤 했제. 독점 조재기를 통틀어 공동으로 쓰는 디딜 방앗간이 하나 있었다. 나락을 도리깨로 털고. 치로 일일이 까불어 티를 날래 보낸 후 디딜 방앗간에서 찧어서 쌀을 만들어 먹었제. 디딜 방앗간은 니도 보았제만, 그 모양이 꼭 사람 모양을 하고 있제. 아이들은 그것을 본떠 방아깨비를 잡아서 두 손으로 다리를 잡고 아직 거리 찧이라. 적거리 찧이라. 하민서 놀았제. 그래믄 방아깨비는 진짜 방아 찧는 흉내를 내곤 했제. 그래다가 죽으믄 메뚜기맨치 굽거나 볶아서 먹으믄 아주 고소하고 맛있었단다. 촐뱅이를 잡을 때도 주문을 외우듯 앉으믄 살고 서믄 죽고 하고 노래를 하믄 촐뱅이는 바지랑대나 풀 우에 앉는단다. 그걸 잡아서 두 날개를 잡고 손바닥에다 대고 아들 놓고 딸 놓고, 아들 놓고 딸 놓고. 하고 노래를 해주믄 신기하게도 촐뱅이는 알을 손바닥에 놓곤 했제. 그래믄 촐뱅이 꼬래이를 잘라내고 그 자리에 풀 대롱을 잘라 궁디이에 끼와서 날려 보내줬어. 그거는 다시 시집보낸다는 의미로 생각했제. 그릏게 늘 놀았제.

어느 날은 사과 두 개를 가주왔다. 옥출은 갑재기 그 사과 안에 나비가 살고 있다는 거야. 말도 안 되는 말이제만 옥출의 말이라믄 왠지 재미있고 그릏게 믿고 싶었제. 자 잘 봐. 사과를 자르믄 나비 한 마리가 날아갈 거다. 잘 봐라. 하고는 사과를 두 손으로 쩍 갈랐단다. 진짜 나비가 날아갔어요? 아이. 아이믄 아부지가 또 당한 거네요. 그게 아이야. 글쎄 나비가 내 때문에 사과 안에서 죽었다는 거야. 참말로 죽어 있었니껴? 그름. 에이 아부지도 거짓뿌렁하시네. 아이따. 그게 아이고 그쎄. 그 사과 안에 참말로 나비 모양이 턱 버티고 있었제. 참 신기했었다. 나는 사과를 먹으민서 씨 밲에 못 봤거든. 감맨치 또 씨 안에 나비가 들어 있나 하고 그 쪼매한 사과 씨를 이로 깨물었제. 그른데 사과 씨 안에는 아무것도 없었제. 그른데 이분에는 나비가 씨 안에 있는 게 아이고 사과를 자르자 사과 뱃속에 엎드래서 자고 있었제. 아무 생각 없이 먹던 사과 거게서 신기하게도 나비를 보고 있었제. 옥출은 보지도 듣지도 못한 노래도 마이 알고 있었다. 모르는 것 빼고는 다 알아서 늘 긴장되고 만내는 게 재미있었제. 어느 봄날 옥출은 아주 긴 노래를 불렀다. 첨 들어보는 노래인데 아주 슬픈 노래였제.

엄마 엄마 나 두고서 아무 데도 가지마.
밥 없으면 죽을 먹고 죽 없으면 굶을게
엄마 엄마 나 두고서 아무 데도 가지마.
봄이 오면 나물 먹고 여름 오면 딸 따먹고
엄마 엄마 나 두고서 아무 데도 가지마

엄마 없는 설움이 와르르 쏟아지는 노래였제. 옥출이는 그 노래를 부르다가 여기까지 부르고는 울먹이느라 못 불렀다. 나는 빙신맨치 그때까지만 해도 옥출이 엄마가 친엄마가 아인 걸 몰랬단다. 노래를 부르다 말고 두 손으로 엉엉 소리 내 울 때도 이상하다는 생각을 했제. 노래를 부르다 한참을 서럽게 서럽게 울고 난 옥출은 묻지도 않는 말을 했제. 우리 엄마는 가짜데이. 진짜 엄마는 지끔 새엄마가 아기 하나를 데리고 우리 집에 들어온 후 집을 나갔데이. 어느 날 아부지는 지금순. 지금순이란 이름을 가진 그 여자를 델꼬 왔어. 그 여자 지금순이 우리 집에 들어온 뒤부텀 아부지는 엄마를 자주 뚜드래 팼어. 늘 온몸이랑 낯도 퍼렇게 멍이 들고. 새로 온 그 여자는 안방에 아부지랑 자고 엄마는 아래채에서 내하고 잤다. 그른데 밥때가 되믄 엄마 밥이 없었데이. 나는 내 밥을 엄마하고 갈라 먹었데이. 엄마는 늘 굶으민서 진종일 궂은일은 다 해야 했데이.

할매가 고방에서 쌀을 꺼내 주는데 식구들 밥을 다 푸고 나믄 엄마가 먹을 밥이 늘 없었제. 내가 할매한테 엄마 밥이 모자랜다고 쌀을 더 달라고 했지만 할매는 들은 척도 안 했제. 밥이 누룽지라도 쪼매 누르믄 식구들 밥도 모자랠 정도로 쌀을 꺼내 주었제. 내가 밥을 줘도 엄마는 한두 순가락 뜨다가 말았제. 내 먹으라고. 배가 고프믄 엄마는 물로 배를 채우민서 일을 했제. 그 여자 지금순이는 아기만 안고 온종일 방안에서 뒹굴기만 했제. 내가 미운

건 그 여자보다 할매가 더 미웠제. 지금순의 애가 아들이라는 이유로 지금순과 옥만이를 울매나 감싸고 도는지. 옥만이는 그 여자가 델꼬 온 아기 이름이제. 그 여자 말만 들었제. 할매는 엄마를 식모 취급을 했제. 나는 그 여자 아들의 이름자에 내 이름과 같은 옥자가 들어간 것도 기부이 나쁘다. 나는 밤마다 엄마가 흐느끼는 걸 보았제. 그래던 어느 날 밤 엄마는 살그머니 일나 헛간으로 갔어. 이상한 생각이 들어 나도 따라 나갔제. 그날은 달이 울매나 밝았는지. 우리 집에서 저 건너 큰거랑까짐 환하게 보있제. 앞산에서 부엉이 울음이 부엉부엉 날아서 거랑을 건너 우리 집까짐 왔제. 우리 집 큰돌이도 짖지 않고 꼬래이만 흔드는 밤이었어. 엄마는 살금살금 쥐를 잡을 듯 걸어가디이 글쎄 농약 빙을 들고 일어서는 거였어. 나는 너무 놀래 소리를 질렀고 그 바램에 엄마는 농약 빙을 땅에 떨어뜨렸어. 할매랑 아부지랑 그 여자까짐 뛰어왔어.

그른데 할배는 혀만 끌끌 차고 변변치 못하다민서 중얼중얼하고는 다시 사랑방으로 들어가 버맀어. 말없이 서 있는 아부지. 그림자조차도 보기 싫었어. 아부지를 눈이 빠질 듯 노려보고 있는데 글쎄 아부지는 또 한 분 그런 짓 해 보라민서 마구 엄마를 때랬제. 무슨 신들린 사람맨치로 발로 차고 헛간에 서 있는 도리깨를 거꾸로 들고 엄마를 때랬어. 그 모습은 꼭 짐승 같앴어. 나는 달래들어 아부지 팔에 매달랬제. 지끔 생각하믄 왜 아무 말도 못 하고 도리깨만 빼앗았는지 자신이 미워. 한 수 더 떠서 할매는 맞아도 싸다.

누 집 가문에 먹칠할라고 저따위 짓을 하냐민서 엄마를 향해 마귀 같은 막말을 퍼부었어. 그때 나는 우리 할매가 마귀할매 같았어. 그때 이후 나는 할매를 증오했어. 할매가 시키는 일은 절대로 안 하고 싫어하는 일만 골래서 했제. 통신표에 '수'라도 하나 있으믄 할매 입가에 웃음이 번졌어. 우리 가아지가 공부를 잘한다민서 기뻐하는 그 모습 때문에 나는 철저하게 시험 공부를 안 하고 절대로 30점을 넘기지 않겠다고 맴 먹었어. 통신표에 '수'가 하나도 없고 전수 '양 양 양 가 가 가' 받아오믄 할매는 기부이 안 좋았거든. 그래서 나는 늘 할매가 기분 나빠하는 일만 골래서 했어.

그 여자는 엄마더러 미쳤다민서 죽을 힘 있으면 살지 죽기는 왜 죽냐민서 이죽거리곤 방으로 들어갔어. 그때부텀 나는 밤으로 깊을 잠을 잘 수가 없었어. 늘 엄마 치맛자락을 붙들고 잠들곤 했지. 엄마가 농약을 먹는 악몽을 자주 꿨제. 깨고 나믄 꿈이라 다행이라고 하민서도 눈물이 났어. 나도 모르겠어. 왜 꿈인데 눈물이 났는지. 그때 매동 엄마에게 꿈 이야기를 했제. 엄마는 걱정 말라민서 먼 일이 있어도 우리 옥출이 시집갈 때까짐은 살 거이까 공부 열심히 하라고 나를 안고 등을 토닥였제. 내가 기부이 제일 좋을 때가 언젠지 아나? 내가 기부이 제일 좋을 때는 아무도 없을 때 헛간 옆에 양지바른 곳에 앉아서 엄마가 물팍에 나를 눕히고 머릿니를 잡아줄 때다. 머리에 대고 손톱으로 꾹꾹 눌러서 서캐를 잡을 때가 제일 좋다. 서캐를 다 잡고 나서 내복을 벗기서 솔기마다 숨어 있는 이를 잡아서 내 손바닥에 놓는다. 그릏게 모은 다음 부엌에 갔다 넣으라고 하싰지. 솔기마다 서캐도 많이 숨어 있어서 엄마는 너무 많다민서 솔기를 앞니로 지근지근 씹어서 서캐를 잡기도 했어. 나는 내심 내한테 이가 많이 생겠음 하고 바랬다. 이가 많애야 엄마가 나를 자주 물팍에 눕히고 이를 잡아주고 틈으로 귀도 파주이까 엄마 물팍을 베고 누우믄 엄마 배에서는 항상 꼬르륵꼬르륵 소리가 우레맨치 들렸어. 나는 그게 엄마의 속이 비어서 배가 고파서 나는 소리인 줄을 몰랐단다. 내가 울매나 바보인지.

그르던 어느 날 무슨 이유인지는 모르지만 할매는 엄마한테 마구 욕을 퍼부었어. 쓸개도 없는 년이라며 머 한다고 집구석에 객식구로 붙어 밥만 축내는 밥벌거지 같은 년이라민서 나가 뒈지던지 집을 나가라고 소리소리지르민서 바가지를 엄마에게 마구 던졌어. 그 여자 지금순은 못 본 채 서 있었고. 아부지는 보이지 않았제. 엄마는 처마 밑에 주저앉아서 슬프게 울었어. 그때 아부지가 들에 갔다 들어오싰지. 울고 있는 엄마를 보고는 꼴도 보기 싫으이 방에 가서 울든가 왜 저 모양으로 생기 처먹었냐. 저누무 눈깔에는 눈물밲에 안 들어 있냐민서 소리를 질렀어. 보다 못한 내가 아부지한테 소리를 질렀지. 아부지는 왜 엄마한테 그래냐고 울민서 소리를 지르자 아부지는 딸년이나 에미년이나 똑같다민서 지 에미를 닮아서 저 모양이라민서 나를 떠밀었어. 어린 나는 힘없이 넘어졌고 돌부리에 머리가 찍혀 피가 흘렀고 나는 정신을 잃었제. 눈을 뜨이 엄마가 내 얼굴에 눈물을 줄줄 흘리민서 나를 안고 계셨어. 나는 엄마를 보자 더 슬펐어. 아픈 것쯤은 참을 수가 있었어. 그날 이후 엄마는 내게 아무 말도 하지 말고 묵묵히 공부만 열심히 하라고 오로지 공부만 열심히 해야 내가 살 길이라고 했어. 그릏지만 나는 공부가 싫었어. 어떻게든 할매 할매와 아부지와 그 여자 지금순이 엄마를 미워하지 않을까만 궁리했지. 그릏지만 어린 내 능력으론 부족했어. 엄마가 밭에 가믄 밭에 따라가고 논에 가믄 논에 따라가고 그림자맨치로 엄마만 따라댕겼지. 엄마는 배가 고픈지 논둑에 뱀딸기를 따먹기도 하고 찔레도 꺾어 먹기도 하고 소금을 입에 털어 넣고 논에 고인 물을 마시기도 했어. 그래던 어느 날 엄마는 빙이 났어. 열이 펄펄 끓고 정신이 없었어. 그른데도 할매 할매 아부지는 모르는 척 내가 말해도 들은 척도 안 했어. 니 잘 알제. 왜? 호진이네 할배가 침을 잘 놓으시는 의원인 거. 그래서 그 집에 뛰어갔제. 호진이 할배가 우리 집에 오시서 찬 물수건으로 몸을 닦아내고 무슨 약인가 주민서 머라고 하셨어. 할매 할매 아부지는 어떠냐고 걱정도 없고 오히려 호진이 할배한테 그냥 있으믄 날 텐데 머 하러 오셨냐며 핀잔을 주었지.

이틀을 앓고 일어난 엄마는 입술에 보푸라기가 일고 말라서 갈라졌어. 나는 겁이 나서 호진이 할배를 또 찾아갔제. 호진이 할배는 입술은 시간이 지나믄 나으니까 물을 자주 드리고 죽을 끓여 드리라고 일러주셨어. 나는 죽을 끓일 수 없다고 집안 사정을 말했제. 그래고 할배 할매가 그 여자 지금순과 옥만이만 좋아하고 엄마를 구박하고 밥 안 주는 것 그래고 농약 사건까짐 모두 얘기를 했어. 다 듣고 있던 호진 할배는 그저 그저 참 알 만한 양반들이 왜 그래냐믄서 큰 양은 냄비에 죽 한 그릇을 끓이라고 식모한테 말해서 나를 주싰지. 나는 호진이 할배가 우리 할배였음 좋겠다고 생각했단다. 죽을 가주고 와서 엄마를 드랬지. 엄마는 나더러 먹으라고 생각 없다고 했으나 나는 밥 먹을 테이 엄마 먹으라고 억지로 드시게 했제. 덕분에 다행히도 엄마는 회복되싰어. 그래고 일주일쯤 지났을 거야. 엄마가 달라졌어. 열심히 일도 하지 않고 나를 밤마다 꼭 안고는 밥 잘 먹고 공부 열심히 해야 한다. 할매나 할배 그래고 새엄마 말 잘 들어야 한다고 매일 밤 그랬지. 나는 엄마한테 소리 질렀어. 왜 그 여자가 내 엄마냐고. 엄마는 하나밖에 없다고. 그래자 엄마는 조용히 말했어. 니하고 엄마하고 핀하게 살라믄 그렇게 해야 한다고. 처음엔 이상했지만 3일 4일 지내니까 당연한 엄마의 잔소리로 들랬어. 열흘쯤 지난 어느 날 아직에 눈을 뜨이 엄마가 없었제. 밭에 갔겠거니 했는데 이불장 서랍 위에 핀지 한 통이 있었어.

옥출아! 부디 할배 할매 새엄마 말 잘 듣고 공부 열심히 해래이. 엄마가 돈 벌어서 꼭 니를 데리러 올 테이. 그때까지 아프지 말고 엄마 말 맹심해래이. 울지 마래이. 눈물이 많으믄 인생이 눈물이 된 데이. 알았제. 엄마 생각이 나거든 공부를 해래이. 미안하데이.

내 소꼬베이한테 껍데기 엄마가 그때 이후로 나는 한 분도 엄마의 연락을 받은 적이 없어. 엄마가 보고 싶을 때마다 나는 이 노래를 부르민서 엄마를 기다렸제. 그른데 꿈에도 한분 안 왔어. 인제는 엄마가 미워졌어. 그 이후로 아부지는 또 다른 여자를 데리고 왔제. 우리 아부진 바램의 유전자를 가지고 태어나신 분 같앴어. 그른데 내가 미워하던 그 여자 지금순이가 어느 날 떠났제. 나는 속으로 쾌재를 불렀제. 눈에 까시가 뽑힌 기분이었어.

새로 온 여자는 밥도 잘 주고 내한테 잘해주었어. 그 여자 지금순이 낳은 옥만은 새로 들어온 여자 안진분도 아주 미워했어. 그룻지만 옥만은 할배와 할매 그레고 아부지가 제일 귀여워해서 새 여자도 할배 할매가 없을 때만 미워했제. 나도 옥만이가 너무 미웠어. 우리 엄마와 함께 못 사는 게 전부 옥만이와 그의 엄마 때문이란 생각이 사라지지 않았지. 새로 온 여자한테도 아이가 하나 있는데 이름은 옥미야. 옥미 엄마와 옥미는 미운 생각은 안 들어서 가끔 옥미를 델꼬 놀아주기도 하곤 했제. 새로 온 여자 이름은 안진분이야. 친정에서 딸을 열한 밍을 낳았는데 무당집에 가서 물으이 무조건 아들이라고 해서 낳았데. 놓고 나이 딸이라서 속아서 진짜 분하다고 그의 할배가 지어준 이름이래. 그래도 안진분 그 여자는 착한 여자였어. 가끔 엄마가 보고 싶어 울믄 자기를 엄마라고 생각하라민서 머리에 이도 잡아주곤 했제. 그러나 머리에 이를 잡을 때마다 엄마 생각이 더 나서 나는 이를 안 잡았어. 그 여자 안진분은 또 아기를 뱄는데 할배 할매는 그 여자 안진분을 소 맨치 일을 부래먹었어. 그 여자 때문에 지금순이 집을 나갔다민서 미워했제. 나는 이해가 안 갔어. 우리 엄마가 집을 나갈 땐 지금순 때문인데도 잘 나갔다민서 지금순을 이뻐하디이만 지끔은 안진분 때문에 지금순이 나갔다민서 안진분을 미워해. 동네 사람들은 모 두 할배 할매가 그래는 이유는 옥만이가 아들이기 때문이라고 하 제만 나는 이해가 잘 안 가. 어른들은 무언가 잘못 살고 있다는 생 각이 들어.

옥출은 이야기를 하는 내내 얼굴에 냉기가 가득했다. 내가 빌 말을 너한테 다 한데이. 잊어뿌래라. 옥출이랑 헤어지고 온 그날 밤 나는 집에 와서도 옥출이 말이 생각나 한숨도 잘 수 없었다. 그 말들은 천년 만년 내 머리에 꽂혀 있을 것만 같앴다. 옥출이 집 안 이야기를 들은 후부텀 이상하게도 옥출이만 보믄 맴이 아팠다. 가끔 일부러 재밌는 얘기도 하고 노래도 부르고 즐겁게 해주고 싶 었다. 그때부텀 휘파람 노래도 불러주고 옥출이 보다 더 못 부르 는 노래도 불러주었제. 봄이 되믄 버드 낭구를 꺾어서 버들피리도 불어주었다. 복골로 둘이 들어가서 도랑에서 까재를 잡고. 깨구리 를 잡아서 낭구 가지를 꺾고 갈비를 끌어 불을 피운 다음 그 우에 까재랑 깨구리를 꾸 먹었다. 알잽이 까재를 꾸우믄 빠알게진다. 옥 출은 참 꼬소하다민서 잘 먹었다. 깨구리 다리도 맛있게 먹었다. 찔레 꽃이 필 때믄 우리는 찔레를 꺾어 먹고 찔레덩굴 아래서 놀았제.

그를 때믄 옥출의 웃음에서 찔레꽃맨치 하얀 향기가 났제. 아름다
워서 너무 아름다워서 슬픈. 우리는 누가 먼저랄 것도 없이 어데를
가든 같이 갔제. 개망초가 하얗게 핀 언덕을 우리는 나비와 같이 뛰
놀았제. 그때 그 풍경을 그림으로 그랬다믄 아마도 불후에 밍작이
되었을 거다. 그릏지만 나는 그림을 그랠 줄 몰랐고 옥출이한테 취
해서 아무 생각을 못 했단다. 귀도 멀고 눈도 멀고 다 멀었어. 빌이
하늘에만 있는 게 아니란다. 밤에 보믄 개망초가 빌보다 더욱 빛나
고 아름다워. 개망초가 나를 보고 이름 때문에 자신은 평생 슬프다
민서 하얗게 몸을 흔들었어. 그래서 개밍을 해줬제.

개명(改名)

개명을 하고 나니, 눈이 밝아졌다.
입을 열게도 한다.

아무렇게나 핀 개망초란 이름
모두 다 개명에 하얗게 웃는다.

'개' 자는 모두 좋지 못한 말로만 쓰인다며
불평 꼬릴 바람개비처럼 살래살래 흔든다.
나만 보면 애원을 한다.

이름엔 분명 약육강식 있는 것
남의 이름 뜯어먹으며 사는
배고픈 아귀를 알고 있다.

물소리에 귀를 씻고
불어오는 바람에 애 다 헹궈도
'개'라는 말 미칠 것만 같다며 징징거린다.
개유학파와 개자추 전설을 끌어다 앉혀
經을 읽어줘도 불경스럽게 운다.
온 들판이 여승보다 슬피 운다.

돌림자라 '개' 자를 버릴 수도 없다.
훌쩍훌쩍 귀를 적셔도 어쩔 수가 없다.
두 손 두 발 다 들고
앞의 '개' 자를 떼서 뒤로 옮긴다.
'들안개'로 개명한다.

개명을 하고 난 뒤
8자가 바뀌었다며
여름 물안개와 동류 향이 되어
가을을 건너고 펄펄 흰 눈으로 날아

봄과 양손 잡고 놀고 있다.

개 꼬리가 내 머릿속 뱅그르르 돌고 있는 밤이다.

그 후로 우리는 들안개로 불러주었제. 빛은 향기가 없제만 들안 개는 향기도 있고 향기를 만질 수도 있제. 온 벌판에 하얗게 쏟아 놓는 웃음은 천당이 있다믄 이른 곳일 거란 생각이 들 만큼 아름 다웠단다. 비가 오믄 빗줄기 잘라서 세수하고. 햇살 한 대접 마시 고. 바램 불믄 바람에 몸을 맡기고. 나비와 같이 춤을 추민서 노는 들안개. 사램이 누군가에게 비밀을 개봉한다는 게 참 어렵기도 하 제만 일단 개봉하고 나믄 속이 후련한 모양이드라. 옥출이 다 털 어놓고 나이 내가 핀한지 한충 핀안한 얼굴이 되었제. 그래곤 집 안 이야기도 자주 했어. 자기 여동생 옥미 얘기도 하고. 새엄마 안 진분 얘기도 하고. 그릏지만 옥만이 얘기만은 하지 않았어. 나도 문지도 않았고. 우리는 하루도 안 보믄 못 살 정도로 중독되어 만 냈다. 사랑이니 머니 사치스런 말보다가는 그냥 안 보믄 하루가 텅 빈 것 같은 생각이 들곤 했제. 니 할매는 날 쓰잘머리 없는 짓 하 고 댕기지 말라고 넌지시 던지는 말이 자꾸 늘어났다. 나는 대수 롭지 않게 생각했고. 우리의 만냄은 계속되었제. 찬바램이 날을 세 우든. 폭염이 불을 지피든. 우리는 그런 것 정도는 문제가 되지 않 았다. 안죽도 햇살이 마루 중간쯤도 올라오지 않았을 시간. 나는 마루 끝에 꺼꾸로 누서 앞산을 바라다보았다.

꺼꾸로 보는 앞산과 냇물 갱변 풍경들이 평소와 다르게 보였다. 은제 저릏게 멋진 풍경이 우리 집 앞에 살고 있었는지. 장마가 키운 물소리를 첨벙첨벙 발목을 걷어 올리고 건너오는 황새의 다리가 너무 멋졌다. 농부가 지게에 바소구리 가득 실린 바램을 지고. 지겟작대기를 짚으민서 건너오는 모습. 앞에서 꼬랑지로 등애를 쫓으며 주인을 델꼬 오는 소 울음소리. 왁자하게 피어나는 앞마당에 꽃들 앵앵거리민서 마루 우를 자유로이 날아댕기는 쉬파리의 날갯짓. 이 모든 것들마저도 옥출이랑 같이었으면 하고 누워서 잠이 들었다. 꿈인지 생시인지 눈을 뜨자 옥출이 산딸기 한 사발을 담아 와서 마루에 걸터앉아 있었다. 나는 꼭 아내가 날을 챙겨준다는 착각을 하민서 산딸기를 멌다. 그러곤 우리는 뒷산으로 산딸기를 따로 갔제. 옥출도 기부이 좋았는 동 콧노래를 부르민서 우리는 산딸기를 따멌다. 야, 니 참꽃 귀신 얘기 들어봤나? 귀신이 없다고 말한 게 누군데 먼 참꽃 귀신은? 근데, 너 엄마가 봄쯤에 우리 집에 오싰다 가싰다. 그때 니하고 내하고 참꽃 꺾으로 뒷산에 간 얘기를 했디이만 너 엄마가 말씀하시드라. 뒷산에 참꽃 필 때는 참꽃 귀신이 있다고. 참꽃 귀신이 없는 곳에는 문디이가 숨어 있다가 입에 벌건 피를 흘리민서 아 들을 잡아먹는다는 거야. 내가 참말이냐고 물었디이 어른이 아 들한테 거짓뿌렁 하냐민서. 진짜라고 절대로 아이들끼리 산에 가믄 안 된다고 하시더라. 그른 게 어딨노. 우리 엄마가 못 가게 하느라고 그랜다. 그래고 또 안 있나.

서낭당에도 아 들끼리 가믄 몽달귀신이 와서 아 들 간을 빼 먹는 다고 가믄 안 된단다. 그래고 이 동네 밤만 되믄 문디이들이 나타나서 아 들을 데리고 가서 간 빼 먹고. 눈알 뺀다고 밤에 돌아댕기지 마라고 하드래이. 나는 엄마의 그 말이 터무니없다고 생각했제만 내하고 옥출이를 못 만내게 할라고 그래시는 줄은 몰랐다. 나는 괜찮다고. 귀신이든 문디이든 내가 다 때래잡는다고 큰소리를 쳤다. 옥출은 진짜냐민서 그믐 내 혼자 안 되믄 자기하고 둘이 때리잡자고 하고. 우리 둘은 아싸! 하고 손을 높이 들어 짠하고 손뼉을 마주쳤다. 그 손뼉에서 나는 소리가 불행의 소리인지 모르고.

슬픔경전

_13_

우리는 그렇게 하루도 못 보면 안 될 것처럼 중독이 되어 거의 매일 만내서 그림자 밟기 놀이도 하고. 겨울이 오면 옥출이는 물에다가 사카린을 타서 스텐 공기에 싸리낭구 막대기를 꽂어서 얼래 가주고 왔다. 우리는 아이스케키라민서 둘이서 한 입씩 먹었다. 추운 줄도 모르고. 장갑도 없이. 스케이트 대신 소깝을 낫으로 잘라서 그 우에 비료 푸대를 깔고 눈썰매를 탔다. 서로 끌어주다 넘어져 코피가 나기도 하고. 눈사램을 맹글어 나란히 길거리에 세워놓기도 했다. 눈이 마이 쌓인 날은 눈 우에 발자국을 차곡차곡 찍어 동그란 꽃을 맹글기도 했제. 얼음을 깨고 고기와 깨구리도 잡아 꾸멌다. 온 낯이 껌정이 묻어 시커매진 낯을 보민서 그 추운 날씨에 손이 발갛게 얼어도 추운 줄 모르고 놀았다. 눈싸움도 하고. 소쿠리를 엎어놓고. 서숙을 소쿠리 밑에 놓고. 낭구 뒤에 숨어 있다가 새가 들어오믄 얼른 줄을 잡아댕겨 새도 잡고. 와이(Y) 자로 생긴 싸리 낭구를 꺾어 고무줄을 묶어 새총을 만들어서 새도 잡고.

토끼몰이도 재미있었제. 복골에 올라가믄 산토끼가 많았제. 우리는 토끼가 다니는 길을 찾아 철사로 만든 옹노도 놓았제. 토끼 길을 찾는 방법은 토끼 똥이 있는 길이 토끼가 다니는 길이제. 토끼몰이도 재미있다. 토끼는 앞다리가 짧아서 토끼몰이를 할 때는 우에서 내리 몰아야 토끼가 꺼꾸러지지. 밑에서 우로 몰믄 앞다리가 짧아서 산을 아주 잘 뛰어 올라간단다. 가을철이믄 꿩도 잡으로 댕겠어. 꿩은 꿩 사냥꾼이 약을 놓는데 그 약을 콩에 묻해 콩밭에 놓으믄 꿩은 그걸 주워 먹고 그 근처에서 죽제. 그래믄 그걸로 만두도 해 먹고 삶아 먹기도 한단다. 봄이믄 수박골에는 억새나 과꼴이 많은 징커리 묵정밭에 가믄 꿩 둥지를 볼 수가 있어. 꿩 알은 달걀보다 쪼매하제만 마이 주울 때는 여덟 개가 넘게 주울 때도 있어. 그른 날은 횡재하는 거였제. 우리는 그 알을 갱변에 냄비를 걸고 갈비로 불을 때서 삶아 먹고 놀았제. 감꽃이 피믄 감꽃을 주서 목걸이를 만들어 걸어주기도 했고. 신작로 양쪽 길을 따라 살살이꽃·채송화·백일홍·봉숭아·분꽃·배차국화·해바라기 꽃씨를 심고. 새빅부텀 나가서 물을 주민서 가꿨다. 자식을 키우듯 가꾼 덕분에 우리 동네 신작로가 기중 아름다운 꽃길이 되어서 어른들도 칭찬을 아끼지 않았단다. 달리아·목단·작약·매화 같은

꽃은 안 심갔니껴? 계절은 엄마가 좋아하는 꽃 이름을 대며 물었다.

그른 건 꽃씨가 없어서 못 심갔제. 달리아·목단·작약·매화는 왜 묻노? 그 꽃이 좋나? 아이씨더. 엄마가 좋아하는 꽃인데 아부지는 첨부텀 엄마와 비슷한 취향이 없었니더. 아, 그릏나? 니 어마이가 멀 좋아하는지 내가 알게 머로. 됐니더. 그만하소. 아부지 자식을 낳아서 자식이 대핵상인데도 아부지는 미안하지도 않니껴? 됐다. 왜 불똥이 내한테 티노. 내 얘기 안죽 안 끝났다. 버르장머리 없게시리. 아버지는 갑자기 말이 끊긴 것에 화가 나는지 화풀이를 하듯 말을 이어간다. 더 이상 듣고 싶지 않지만, 자신이 해달라고 했으니 더 들어주기로 한다. *알았니더. 계속하소. 들으면 되잖니껴. 그래서 옥출이라는 여자가 머가 우쨌다는 말이이껴? 듣기 싫나? 고만 하까? 아이씨더. 계속해주소.* 계절은 내심 아버지를 배려한다는 생각으로 말한다. 한편 어디까지 갈 건지. 자신의 엄마에게 모질게 하는 게 이 여자 때문이라는 생각이 떠올라 끝까지 듣고 싶은 마음이 생기기도 한다. 다만 아직도 엄마 얘기만 나오면 달갑잖게 나오는 아버지가 싫을 뿐이다. 태석은 또 구름과자 하나에 불을 붙여 문다. 몇 모금 연기를 들이마셨다 내 뿜었다 하더니 반쯤 남은 구름과자를 발로 짓밟아 버린다. 그리고는 오래된 아픔을 불러내기라도 하듯 이야기를 시작한다.

날이 저물 무렵만 되믄 나는 가심이 뛰었다. 옥출만 생각하믄

못 할 게 없고 힘이 불뚝불뚝 솟았제. 가을이믄 메뚜기를 잡아 강아지풀 대궁에 가득 끼와 대궁째로 갱변에 불을 때서 꾸 먹기도 하고. 논바닥에 흩어진 나락 이삭을 주서 재에 묻어 툭툭 튀겨지믄 먹기도 하민서 빌것 아닌 것도 옥출과 함께하믄 빌 것이 되었다. 우리는 자연스룹게 앞날도 같이하기로 약속을 했고 더욱 다정한 사이가 되었제. 그른데 어느 날부텀인가 옥출이 보이지 않았다. 지옥 같은 시간이 달력 한 장을 뜯어간 어느 날 나는 다부지게 맴먹고 옥출의 집에 찾아갔다. 그릏지만 집에 없다는 말 외엔 아무것도 알 수 없었다. 어데 갔는지. 아프지는 않은지 다그쳐 물었제만 옥출의 집에선 객지로 떠났다는 말만 했다. 믿어지지 않애서 옥출에게서 자신에게 잘해준다는 말을 들은 안진분을 찾아갔다. 안진분은 지끔은 말해줄 수 없다고 매칠 후에 디딜 방앗간에서 만내자고 했다. 그날 이후 나는 만내기로 약속한 날까짐 이유 없이 앓아누웠다. 밥도 싫고. 밖도 싫고. 방 안에서 밤낮 잠만 잤제.

그릏게 약속한 날짜에 디딜 방앗간엘 갔어. 안진분이 안 나오믄 우째나 걱정을 싸 들고 무겁게 갔다. 다행히도 그녀는 미리 와 있었다. 그녀는 아무 말도 없이 방앗간에 걸터앉았다. 방앗간 옆 대숲에는 댓잎이 서걱서걱 달빛을 자르고 있었다. 두려움 반 궁금증 반으로 인사를 했제. 나와 줘서 고맙니더. 간단히 인사를 마친 후 얼른 말해주소. 옥출이 어데 갔니껴? 하고 다그쳤제. 그랬디이만 그 여자는 이건 태석 씨하고 내하고만 알고 비밀로 해야 되니더.

안 그래믄 나도 쫓기나니더. 그름요. 꼭 비밀 지킬게시더. 안심을 주었다. 그래믄 믿고 얘기 한다민서 얘기를 시작했어. 사실은요. 얼마 전에 태석 씨 어머이가 우리 집에 와서 딸 단속 잘하라고 난리를 치고 갔니더. 서낭당서 만낸 거. 디딜 방앗간서 만낸 거. 갱변에서 만낸 거. 산에 간 거. 전부 우째 다 알고 찾아와서 옥출이 할배하고 옥출이 아부지한테 난리를 치민서 남의 아들 신세 망친다고. 쌍놈 집안이라 지지바가 저 모양으로 나무 귀한 집 아들하고 밤낮도 모르고 쏘댕긴다민서. 한 분만 더 만내믄 절대로 그냥 있지 않겠다민서. 한바탕 집안을 쑥대밭으로 만들어놓고 갔니더. 그래서 화가 난 옥출이 아부지가 집안 망신 시캔다민서 가새로 멀꺼데이를 다 잘라 뿌랬니더. 그래서 집안에 틀어박해 있니더. 내 보고 나가서 객지로 떠나고 없다고 전해달라고 하디더. 태석 씨 맴 아프게 하믄 안 된다고. 꼭 그래 전해 달라고 했제만 내 어른이 돼서 우왜 거짓뿌렁을 하니껴. 젊은 사램들이 동무같이 놀민 어때서 저리 난리인지. 또 처녀 총각이 좋아하믄 우때서 저래는지. 나는 도무지 알 수가 없니더. 선비나 양반이나 사램 사는 건 다 똑같제. 누구는 양반 선비 골래서 이 시상에 오니껴. 내가 전할 말은 다 전했으이 인제 갈라니더.

　잠깐만요. 왜요? 가서 옥출이한테 전해주소. 딱 한 분만 만내 달라고. 머리가 짤랐으믄 어뜨이껴. 수건이래도 쓰고 나오믄 되제. 할 말이 있으이까 딱 한 분만이라고. 꼭 전해주소. 아이 당장 내일

밤 이 자리로 아지매가 델따 주소. 부탁하니더. 믿지는 마소. 내 얘기는 전해줍시더. 종종걸음이 그녀를 데리고 돌아갔다. 그렁지도 키를 늘였다 줄였다 그녀 뒤를 부지런히 따라가고 있었다. 나는 어이가 없고 황당했다. 너희 할매가 극성스런 것은 익히 알제만, 그 정도인지는 몰랐데이. 아무 생각도 없이 집으로 와서 잠을 뒤척이다가 이튿날 두근거리는 가심으로 방앗간으로 갔다. 아무도 없었다. 나는 대낭구를 붙잡고 흐느꼈다. 바램 소리에 내 울음이 섞이자 대낭구도 울었다.

한참을 쪼그리고 앉아 울고 있는데 시커먼 그렁지가 나타났다. 눈을 비비며 쳐다보이 옥출이었다. 나는 순간 몸을 일으켜 옥출을 그러안았다. 이게 꿈이 아니기를 빌민서. 한참을 그러안고 있다가 우리는 분리되어 대낭구밭 가에 낭구 그루터기에 나란히 앉았다. 동시에 먼 말인가를 하려다가 서로 먼저 하라민서 양보하다 옥출이 먼저 입을 열었다. 미안하데이. 아이다 내가 미안하제. 니가 왜 미안하노. 아이다. 내가 조심해야 했는데. 사실은 엄마가 집을 나간 후 나도 살고 싶지 않았다. 그른데 니가 있어 견딜 수 있었다. 니가 없는 시상은 상상도 하기 싫었다. 꿈속에서도 밥 먹으민서도 어데서나 니만 생각하민서 하루하루를 견뎠다 말이다. 그래서 너 엄마가 처음 우리 집에 와서 내게 경고를 줬을 때도 나는 받아들이지 않았다. 그릏게 할 자신이 없어서 모르는 척 니한테 말도 안 하고 그냥 쭉 만냈다. 안 만내믄 죽을 것 같애서. 그릏지만 너 엄마가 이분에는 참말 화가 마이 나싰드라. 우리 집은 태풍이 지나간 들판맨치 엉망이 되었다. 괜히 내가 잘못해서 안진분 그 새엄마까짐 호되게 당했어. 너희 집이 그릏게 선비 집안이고 양반 집안인지 나는 알지 못했는데 너 엄마가 우리 집 가문은 감히 너 집 가문을 쳐다볼 수 없는 가문이라고 하싰어. 그래서 그때서야 알았다. 미안하데이. 선비 집안 양반 집안 이른 게 다 먼 소용 있단 말이로. 나는 그딴 거 모른다. 아이다. 너 엄마 말이 맞다. 우리 집안은 대대로 농사만 짓고 산 집안이고 너 집안은 대대로 한학을 공부한 선비 집안이고 또한 너 할배는 아주 존경받던 대단한 대가 집이란 말 듣고 보이 너 엄마 맴도 이해가 가드라. 그릏지만 그 때문에 우리 할배랑 아부지는 가심을 쥐어 뜯었데이. 누가 태어날 때 선비 집안 양반 집안에 안 태어나고 싶은 사램이 어데 있냐고. 태어나는 걸 누가 맴대로 할 수 있다고 이래 사램을 망신을 주고 모멸감을 주냐고. 내 생각에는 양반 선비들은 꼭 트로이목마 같은 작자들 같다. 겉으로는 선비나 양반의 모양을 하고 속에는 지식을 이용해 상대를 몰락시키는 작자들.

너 엄마가 가신 뒤에 할배랑 아부지가 분을 못 이게 냉수를 들이키시고. 그 화풀이를 다 내게 돌렸어. 지지바가 밤낮없이 쏘댕게서 집안 망신을 이리 시킨다고. 당장 방에서 가새를 가져온 아부지는 내 멀꺼데이부텀 싹둑싹둑 다 잘라 버렸다. 그래고도 분을 못 삭여 한 분만 더 밖에 싸돌아댕기믄 발모가지 손모가지 모가지란 모가지는 다 분질러 앉혀버릴 테이 그리 알아라. 그래서 지지바를 놓으믄 아무짝에도 쓸모가 없다. 생각나는 대로 모욕을 주셌제. 나 참. 머스마는 싸돌아댕기도 되고 지지바는 싸돌아댕기믄 안되나. 그래고도 분을 못 이긴 아부지는 또 막말을 했제. 나무 지지바를 꼬드기서 델꼬 댕게 놓고 인제 와서 우리한테 저 지랄이고 저 안 노인네는. 이 좁은 땅에서 머스마 선호 사상이 이래 유행하고 있으이 걱정이다. 지지바가 없으믄 우째 머스마를 놓는다고. 머스마 지지바 다 필요하제. 저게 무신 누무 선비고 양반이로. 선비 양반이 다 얼어 죽었제. 내 오래 살다 보이 빌 꼬라지를 다 당하고 사네. 지미 닮아서 또 어데로 내뺄라고 저따우 행동을 하고 댕기는 동. 에미는 낼부텀 단속 잘해라. 집안에서 한 발짝도 못 나가게 해라. 메느리한테 말을 던져놓고 할배하고 아부지 걸음은 투박하게 어디론가 나가 버렸다.

심술이 더글더글 붙은 낯짝의 옥만이 햇바닥을 날름 내밀어 메롱메롱 놀리재키민서 안채로 뛰어가고. 눈이 유난히 맑고 까매 겁이 많은 옥미는 곁에 와서 언니 울지 마 아프지. 내가 멀꺼데이 다 주워줄게. 머리에 다시 붙여. 언니 울지 마래이. 옥미 눈에도 그렁그렁 슬픔이 열려 있었다. 나는 양파 껍데이 같은 슬픔을 둘둘 말았다. 상처가 난 것도 아닌데 몸이 아팠다. 너무 아파서 일어설 힘조차 없었다. 주인 잃은 멀꺼데이는 땅바닥에 나뒹굴었고. 나를 낯설게 쳐다보는 멀꺼데이를 쓰다듬고 쓰다듬고 또 쓰다듬었제.

그래 나도 엄마를 잃고 이렇게 힘들게 사는데 주인 잃은 맴이 오죽하겠나. 그릏지만 만남이란 말속엔 늘 이빌이란 말이 포함되어 있느니 우쩨겠노. 나도 너도 한 분 태어나고 한 분 죽는 1회용 같은 인생. 이빌이 쪼매 빠르다고 생각하고 멀꺼데이야 잘 가그라. 내 사랑 멀꺼데이 내 몸 중에서 내게 가장 자랑스러웠던 건 멀꺼데이였다. 엄마가 보고프고 외로워지믄 나는 달밤에 헛간에 나와 앉아 멀꺼데이를 손꾸락으로 배배 꼬민서 맴을 다스리고 아까시 줄기를 따서 돌돌 말아 고불고불해지믄 울매나 멋스러워 보이고 기부이 상쾌해졌는지.

니 기억하나? 우리 워내이 내래 가는 둔덕에 아까시아가 피믄 니가 그 꽃은 따서 먹고. 줄기로 내 멀꺼데이를 말아주고는 멀꺼데이가 고불고불 이쁘다고 좋아했제 또 잎 먼저 따내기도 했잖나. 가위바위보를 해서 하나씩 따내고 지믄 꿀밤 맞기도 하고. 그때 아까시아 향은 지끔도 내 몸 가득 배어 있다가 봄만 되면 멀꺼데이에서 냄새를 피워낸다. 그것뿐이 아니잖아. 뒷산에 참꽃 따러 가면 니는 참꽃을 꺾어 제일 먼저 내 머리에 꽂아 주고 참꽃 수술을 따서 고리로 걸어 고리를 자르는 참꽃 싸움도 하고 참꽃을 따 먹으미 놀민서 문디이도 귀신도 무숩지 않았제. 햇살은 마냥 우리 머리 우로 내려앉고 뻐꾸기 울음도 진달래꽃 색깔이었제. 감꽃으로 머리띠를 만들어 머리에 씌워주면 내는 여왕보다 더 행복했었지러. 꽃들이 피어나믄 온갖 꽃으로 니는 꽃 머리띠를 만들어 내 머리에 얹어주곤 했제. 봄부터 가을까짐 내 머리는 언제나 여왕이었 잖나.

니 기억나제? 때로는 질근질근 입에 넣고 씹으민서 같이했던 카 락. 보통 핵교를 졸업하고 한 분도 자르지 않고 이가 살고 서캐가 살아도 참빗으로 하얀 가루약을 뿌리가민서 가꾸던 머리가 한순 간에 땅바닥에 삼발로 흩어져 바램이 부는 대로 이리저리 길 잃은 미아맨치 헤매고 있었다. 그케 엄마 무르팍이 그리워 너들도 죽는 구나. 나도 엄마 무르팍이 그리웠다. 그러나 눈물도 나지 않았다. 그날따라 부엉이는 왜 그래도 슬피 우는지. 나는 부엉이 울음을 들으믄 엄마가 농약 빙을 들었던 그 날이 생각나서 견딜 수 없는 슬픔이 우후죽순으로 자라났다. 내 몸속엔 슬픔 씨앗으로 가득 찬 것 같았다. 인제 다시 너를 볼 수 없음에 가심이 미어지고. 껍 질 없는 달걀 같은 생각이 들고. 이 시상을 우째 견디민서 살아가 야 할지 자신이 없었다. 그래서 집안에 처박히서 굶어 죽을 생각 도 하다가 엄마맨치로 농약을 먹을 생각을 하다가 밤낮으로 공상 만 하민서 시간을 죽이고 있었고. 죽은 시간만큼 나도 죽어가고 있었제.

태석아 그동안 참말 고마웠데이. 니에 대한 맴을 차게 식해기 위 해 몸부림칠수록 지옥 같은 슬픔이 더욱 하얗게 서렸어. 우리 집 뒤뜰에 삼낭구가 마이 있어서 그 잎을 돌돌 말아 그 연기를 마시 기도 해봤제만, 기침만 날 뿐 아무것도 달라지지 않드라. 그걸 우째 알았는지 할배는 삼낭구잎을 가새로 내 머리채를 잡아 자르듯 다 잘라버렸어. 뒤 안에 풀숲에 앉아 여치 노래 듣다가 사마귀를 보다가 개미 떼를 보민서 그들은 참 행복하단 생각을 했다. 죽은 지네 새끼 시체 하나가 개미 떼를 끌고 어디론가 평화롭게 가고 있었다. 여치 가족도 가족이 화음을 맞춰 푸른 음을 내뱉았고. 자식을 놓고는 자식을 위해 잡아 먹혀주는 사마귀 저 희생정신이 참말 부러웠단다. 조물주는 인간을 너무 이기적으로 맹글어 놓은 것 같다. 짓밟히지 않을라믄 짓밟아야 하고. 사램을 죽애도 하나를 죽이믄 살인자란 멍에를 쓰고. 많이 죽이믄 영웅이 되는. 남의 나랄 짓밟고 사램을 파리 목숨맨치 살상하고도 이기기만 하믄 영웅이되고. 보기에 따라서 자기에게 유리하게 판단하는 것도 아주 이기적이야. 적을 죽이믄 살인자가 아니고 영웅이지만 죽은 쪽에서 보믄 대천지원수가 되는 걸 봐도 어느 면에서 보느냐에 따라 정답도 오답이 되고 오답도 정답이 되는 이상한 논리 장치를 인간의 머리 세포 속에 박아서 이 시상에 태어나게 해놨어.

짐승들을 봐. 저들은 배가 부르믄 절대로 먹이를 더 잡아 비축하는 법이 없잖아. 인간은 하나믄 둘 둘이믄 싯 싯이믄 닛 가지고 싶어 하고. 기대치는 점점 올라가 만족을 모르제. 윤리나 도덕도 필요 없고 시상에 양반도 양반 노릇을 할 때 양반이고 선비도 선비다운 행동을 할 때 선비지 선비고 양반가라고 없고 못난 사람을 업신여게고 함부로 대하고 무시한다믄 머가 양반이고 머가 선비라

고 잣대를 들이 된단 말이로. 나는 그른 말이 맴에 안 든다. 그릏
지만 내 쬐끄만 몸으로 우쩔 수 없는 일이제. 그냥 웃어야제, 안
그르나? 나는 이릏게 힘든데 우주는 자연은 아무 일도 없는 것맨
치 잘도 돌아가드래이. 바램이 불고. 햇빛도 나고. 비도 오고. 곡식
도 무럭무럭 자라주고. 앞 거랑에는 송사리 새끼들도 여유롭게 놀
고. 낭구 가지엔 여전히 새들이 지저귀고. 나 같은 거야 아프건 죽
을 것맨치 힘들건 아무 상관 없이 시상은 잘도 바퀴를 굴리고 있
드라. 이래고 있다가 또 너 엄마 보믄 난리 난데이. 인제 내 말 다
끝났으이 집에 간다. 양반집 색시한테 장개도 가고. 아도 놓고. 잘
살아라 알았제. 옥출의 말은 떨리고 있었지만 아무릏지도 않은 듯
웃었다. 창백한 웃음은 달빛에 비쳐 찔레꽃 향기맨치 하얗고 고왔
다. 수건을 뒤집어쓴 모습이 꼭 비구니 같다는 생각이 들었다. 머
리 길 때보다 더 고와보있다.

　썰데없는 소리 집어치워라. 나는 니 아이믄 절대 장개 안 간데
이. 우리 약속해놓고 왜 손바닥 뒤집듯이 약속을 뒤집노. 아무리
여자래도 그래믄 못쓴다. 장개는 내가 가는 거제. 우리 엄마가 가
는 게 아이다. 알았나. 잔소리 말고 낼 서낭당 우에 큰 꼬약 낭구
밑에서 만내재이. 거는 어둡고 산 밑이라 아무도 모른다. 낮에도
잘 보이지 않는다. 내일 적에 어두워지거든 글로 온나. 알았제? 싫
다. 다시 한 분 더 들키믄 니하고 내하고 둘 다 죽음이다. 니 죽는
게 두렵나? 그까짓 죽기 아니믄 살기제. 죽음이믄 가치 죽으믄 되

잖나. 머가 겁나노. 어차피 한 분 죽을 거 아이라. 그래믄 가치 죽으믄 되잖나. 내만 믿고 나온나. 엄마가 아무리 그래도 자식 이기는 부모는 없데이. 니 맹심해라. 니가 자꾸 맴이 흔들리믄 안 된다. 우리가 결혼해서 살다 보믄 이보다 더한 일도 있을지 모른다. 사램 일은 한 치 앞도 모르는 거 아이라. 약속해라! 빨리. 옥출은 고개를 들지 않았다. 아무 말도 없었다. 늦었데이. 얼릉 가라. 그래고 내일 거기서 보재이. 누군가에게 들킬까 옥출의 그렁지까짐 안 보이고 나서야 내가 내래갔다. 이튿날. 올까 안 올까. 조마조마 조마를 키우는 맴을 위로하느라 하루를 북데기맨치 다 헝클어버렸다. 하루가 그래 긴 적은 그때 까짐 한 분도 없었다. 및 년 같은 하루가 지내고 밤이 되었다. 나는 제발 와 있기를 주문주문 외우민서 꼬약 낭구 아래로 갔다. 옥출은 없었다. 나는 꼬약 낭구를 발로 툭툭 걷어찼다. 꼬약 낭구에 달렸던 잎들이 떨어져 달빛에 뒹굴었다. 꼬약 잎을 주워서 달빛을 털고 침을 발라 닦은 다음 입술에 대고 불어보았다. 복숭아 잎처럼 소리가 나지 않았다. 옥출이 싫어하는 부엉이는 청승맞게 울어대고. 미깔스러운 바램은 꼬약 낭구 그렁지를 마구 흔들어댔다. 갈색 그렁지는 마구 흔들래고. 맴은 초조에 휩싸이고. 심장은 지 맴대로 쿵쿵 뛰어댕깄다. 꼬약 낭구 새로 달빛이 쏟아져 내리고. 부엉이 울음이 시큼하게 떨어져 내렸다.

그때 어디선가 인기척이 느껴졌다. 돌아다보이 저 짝에서 어둠을 밀어내민서 환한 옥출이 다가오고 있었다. 배꽃맨치 하얀 옥출이 어두운 밤을 환히 밝히며 걸어오고 있었다. 헛것을 본 건 아니겠지. 분명 옥출이었다. 가심이 박하를 먹은 것맨치 화했다. 정적이 볏짚 가리맨치 쌓인 밤을 단순간에 옥출이 깨뜨렸다. 밤에 파문이 하얗게 일었다. 옥출이 말했다. 밤에는 나오기가 힘든데이. 할배하고 아부지가 눈썹을 칼맨치 세우고 지킨다. 그래믄 낮에 만내자. 낮에는 되나? 그래 낮에는 빨래 빨러 간다고 하고 나오믄 된다. 그건 내 생각이 아이고. 새엄마 안진분이 내한테 그래 만내고 싶그던 내가 빨래 빨로 보냈다고 할 거이까 만내라고 갈캐주드라. 그래. 너 새엄마 고맙데이. 내한테 살갑게 잘한다. 전에 여자하고는 영 딴파이다. 그래. 그래믄 잘됐다. 내일은 점심 먹고 여서 만내재이. 거게는 큰 소낭구가 한 그루 서 있고 집채만 한 큰 바우가 서 있다. 그 사이가 꼭 굴맨치 생기서 비가 와도 안 맞을 정도의 공간이 있어 거게 들어앉으믄 사램들 눈에 잘 띄지 않게 되어 있다.

나는 이튿날 아직에 짚 한 단을 가주고 올라가서 바우 밑에 깔았다. 우리 둘만의 자리를 위해. 방맨치 포근했다. 앞 문짝에는 소낭구를 꺾어 꽂아 울타리를 맹글었다. 안에 들어가믄 아무도 볼 수 없는 굴이 되었다. 한 바퀴 주위를 빙 둘러보았으나 외딴 바우 아래 동네 사램들은 드나들지 않는 곳이라 우리가 만내기에는 안성맞춤이었단다. 흐뭇한 맴으로 집으로 갔다. 너 할매는 낮으로 일 다 보고 밤에는 나가지 마라민서 밤 외출을 까시 같은 말로 막았다. 야. 알았니더. 짧은 대답에 니 할매는 발걸음을 앞세워 밭으로 향했다. 여자의 몸으로 혼자 삶을 짊어지고 절뚝거리는 모습이 꼭 보리깜부기 같다는 생각을 했다. 자식을 위한 진정한 사랑이 무엇인지를 모르는 사램. 아들이 행복해야 당신이 행복한 건데 우째 아들이 좋다는 것을 그 허울 좋은 양반이니 선비를 내세워 막으려고 하는지. 강하게 나올수록 반항심만 커져 호미로 막을 일을 가래로 막아도 막지 못할 일이 된다는 걸 모르고. 울매나 답답던지. 질이란 때로 처음엔 그 질이 최고인 것 같지만 가다가 보믄 돌부리도 있고. 가시밭도 나오고. 처음엔 가시밭질 자갈질 같지만 가다가 보믄 아주 편안한 질도 나올 수 있는 법인데. 숲은 보지 않고 낭구만 바라보고 잣대를 재는 너 할매가 딱하기도 하고 한 편 화도 났다. 암만 그래 봤자 날 못 이기니더. 밤에 못 만내믄 낮에 만내제. 안죽도 자식을 이겠다는 부모를 본 적이 없는데 엄마한테 질까 봐요. 어림없는 소리씨더.

나는 속으로 묘한 승리감 같은 것이 솟아올랐다. 그날 오후 나는 묵정밭에 봄이 오는 기분으로 일찌감치 우리의 돌방으로 가서 기다랬제. 돌방 안에서 솔가지 사이로 밲을 내다보고 있는데 옥출이 걸어오고 있었다. 손에는 먼 봉다리가 들래 있었지. 부지러이 걸어오는 모습이 꼭 선녀가 하강한 것맨치 고와 보왔다. 계절은 이 부분에서 화가 나야 하는데 이상스럽게 그 사랑에 함께 도취되고 있음에 놀란다. 마약 중독이 된 기분. 아니면 소설을 읽는 듯한 기분이 든다. 계속해서 아버지는 책을 읽어 내려가듯 다음 페이지를 읽어간다. 가까이 다가와서는 내가 만든 방은 못 본채 소낭구를 올려다보디이 그 밑에 쪼그리고 앉아 칠기꽃을 따민서 노래를 보르고 있었다. 내가 온 줄도 모르고 노래에 취해 꾀꼬리 같은 목소리로

'도 도 도 자로 끝나는 말은
이래도 저래도 그래도 사연도
유리한 말도
도 도 도 자로 끝나는 말은
알아도 몰래도 살아도 죽어도
원망을 해도
도 도 도 자로 끝나는 말은
햇빛도 달빛도 빌빛도 구름도
우리 둘이도
도 도 도자로 끝나는 말은
참말도 거짓말도 새파랗게 잘하는
선비 양반도'

옥출은 신나게 계속해서 같은 노래를 부르고 있었다. 아마도 너

할매가 한 말에 충격이 심했던 것 같아 가슴이 아렸다. 솔가지를 밀치고 보이 옥출은 옷자락에 도깨비바늘을 가득 끌고 왔다. 도깨비바늘은 옥출이 여자인 걸 아는지 마이도 따라붙었다. 옥출에게 달라붙은 걸 보이 저 도깨비바늘은 분매이 수놈일 거라 생각 들었제. 더 이상 참지 못하고 밖으로 나가면서 워이! 하고 놀래키자 옥출이 참말로 놀랬다. 그릏지만 나인 걸 보고는 다시 그 찔레꽃 웃음을 웃었다. 눈이 부서 바로 바라볼 수가 없었다. 나는 아무 말 없이 옥출의 치맷자락에 묻은 도깨비바늘을 하나씩 떼었다. 쉽게 떼어지지 않을 만큼 착 달라붙어 있지만 깨끌바시 떼 주고 나이 내 기분도 좋아졌었제. 도깨비바늘을 다 떼어주고 나는 바늘이 옥출이를 좋아하는 거 보이 분명 숫바늘이라민서 놀랬제. 옥출은 수줍은 듯 빌말을 다 한다민서 낯이 뽈또고리해졌제. 뽈또고리한 볼태기가 소곤소곤 내게 귓속말을 하는 것 같았다.

옥출이 봉다리에서 꺼낸 건 고구마였다. 가을에 먹는 고구마가 꼭 겨울 같은 느낌이 들었다. 니는 군고구마를 기중 좋아하제. 그래서 고구마 꾸 왔데이. 옥출은 늘 내 말에 밑줄을 그으며 달달 외우는지 오래 전 한 말도 선명하게 기억하고 있었다. 보통 핵교 3학년 겨울 방학 때인가. 옥출이 고구마를 꾸서 문종이에 싸왔는데 우리는 같이 방학 청소 당번이어서 둘이 다 먹다. 그때 그 고구마는 눈으로만 머도 맛있었다. 고구마가 아닌 그 먼 맛이라고 둘러댈 말이 없도록 맛있었던 기억이 났다. 옥출은 봉지에 든 고구마를 꺼내서 껍데이를 벗긴 다음 통통하고 노랗게 살찐 고구마를 내게 내밀었다. 눈으로 먹어도 맛있는 군고구마를 나는 받아서 볼태기가 터지라고 입에 집어넣고 우물거리민서 멌다. 깜짝 놀란 그녀는 토끼 매로 눈을 크게 뜨고 얹힐라 천천이 머라. 안 뺏아 먹는다. 하민서 눈을 흘겠다. 흘개는 눈에 찔레꽃향이 폴폴 났다. 옥출은 봉다리 안에 고구마 껍데이를 까서 다 내게 주고. 자신은 한 개뽀에 안 멌다. 한 개를 가주고 아주 조끔씩 베먹는 차돌맨치 하얀 대문니에 치자 향이 났다. 귀여움이 내 눈으로 달려들었다. 게걸스럽게 먹는 내 낯에서 부끄럼이 굴러떨어졌다. 염체는 자꾸 목구멍으로 넘어가고. 달콤한 맛이 입안을 뒹굴민서 헷바닥을 굴리고 있었다.

난 내가 하는 일에 의견을 제시한 적이 없다. 내가 한 일에 대한 후회도 땅속에 묻은 지 오래다. 후회하는 시간이란 지내간 시간을 붙들고 지끔 시간을 낭비하는 것이라서. 절대로 후회란 없다. 지난 시간 보다가는 지끔이 기중 중하제. 앞일도 알 수 없고. 내일은 영원히 오지 않고. 내게 주어진 시간은 유한하고. 그래서 나는 꿈속에서도 후회 같은 건 안 하기로 맴먹고 지끔을 충실하게 여긴다. 그래서 나는 옥출이 옆에 있는 것. 나를 위해 이 시간을 내게 내어 주는 것만으로도 시상이 온통 산복상꽃맨치 분홍시레 이뻐보있다. 고구마를 다 먹은 후 우리는 우리의 방으로 들어가고 소깝문을 닫았다. 옥출의 물팍에 머리를 얹고 눴다. 울매나 포근하

고 아늑하든지. 이 시간이 정지했으믄 하고 빌었제. 옥출이 무르
팍을 안 빌래줄까 봐 걱정도 했어. 내 속맴에 밑줄을 그었는지. 걱
정하지 말고 물팍 비라. 포근하나? 내가 기중 행복할 때가 언젠 줄
아나? 우리 엄마 물팍 비고 있으믄 엄마가 머리에 이 잡아줄 때다.
옥출은 물팍을 선뜻 내밀어주민서 뽈또고래한 웃음을 웃어 가민
서 내 머리를 쓰다듬어주었다. 낭구들도 새 둥지에 적이 되믄 군
불을 때주고. 여름이 되면 부채질을 해주겠제. 그래이 니도 내가
추우믄 내 맴에 군불을 때주고. 계절은 아버지의 연애담을 친구
연애담 듣듯 듣고 있다.

슬픔경전

14

더우믄 부채질을 해주라. 알았제. 나도 니가 추우믄 군불을 지
피고 더우믄 시원하게 해주게 알았제. 옥출은 웃었다. 생명 있는
것들은 서로 쬐민서 기대민서 산다. 우리도 서로 기대민서 서로 쬐
주는 빛으로 살믄 울매나 행복하노. 그제? 우리는 행복했다. 모든
근심은 다 땅속에 묻혀버린 시간. 햇살은 적당히 알맞은 온도로
우리를 덮어주고. 바람은 아무런 대가도 없이 돈 한 푼 안 받고 모
공 속으로 들락날락 딱 필요한 만큼의 산소를 공급해주었제. 옥출
의 무르팍에서 땅속에서 샘물이 솟듯 행복이 퐁알퐁알 퐁퐁 퐁알
퐁알 퐁퐁 옹달샘맨치 마구 솟아올랐다. 행복이 먼 색인 동 먼 맛
인 동은 모르제만 그 순간만은 시상 어뜬 것도 부럽지 않고 그저
콧노래가 나왔제. 시간이 이대로 멈추믄 좋겠다는 생각을 했으이
행복이 아닌가 싶었다. 본래 행복은 신들이 질투를 한다고 하더

라. 한 일주일 정도 우리는 그 돌방에서 만내 책도 읽고. 하늘도 보고 풀도 꺾으민서 행복을 키워나갔다. 그른데 어느 날 갑재기 누군가가 우리의 돌 굴에 대문을 다 부숴버리고 그 자리에다 쇠똥을 잔뜩 갖다 퍼부 놓았어. 내 짐작엔 너 할매 짓 같았어. 너 할매가 무서운 게 아이라 옥출이네 집에 가서 다시 소란을 피울까 봐 그게 무서웠제. 다행히 너 할매는 가타부타 아무 말씸도 없고. 만내는 걸 알고도 모르는 척하는지. 몰래서 모르는 척하는지. 밤으로 안 나가이까 아무 말씸은 없었단다.

우리는 다시 만내는 장소를 이사하기로 했다. 쫌 더 멀리로. 누구의 눈에도 띄지 않을 곳으로. 그곳이 바로 연화동이다. 연화동은 우리 동네서 시거리를 지나 시거리는 본래 세거리다. 질이 연화동과 좌석으로 갈라져서 시 갈래 질이라 세거리란 이름인데 시거리는 여게 사램들이 시거리라고 부른다. 여게를 지나서도 한참을 올라가야 연화동이 나오는데 우리는 멀수록 좋았제. 멀수록 너 할매나 옥출이 집 식구들한테 들킬 일이 적었으이까. 더군다나 연화동으로 올라가는 질에는 갖가지 꽃들과 새들이 많고. 사램들이 마이 안 살아서 우리에겐 알맞은 곳이었단다. 아직을 먹고 우리는 연화동으로 올라갔제. 가민서 넝쿨딸기도 따먹다가 조끔 지내서 낭구딸기를 따먹고. 또 한 달 때쯤 지내믄 고무딸기도 따먹고. 갈겐 밤도 주서 불을 피워서 꾸 먹고. 옥출이는 올 때 먹을 것을 책보에 싸 가주고 왔어. 일주일에 삼사 일은 만냈제. 가민서 질가에서 공기도 하고. 오재미도 하고. 땅따먹기도 하고 꽃도 꺾고 나비도 잡으민서. 우리에게 주어진 공간과 시간을 맴껏 즐겼제. 한여름에도 폭포에 가믄 발이 시러울 정도였으니까. 봄에는 꽃 나비들이 많애서 눈도 호강하고. 찔레도 꺾어 먹고. 국시 낭구 순도 꺾어 먹어 입도 호강했제. 시원한 폭포 아래서 옥출이가 싸 온 밥을 폭포 물에 말아 풋 고치를 고치장에 찍어 먹고 부루도 뜯어서 쌈 싸 먹고. 갈게는 메뚜기를 잡아 꾸 먹고. 나락 비고 난 논에서 낱나락을 주서 불을 피워 꾸 먹고. 결게는 폭폭가 꽝꽝 얼었다. 계곡이 투명 거울맨치 반들반들 하얗게 얼었제.

소깝을 꺾어 썰매를 만들어서 얼음 우에서 썰매도 타고. 추우믄 주위에 낭구로 모닥불을 피놓고 쬐었제. 그 숯불에 얼음을 깨고 얼음 밑에 든 깨구리도 잡아 꾸 먹고. 고구마도 꾸 먹으민서 너무 행복해 불안할 정도였다. 연화동은 우리의 종교 같은 곳이었다. 우리는 연화동에서 조재기까지 같이 오민서 서로 만낼 약속을 정했제. 내일의 약속을 정한 다음 옥출이 먼저 집으로 보낸 후에 나는 집으로 오곤 했제. 연화동 폭포수가 연신 맨몸으로 뛰어내리며 묘기를 부래줬제. 우리를 위해서 시상이 존재한다고 믿었제. 조금 올라가믄 연화부수(蓮花浮水)라는 묘터가 있다. 풍수적으로 명당 입지인 연화부수형의 터다. 연화부수형은 연꽃이 물에 떠 있는 모습맨치 터 주벤으로 물질이 형성되어 흐르고. 주벤의 산세가 가까이서 원형을 이루듯이 에워싸고 있는 입지를 말한다. 특히 주벤의 산봉우리가 목형체. 금형체. 토형체. 등의 형태를 이루민서 터를 감싸는 형국을 이룬다. 발복의 역량이 엄청나게 큰 곳이라는 뜻이다. 부귀 겸전이 오래도록 지속되는 명당 터라고 하여 연화동이라는 이름이 붙애졌다고 한다.

그 연화동 폭포에는 밤마다 선녀가 내래와 목감을 하고 간다는 전설도 전해진다. 거게서 더 올라가믄 고치령이 나오고 그 고치재에 가믄 대궐터가 있다. 신라 때 고치령 아래다 대궐터를 잡으민서 옛 고라 했고 고치(古峙)재라 부르게 되었다고 한다. 고치령에서 국망봉(마당치) 방향으로 2km 지점까지 대궐터에는 옛 성의 흔적과 깨진 기왓장이 안죽도 여기저게 흩어져 살고 있제. 고치령은 단종과 금성대군의 비극과 한이 서린 한 고개이기도 하다. 단종 복위를 위해 금성대군의 발자죽이 수없이 찍힌 곳. 세조의 동상이었던 금성대군이 이 질을 댕기믄서 단종 복위운동을 벌이다 관노의 밀고로 실패했다. 정상엔 태백산 신과 소백산 신을 모시던 서낭당이 있었다. 지끔은 불에 타 없어졌제만. 태백산 神은 단종이고. 소백산 神은 금성대군이제. 소백산과 태백산의 중간이다. 그래고 또 이재는 영주와 영월의 광산 지역을 오가던 보부상들의 애환이 서리서리 깔려 있는 고갯질이기도 하다. 야 아부지. 저 국민핵교 때 소풍도 연화동으로 마이 갔니더. 그래 소풍지로서도 아주 좋은 곳이제. 연화동 산기슭엔 뱀도 많고. 산짐승도 많고 산삼도 많은 곳이제. 이 산은 농촌 사램들을 먹이 살린 곳이제. 농사지은 것은 일본

눔들이 다 뺏아가뿌래고 나믄 산채를 뜯어서 목구멍에 풀칠을 하고 살았제.

암튼 그렇게 우리는 한 시도 떨어져서는 못 살 것맨치 십 리 질이 넘는 연화동을 오가민서 사랑을 키웠제. 연화동 폭포 입구에는 산미나리가 많애서 산미나리 향이 향긋했제. 먹을 때보담 뜯어서 냄새를 맡을 때가 더 향긋하제. 우리는 그날도 산미나리 향을 맡으민서 키득거리미 시상 웃음을 다 거둬 웃으민서 집으로 왔어. 운맹이 낭떠러지에서 추락을 기다리고 있는 줄도 모르고. 휘파람이 풀풀 입술을 열고 나오는 아직이었다. 너 할매는 누가 오기로 했다민서 오늘은 어데 가지 말라고 하시드라. 마침 옥출이와 약속도 없었고 그냥 집에 있었제. 한나절쯤 되는데 낯선 남자 둘과 첨보는 여자가 우리 집에 왔어. 먼 영문인지 몰래서 우물쭈물 있는데 남자가 지고 있던 짐 보따리를 마리에 내라놓으민서 오늘 여게서 자고 내일 절에 같이 갔다가 간다고 하더구나. 너 할매는 워낙 절에 자주 가시니 그래려니 했제. 그른데 나도 가야 한다고 했어. 또 절에 가서 소원 빌라고 하겠지. 생각했제만 같이 온 여자가 맴에 걸렸어. 맴에 내키지 않았제만 너 할매랑 그 사람들이랑 절엘 갔제. 절에서 절을 하고 그 여자하고 내하고 맞절을 하라는 거야. 이상했제. 그릏제만 사람들이 많이 모인 곳이어서 뿌리칠 여건이 아니었제. 하는 수 없이 절을 하는 둥 마는 둥 했제. 하고 나이 시님이 그 여자와 나를 보고 오늘부터 부부이까 아들 놓고 딸 놓고 백년해로하고 잘 살으라는 거야. 마른하늘에 날벼락이제. 하늘이 캄캄했단다.

그길로 나는 혼자 집에 와뿌랐제. 그날부텀 너 엄마는 우리 집에서 살게 되었다. 나는 목 꺾인 수꿋대맨치 혼자 들판에 서 있다는 느낌이 들었다. 옥출의 안부가 궁금했제. 우쩨믄 이 위기에서 벗어날까 궁리만 했제. 토끼가 웅노에 걸리믄 발버둥 칠수록 모가지가 조이는 것매로 냉정하게 이 일을 생각해서 어뜽게든 옥출이랑 살 궁리만 모색했제. 그런 중이었어. 이 동네는 쬐끄만 나무 일에도 서로 관심을 섞는 동네제. 그르던 어느 날 동네 사램들이 웅성거리고 무슨 큰일이 난 것맨치 어수선했어. 어수선하건 말건 나는 그따위 웅성거림 정도는 아무 관심도 없었제. 그른데 옆집에 아가가 찾아왔어. 아가는 내보다 나가 한 살 많았지만 동무맨치 지내던 사이였어. 니 소문 들었나? 먼 소문? 야가 머 이따우 새끼가 다 있노? 니 새끼야 옥출이 좋아했잖나. 그른데 그래믄 되나. 이 나쁜 눔아. 그때서야 정신이 번쩍 들었다. 먼 일인데? 글쎄 옥출이가 조바우 쏘에서 돌 우에 신을 가지런히 벗어놓고 물에 빠져 죽었다. 먼 미친 소리. 옥출이가 왜 죽어? 참말이다. 동네가 다 아는데 와 니만 모르노. 니가 젤 먼저 알아야 되제.

기가 차고 어이가 없었다. 갑자기 죽다니 말도 안 된다고. 있을 수 없는 일이라고. 나는 믿지 않았다. 그릏게 건강하고 밝은 옥출이 죽었다는 말은 거짓뿌렁 같앴제. 조바우 쏘에 가봤지제만 있을리 만무였제. 나는 옥출이네 집에 뛰어갔제. 옥출이를 불렀다. 나무 딸 죽게 했으믄 됐제 먼 염치로 와서 찾노. 당장 꺼져라. 안 그래믄 가만 안 둘 꺼다. 서릿발맨치 노한 옥출이 아부지 목소리는 금방이라도 칼을 휘두를 것 같은 섬찟함을 느꼈다. 일단 발길을 돌릴 수백에 없었다. 멀 우째야 될지 멍 때리기만 했다. 자신이 싫고 너 할매가 싫고 너 엄마도 싫고 시상이 다 싫었다. 시상 모든 일을 다 걸어 잠그고 방안에서 및 달을 보냈다. 그래자 니 할매가 몸져눴어. 끼니도 안 드시고 뼈만 남은 너 할매가 불쌍해 보이기도 했다. 그냥 두면 돌아가실 것 같아서 진지 드시라고 하이 내가 먹어야 먹는다며 맞고집을 피우는 바램에 아무꺼도 못하고 삶이 꺾이는 느낌이 들었다. 우쩰 수 없어 자리에서 일어났다. 일어나 보이 쌀독에 쌀은 없고. 식구는 많고 어린 조카들과 동상들은 모두 배를 곯고 있었다. 저 어린 것들을 굶겨 죽일 수는 없었다. 우쩨든지 아이들을 배부르게 미겔 수 있을지만 생각했어. 나는 밤낮 일만 했지. 낮에는 나무 일을 해주고, 밤이 되믄 새끼도 꼬고 가마이도 짜고. 너 할매는 자리도 짜고 잠이 오믄 떨어져 자고 새벽 되믄 또 일하로 가고 그런 시월이 꽤 길었제.

 그 시월은 내가 살아 있는 시월이 아니었다. 그릏다고 죽은 것도 아이고 어정쩡하게 시간만 깎아 먹는 시간 벌거지라고 할까. 좋은 것도 없었고. 맛있는 것도 없었고. 숨을 쉬니 사는 거였제. 그릏다고 너 엄마가 특별히 미운 것도 아니었다. 그냥 아무 생각이 없었을 뿐이다. 결혼한 지 4년이 넘어도 너 엄마 곁에 가지 않았제. 도무지 그를 생각도 아니 쫌 더 정확히 말하자믄 한 넋을 버래고 살았제. 동네 사램들도 나를 정신 나갔다고 저러다가 죽을 거라고 쑤근거렸으이까. 옥출의 무덤이 어데 있는지 알지도 못했제. 죽었다는 말이 믿기지도 않았고. 처음엔 그냥 살아만 있으믄 좋겠다는 생각을 했제만 그것도 막연한 바램일 뿐이었제. 옥출을 위해 아무 것도 할 수 없는 무기력한 자신이 증오스러웠을 뿐이다. 너 할매 단식 사건만 아니었음 아마도 나는 그냥 그대로 이 시상을 등졌을 지도 모른다. 참 사램 맴이란 간사하기도 하제. 죽기 살기로 일만 하고 및 년이 흐르이까 그 그리움도 아픔도 조끔씩 엷어져 가더구나. 잊혀져 가는 내가 정말 싫었다. 내 가심은 식어 가고 있었어. 첨엔 옥출과 같이했던 그 질들을 헤매며 기억을 주우민서 아파했제만. 그것도 시간이 지나이까 희미해지고. 또 더 지나이까 더 희미해지고. 햇빛에 종이가 바래듯 조끔씩 조끔씩 바래지더구나.

어느덧 옥출과 걷던 곳을 지날 때만 가심이 싸늘해질 정도로 여유가 생깄지. 인간이 그릏게 간사한 줄 몰랐다. 그래고 그릏게 간사한 거에 대해 화도 났어. 사램이란 말이다. 태어나는 건 맴대로 안 되지만 우뜬 환경에서 으뜳게 태어나든간에 본인이 우째 살다가 죽느냐는 본인의 의지에 달랬다. 이 짧은 인생을 살민서 고난과 고통이 있은들 울매나 있겠노. 그래고 본인이 고통스럽게 경험으로 얻는 것도 중요하제만 그건 너무 큰 손실이제. 그래도 할 수 없잖아요. 그래서 인류 조상들이 살민서 글로 남게 놓은 좋은 고전들을 마이 읽고 거게서 지혜를 캐내고 그들의 경험을 바탕으로 앞으로 살아보지 않은 시간들을 우째 살아야 하는지를 배우게 되는 거야. 그래서 선비들을 최고로 치는 이유란다. 선비란 목에 칼이 들어와도 옳은 건 옳고 그른 건 그르다고 말할 수 있고. 갈챌 수 있어야 참 선비제. 책만 마이 읽고 많은 지식을 가졌다고 다 선비는 아이다. 그 지식을 지혜로 녹여내고. 그야말로 지성을 갖춘 행동을 하지 않는다믄 못 배운 사램만도 못하단다. 아이지. 오히려 남한테 지능적으로 피해를 주는 파렴치한 인간이 되제.

니도 내중에 좋은 대핵교를 나왔다고 우쭐대는 순간 니는 추락하고 말아. 시상 씨앗들이 익을수록 모간지를 숙이는 자연에서도 배워야 하느니라. 니보다 못한 사램을 보살피주고 더 나은 사램한테서 배우고 그래민서 시상을 사람답게 살고 죽음 앞에서도 후회가 없는 거야. 내가 널 이릏게 이 지역을 일일이 델꼬 댕기민서 설명을 해주는 것도 다, 이 고장 옛 조상들이 우째 살았고 우뜬 정신으로 동네를 아끼고 서로 화목했는가를 배우게 하려는 거야. 뿌리를 모르믄 경거망동하게 되고. 주인의식도 없어지고. 나라가 어지러워져도 자신의 살 질만 구하느라 허둥대지. 그릏제만 뿌리를 알믄 나라가 어려워지거나 위태로운 지경이 되믄 내 목심을 바쳐서라도 후손들을 위해 이 나라를 구할라고 온갖 지혜를 다 짜내서 이 나라를 지켜서 오늘의 니들이 나라 없는 설움을 뼈에 묻을 때 후손들에게게라도 설움을 없앨 수 있는 게다. 나라가 없으믄 천덕꾸레기가 되는 거다. 후손들이 우리나라에 태어난 걸 자랑스러위하게 할라믄 지금 죽을힘을 다해 나라 주권을 다시 회복해야 하는 것이다. 그런 맴을 먹을 때 절로 애국심이 생기는 거다. 관심을 가지고 간도나 외국에서 독립을 위해 싸우는 사램을 생각하믄 내 조국이 울매나 소중한가를 몸으로 느끼기 때문이야. 우리나라가 우리말을 쓰고 우리 글을 쓰고 우리 이름을 쓰고 자유로워야 하는데 지금 당장 그걸 위해 저릏게 모두들 가족을 버리고 나라 위해 목숨을 거는 것 보이나? 정신 바쩍 채래지 않고 맞서지 않으믄 안 되는 이 비극. 전부 다 전체보다 자기들에게 우쩨믄 이득이 될까 욕심이 깔랜 속셈이제.

인제 앞으로 너들이 나라에 주인이다. 우쨌던 너 때는 다시는 다른 나라한테 나라를 내줘서는 안 된다. 시상 어느 나라보담도 강국을 맹글어야 한다. 그래기 위해서는 공부도 중요하제만 개개인이 우뜬 정신을 가지고 사느냐에 따라 울매나 빨리 나라를 튼튼하게 하는 게 빠를 수도 있고 느릴 수도 있어. 기중 시급히 해결해야 될 문제제. 계절은 그동안 엄마에게 냉정하게 대하는 모습이 너무 싫어서 아버지를 증오까지 했던 마음이 조금 누그러진다. 저런 정신에 왜 엄마에게는 합리적이지 못했을까? 아부지 퇴계 이황 할배가 훌륭한 분이시지요? 그래믄 그걸 말이라고 묻나? 그래서 말인데요. 퇴계 이황 할배 두 분째 얻은 부인이 약간 모자랐다니더.

그래 문중에서 제사 지낼 때 제사상에 채래진 음식을 제사도 지내기 전에 집어먹었데요. 문중 어른들께서 아무리 그래도 그롷지. 조상 제사상에 음식을 제사도 지내기 전에 먹다이 저걸 너는 그냥 보고만 있느냐? 호통을 쳤데요. 그때 이황 할배의 답변은 우리 아부지가 메느리를 울매나 이뻐했는데 모자래는 메느리가 먼저 음식을 먹기로니 야단치고 화내지는 않을 거라고 했다니더. 그래서 그 다음부텀은 아무도 그 할매를 욕하는 사램이 없었다는데 아부지는 한 지붕 아래 살민서 엄마는 말도 없이 일도 잘하고 모자래지도 않고 그롷게 이쁜데 왜 그롷게 무관심하게 그래니껴?

지낸 일은 지낸 일이고 지끔은 지끔이제. 할매나 옥출이라는 여자한테 있는 분노를 왜 엄마한테 다 하고 그래니껴? 나는 못되게 그런 적 없다. 아부지 사랑 반대가 뭔지 아시니껴? 사랑 반대는 증오가 아이라 무관심이씨더. 우리 형제 이만큼 키우고 없는 집에 와서 고상도 마이도 했잖니껴? 그른데 따뜻하게 해주믄 울매나 좋니껴. 할매도 엄마한테 너무 심하게 하잖니껴. 엄마도 사램인데 불쌍해서 죽겠니더. 태석은 아들이 어미를 생각하는 마음이 대견스럽다는 생각을 한다. 그렇다고 아내에게 애정이 가는 건 아니다. 아직도 저 밑바닥엔 옥출이가 두 눈 뜨고 살아 있으면서 죽음으로 위장할 수밖에 없었던 이유가 아내 때문이란 생각이 지워지지 않기 때문이다. 그리고 도화살. 그 죽은 줄만 알았던 천옥출이 도화살이란 술집 여자 같은 이름으로 이름을 바꾸고. 도화살이란 이름으로 연화동에 와서 살게 되었을 때 얼마나 가슴이 아팠던가. 자신의 앞길을 위해서 자살이란 말로 부모님과 동네 사람들과 합작을 해서 동네에 소문을 퍼뜨렸다.

옥출은 서울로 가서 술집에 나가기 시작했단다. 그렇지 않고는 살아갈 길도 자신도 없었다고. 술집 생활도 만만치 않아 빚만 태산같이 안고 오갈 곳이 없어서 그 남자 집으로 피신을 한 것이다. 남편이 아니고 피신처였다고 한다. 딸의 아버지는 술집에 드나들던 한 놈팽이였다고 한다. 이제는 잊었다고 했다. 아이의 아버지는 딸의 아버지가 될 자격이 없다고. 딸에게 아버지는 없는 게 낫다고. 딸의 아버지는 술주정뱅이에다 노름꾼에다 다른 여자까지 있다고 했다. 자신이 아이 때문이라도 살아보려고 애도 많이 쓰고 노력도 했지만 술만 먹으면 매질을 해서 하루가 멀다고 얼굴이 멍투성이가 되었단다. 그 바람에 견디다 못해서 아이를 데리고 도망을 나왔다고 한다. 나와서 갈 곳이 없어서 다시 술집에 나갔지만, 아이가 있다는 걸 아는 순간에 술집에서도 쫓겨났다고. 그래서 오갈 곳이 없어서. 다시 오고 싶지 않은 고향으로 돌아와서 친정과 거리가 가장 멀리 떨어진 연화동에 자리를 잡았다고. 선택에 여지가 없었다고. 아이는 아빠가 죽은 줄 안다고. 남들이 다 남편이라고 소문난 그 남자와는 단 하룻밤도 같이 몸을 섞은 일 없이 다만 한 집에 기거할 뿐이라고. 그 남자는 남편이 아니고 오갈 곳 없다는 소리 듣고 집만 빌려준 사이라고.

그 말을 듣고 자신이 얼마나 가슴이 갈기갈기 찢겼던가. 자신이 한 여자의 인생을 망쳤다는 죄책감. 그 죄책감으로 싫다는 옥출을 집으로 데리고 왔지만 끝내 옥출은 떠나고 만다. 서로에게 못 할 짓이라는 이유를 던져놓고 어디론가 홀쩍 떠났다. 다시 자신의 가슴은 뻥 뚫렸다. 아무리 찾으려고 애를 써도 찾을 길이 없다. 자신의 아이들이 죽고도 눈물 한 방울 안 났던 자신이 다시 옥출이 떠나자 가슴도 머리도 텅 비어 무뇌 인간이 된 듯했다. 아들에게 차마 그것까지 말해줄 수는 없는 노릇 아닌가! 태석은 머릿속이 복잡하다. 복잡한 머리의 실타래를 땡강 자르며 아들이 말을 건다. *아부지나 할매는 너무 이기적이씨더. 엄마는 위갓집에서도 위할매도 없이 불쌍하게 컸다는데 쫌 따뜻하게 해주믄 어데가 덧나니껴? 아까 아부지는 나보다 못한 사램 보살피주고 나보다 남을 위해 사라고 하시고선 아부지는 남도 아닌 엄마한테 왜 그래 모질게 하는데요? 아부지 부탁이 있니더. 지발 지난 것은 잊고 우리 엄마한테 잘 쫌 해주소.* 그건 내 문제이 니는 공부나 잘해. 그 부분에서는 단답형으로 말을 잘라버린다. 계절은 눈앞에 안개가 자욱하게 끼는 기분이 든다. 폭설의 무게를 못 견디고 부러진 나뭇가지 속살처럼. 엄마도 언젠가 외로움에 못 이겨 허연 속살을 드러내며 꺾여버릴 것 같은 느낌을 느끼며 계절은 가슴이 알알싸 아려온다. 계절도 나름대로 가장 알맞은 무게를 가늠하며 꽃을 피우고 열매를 맺고 하는데 엄마는 아무 생각도 없는 사람 같았다. 아무리 할매가 욕을 하고 때려도 한 번도 반항을 하는 걸 본 적 없는 엄마. 꽉 막힌 비상구 같다는 생각을 한다. 개인의 욕망과 잉여를 위해 각축전을 벌이며 쌓은 지식으로 다른 사람을 갉아먹고 씨앗을 뱉어버리는 이 세상. 버려진 씨앗들이 벌떡벌떡 싹을 틔우고 꽃을 피우고 열매를 맺어 수많은 씨앗으로 영글어 복수를 한다는 생각을 못 할까. 원죄라는 말이 쓸쓸쓸쓸 몹쓸 끝없는 슬픔으로 걸어온다. 엄마는 이 순간도 아무 생각 없이 오로지 일하는 것으로 무럭무럭 자신을 늙히고 있는 중이다. 계절은 씁쓸한 입맛을 다시며 어느 책장 몇 페이지 몇째 줄인지는 기억나지 않지만, 머리에서 맴도는 글 한 소절이 생각난다.

'어리석은 사람은 경험에서 배우고 지혜로운 사람은 역사에서 배운다.'

고추처럼 붉게 말라 가는 소리 대쪽 같은 선비의 결기와 정신이 깃든 땅. 초암사에서 달밭골까지의 숲길을 따라 물도 함께 걸어간다. 바짝 붙어서 자꾸만 따라붙는 물소리. 하늘을 어둑하게 가리는 푸른 잎들이 얼굴을 맞대고 일렁인다. 바위에 부딪혀 부챗살처럼 퍼지는 계곡물. 어둠이 오면 흰 수염을 휘날리며 산신이 호랑이를 타고 달려올 것만 같은 곳. 마의(麻衣)태자가 금강산 유람하러 가던 중에 국망봉에 올라서서 무너져 가는 나라를 바라보았다고

국망(國望)봉이란 이름을 얻은 곳. 여기서 조금 더 가면 늦은맥이재가 나온다. 여기까지 오르내리며 산나물을 뜯어 날라 자신들을 먹여 키우고. 공부를 시킨 자신의 어머니를 생각하자 계절은 가슴이 아려온다.

계절은 어제 아버지를 따라나섰다가 생각지도 않은 아버지의 옛사랑 이야기를 들었다. 무언지 마음에 복잡한 생각이 뒤엉켜 오늘은 혼자 집을 나서서 국망봉까지 걸어왔다. 곰곰곰곰 아무리 생각을 해봐도 정리가 되지 않는다. 맘속엔 분노가 우렁우렁 키를 키우고 있다. 신비스러운 일은 그렇게 속으로 증오스러워하던 아버지가 측은지심이 든다는 것이다. 무엇 하나 자신의 마음대로 못하고 울분을 삼켜야 했던 피 끓던 젊은 아버지의 그때 심정이 어땠을까? 사랑하는 여인을 두고 자신의 의사는 무시된 채 전혀 알지도 못하는 여인과의 강혼이 아버지가 엄마에게 무관심으로 일관하게 된 원인이다. 그렇다고 어머니는 무슨 죄란 말인가? 아무런 이유도 없이 희생물이 된 어머니. 그 사실을 알았다면 자신의 어머니도 운명이 바뀌었을 것인데. 여기까지 생각 끈이 닿자 계절의 맘속에 웅크리고 있던 모든 분노가 자신의 할머니한테로 우루르 몰려간다. 아니, 일본 놈들의 행패만 아니었으면 몇 세대에 걸쳐 이렇게 힘들고 피폐해지지는 않았을 것이다. 살기 위해 목숨을 연명하기 위해. 모두 이렇게 변하게 만든 일본은 사람이 아니란 말인가! 얼마나 잔인무도하게 했으면 그렇게 인심 좋고 남을 배려하면서 살던 자신의 할아버지가 희생을 하면서 패악질을 막으려 했고. 할머니는 그로 인해 다른 사람으로 전락해 버리고. 아버지마저 저렇게 무엇 하나 자신의 마음대로 못하고. 가슴속에 울분을 못 삭여 저 나이까지 저렇게 살아야 한단 말인가! 태어나면서부터 일본 놈들 때문에 피해를 보고. 시집을 와서까지 자신의 삶은 없이 희생을 당하는 어머니는 무엇이란 말인가!

산꼭대기에 앉아서 산 아래를 내려다본다. 첩첩이 둘러싸인 산들의 기세가 웅장하다. 일본을 향한 분노와 이 대 자연 앞에 하루살이 같은 삶을 살다 가면서 어찌 그리 많은 사연으로 상처를 주고 상처를 받고 사는지 참으로 어리석다는 생각에 배추벌레가 배추를 갉아먹듯이 이 하나 안 대고 하루를 다 갉아먹는다. 어둡기 전에 내려가기 위해 엉덩이 자국만 바위에 찍어둔 채 일어선다. 연화동까지 내려왔는데도 마음속이 실핏줄처럼 얽힌 타래는 풀리질 않는다. 집에 도착한 계절은 방으로 들어가 두 팔로 깍지를 끼고 천정을 쳐다보고 눕는다. 이제 아버지를 따라 마을을 돌아다닐 마음조차 접었다. 엄마는 할머니를 위해 가족들을 위해 하루를 다 쓴다. 자신의 시간이란 잠을 자는 시간 외엔 없다. 아버지의 사랑 이야기를 들은 후부터 어머니를 볼 때마다 더욱 가슴이 아프다. 방학은 다 끝나 가는데 어머니는 벙어리처럼 끙끙거리며 할머니 뒷수발만 한다. 자신의 힘으로도 씻기기 어려운 할머니를 하루에도 몇 번씩 씻긴다. 벽이고 바닥이고 닥치는 대로 마구 덧칠에 덧칠을 해 놓는 할머니. 냄새가 온 집 안을 날아다니고 있어 속에 있던 오물들이 입 밖으로 튀어나온다. 그것을 치우기도 힘드는 판에 늘 실랑이를 벌인다. 푹푹 찌는 여름에도 머리에 수건을 쓰지 않으면 머리카락을 뜯기고. 씻기고 씻기고 또 씻기고. 밤잠도 못 주무시면서 초승달처럼 살이 다 내리는 어머니. 자신은 한 번씩 도와드리고 나면 냄새 때문에 밥을 못 먹을 정도인데 어머니는 어떨까? 아버지는 자신의 어머니인데도 단 한 번도 거들거나 할머니 방에 들어가는 것을 본 적이 없다. 어머니에겐 인권이란 게 없이 태어났는지. 자신의 과거에 매달려 현실을 망치는 아버지. 자신의 삶을 운명으로 받아들이는지 노예처럼 일만 하는 어머니. 계절은 자신이 아무것도 해결할 수 없음에 답답함을 느낀다.

그날도 답답한 마음에 저녁을 먹고 마당에 툇마루에 누워서 하늘만 보고 있다. 사연이 누나가 옆으로 오더니 조재기 공순이 누나를 따라 서울로 가야겠단다. 어머니도 사연이 누나 앞길을 위해 촌구석에 처박혀 썩지 말고 가라고 하셨단다. 마음대로 하라고 했다. 그렇게 사연 누나는 집을 두고 떠난다. 어머니를 도와줄 사람은 아무도 없다. 그렇게 걱정만 쌓아두고 방학이 끝난다. 집을 떠나지만, 발걸음이 무겁다. 이래저래 정신만 자꾸 말라 가고 있다는 생각이 든다. 마치 붉은 고추에 물기를 햇빛이 다 말리듯. 달녀는 사연이 떠나고 아들이 떠나고 자신이 해야 할 일들만 떠나지 않고 있다는 생각을 한다. 자꾸 정신이 희미해진다는 느낌. 아이들을 학교에 보내고 다행인 것은 여름이 경기(驚氣)를 하지 않는다는 거다. 자신들의 어머니가 아파서 그렇게 소대변을 못 가린 후부터는 시누이들도 발길을 끊었다. 냄새가 난다는 이유다. 자신들의 어머니인데도 그렇게 매정하게 발길을 끊는 시누이들이 야속하기도 하지만 아무 내색도 하지 않는다.

그러던 어느 날 무슨 바람이 불었는지 막내 시누이가 다니러 온다. 어머니 방에 갔다가 자신을 부르기에 가보니 또 시어머니는 한바탕 그림을 그려놓고 있다. 물로 씻기고 걸레로 닦고 땀을 풍년으로 흘려도 손가락으로 코만 움켜쥐고 서서 강 건너 불구경하듯 본다. 다 치우고 나서도 한참을 그러고 있더니 방으로 들어간다. 딸을 알아볼 리가 없다. 그런데도 자기 어머니랑 무슨 이야기를 하는지 도란도란 소리를 들으며 안채로 내려와 물감이 묻은 걸레를 이고 냇가로 간다. 걸레를 빨아 널고 나자 시누이는 그만 가봐야겠다며 간다.

저녁밥을 차려서 시어머니 방으로 간다. 아직 그림 물감을 마련해 놓지는 않았다. 잘됐다 싶다. 얼른 밥을 먹이고 나서 물감을 마련하면 조금이라도 쾌적한 상황에서 밥을 먹을 수 있을 것 같아 밥상을 들고 방으로 들어간다. 밥상을 놓고 막 일어서려는 순간 픽! 정신이 아찔하다. 어디서 났는지 장작개비가 머리를 내리쳤다. 다행하게도 피는 안 난다. 일어서서 안채까지 왔는데 더 이상은 깜깜하다. 꿈을 꾸었다. 너무나 생생한 꿈을 꾸었다. 시어머니와 손을 잡고 어디론가 가고 있었다. 난데없이 소나기가 마구 쏟아졌다. 시어머니는 있는 힘을 다해 손을 잡았다. 검은 비가 하염없이 쏟아졌다. 하늘에서 무슨 검은 비가 쏟아지는지. 검은 비는 처음 본다.

꿈속에서도 신기한 생각을 했다. 평생 살면서 며느리에게 다정한 눈길도 한번 안 주던 시어머니. 왜 자신의 손을 잡는지 의아하다. 두려워서 곁에 가는 않는 자신에게 시어머니가 손을 잡아 어디론가 끌고 가버릴 것 같은 두려움이 인다. 나벨라는 검은 비를 다 맞으면서 평소와 다르게 배꽃처럼 하얀 웃음을 지으며 점점 옆으로 다가와 다정다감하게 며느리를 쳐다본다. 시어머니 눈이 저렇게 맑고 곱고 웃음이 저렇게 환하고 고왔던가. 꼭 꿈을 꾸고 있다는 생각을 꿈속에서 한다. 시어머니 얼굴이 배꽃처럼 희고 고왔다니 그럼 지금까지 얼굴은 가짜였단 말인가? 꿈속에서 살을 꼬집으니 아프다 꿈이 아니다.

4권으로 계속